서울교육대학교 초등국어교육연구소 연구총서 2

초등 시 창작 교육론

서울교육대학교 초등국어교육연구소 연구총서 2

초등 시 창작 교육론

방인태 · 이향근 · 정지영 · 김광일 · 문민영

도서출판 역락

저자소개(집필순)

方 仁 泰
　서울대 대학원 국문과, 문학박사, 서울교육대학교 국어교육과 교수

李 香 根
　서울교육대학교 교육대학원 초등국어교육전공, 교육학석사, 서울 신봉초등학교 교사

丁 智 英
　서울교육대학교 교육대학원 초등국어교육전공, 교육학석사, 서울 잠전초등학교 교사

金 光 日
　서울교육대학교 교육대학원 초등국어교육전공, 교육학석사, 서울 안산초등학교 교사

文 敏 暎
　서울교육대학교 교육대학원 초등국어교육전공, 교육학석사, 경기 만안초등학교 교사

서울교육대학교 초등국어교육연구소 연구총서 2

초등 시 창작 교육론

인　쇄　2007년 1월 22일
발　행　2007년 1월 30일
지은이　방인태 이향근 정지영 김광일 문민영
펴낸이　이대현
편　집　이태곤 권분옥 박소정 이소희 김주헌
펴낸곳　도서출판 **역락**
　　　　서울 성동구 성수2가 3동 301-80
　　　　(주)지시코 별관 3층
　　　　전화 3409-2058, 3409-2060
　　　　FAX 3409-2059
　　　　홈페이지 http://www.youkrack.com
　　　　이메일 youkrack@hanmail.net
　　　　등록 1999년 4월 19일 제303-2002-000014호
ISBN　978-89-5556-519-5-93800
정　가　15,000원

* 파본은 교환해 드립니다.

序文

　초등생을 대상으로 삼은 시 창작 교육에 관한 연구 저서는 이것이 처음은 아니다. 그러나 문화생산을 지향하는 국어교육의 관점에서 초등생을 위한 시 창작 교육은 처음일 것이다. 이 처음의 출간은 그만큼 시간이 경과하고 여러 어려움이 있었다는 것을 비유적으로 드러내고 있다. 그런데 그러한 여러 난관을 극복하고 이제야 세상에 얼굴을 내밀게 되어 반갑기 그지없어, 그간의 소회를 여기에 적지 않을 수 없도록 가볍게 흥분시키고 있다는 사실을 굳이 숨기고 싶지 않은 것, 또한 지금의 솔직한 심정의 일단이다.

　이 책을 세상에 내보내는 데는 나와 함께 네 사람의 수고가 들어 있다. 모두 우리 대학교 대학원에서 함께 공부한 내 지도 학생이자 학문의 동반자들이다. 시 창작에 관해 논문 주제를 정하고 그 내용을 구성하여 목차를 짜고, 논문을 작성하였다. 처음 이 논문을 쓸 당시에는 아직 우리 국어교육학계에서 시 창작 교육, 특히 초등생을 대상으로 한 연구는 미개척 분야이고 낯선 연구 주제였다. 그러나 우리는 미래를 향하여 현재의 어려움을 딛고 초등생을 위한 시 창작 교육의 의미를 새기고 합당한 방법을 찾아 고심하였다.

　학위 논문으로 얼굴을 세상에 각각 내밀었지만, 이 연구가 학교 현장에 파급되기 위해서는 다른 형태의 연대가 필요하였고, 그것은 책으로 출간하는 일이었다. 네 논문의 지향점은 같지만 각각 독립된 논문을 하나의 일관된 논리와 체제를 갖춘 책으로 꾸미는 일은 그리 만만하지 않았다. 그런 어려움으로 시간은 속절없이 흘렀고, 각자의 생활 속에 파묻혀 자칫 이렇게 책으로 모습을 갖추기는 어려울 수도 있었다. 이것을 해결하여 하나의 틀을 갖추어 꿰어놓은 것은 저자의 한 사람인 이향근 선생이다. 우리 속담에 "구슬이 서 말이라도 꿰어야 보배다"가 있는데, 바로 이를 실감케 하였다. 이 선생은 내가 이전에 발표한 관련 논문을 찾아서 핵심을 잡아내고, 부족한 빈틈과 허술한 논리를 갖추어 책으로서 갖추어야 할 최소한의 논리를 마련하였다.

초등생을 위한 시 창작 교육은 바람직한 시 교육으로 연결되고, 또 이것은 문학교육과 국어교육으로 귀결되어 弘益人間을 육성하는 데에 기여해야 할 것이다. 초등학교 교육은 모든 교육의 기본이자 기초이다. 이 점은 시 교육의 경우에도 예외가 아니다. 바람직한 방법으로 초등학교부터 시 교육을 실천할 때, 우리의 문학 문화는 기본을 갖추고 기초를 든든히 할 것이며, 이것은 또한 전반적인 문화의 토대로 자리 잡을 것이다. 시를 읽거나 쓰지 않는 사람과 민족은 행복한 미래가 없다. 아무쪼록 이 책이 이를 위한 초석이 되길 바란다.

인문학의 위기를 말하는 요즈음에도 初心을 잃지 않고, 전문 학술 서적 출간을 지원하는 역락의 이대현 사장께서 우리 대학교 초등국어교육연구소의 두 번째 연구 총서로 기꺼이 이 책의 출판을 맡아 주셨다. 이 감사한 마음을 또한 여기에 함께 담아두고 싶다. 끝으로 이 책을 저술한 다섯 사람의 저자 중에 두 사람은 개인의 발전을 위해 지금 미국에서 유학 중이어서 함께 출간의 기쁨을 누리지 못하는 아쉬움이 크다. 각자 목표로 하는 공부를 성취하고 건강하게 귀국하여 계속 연구와 교육에 이바지하길 기대하며 이만 그친다.

560 돌 한글날에 저자를 대표하여 方 仁 泰 적다

제2부　　초등 시 창작 교육의 내용과 원리

<table><tr><td>제3부</td><td>초등 시 창작 교육의 방법과 실천</td></tr></table>

제1장

초등 시 창작 교육은 왜 필요한가?

문학 교육이 지향할 목표는 학습자의 문학 능력을 키우고 그것을 향상시키는 일이다. 문학 능력은 문학에 대한 지식, 이해와 표현 기능, 태도로 구성되는 실제적 능력이라 할 수 있다.

문학을 이해하는 방법은 이론 차원의 이해와 경험 차원의 이해 두 가지가 있다. 문학 교육이 이루어지는 교실은 경험 차원의 이해를 추구한다. 여기서 경험 차원의 이해란, 학습자들이 문학을 직접 읽거나 써 가면서 독서 과정과 창작1) 과정을 추체험(追體驗)하는 것이다. 즉, 문학 교육을 받은 사람은 문학 현상의 당당한 주체로 위치를 지녀야 한다.

---

1) 본 글에서 의미하는 창작(Creative writing)은 문예창작을 의미하는 'Literary Writing'을 포괄하는 의미로 사용하였다. 엄격한 의미에서 창작(Creative writing)과 문예 창작(Literary Writing)을 구분하는 경우도 있으나 이것은 장르 관습의 문제와 관련되어 설명될 때 적용되는 의미상의 차이라고 하겠다. 그러나 이 글에서 쓰이는 창작은 문예창작을 포함하지만 기존의 전통적인 문학적 관습에 따라 문학성을 평가받은 형태인 제도화된 관습으로서의 문예 창작은 논의에서 제외하도록 한다. 이 글의 초점은 전문적인 작가를 양산하는 창작 교육에 있는 것이 아니라, 다양한 수준과 흥미를 가진 다양한 학습자를 대상으로 하는 창작 교육에 있기 때문이다.

제7차 교육과정에서는 문학 교육의 범위를 이해와 감상에 한정하지 않고 창작 활동에까지 확대하고 있다. 이는 문학 교육을 받는 학습자들이 종래의 수동적 향수자(享受者)에서 능동적 참여자라는 위치로 부상해야 함을 분명히 밝히고 있다는 점에서 의의가 크다고 하겠다. 그러나 수용 중심의 교육과정 내용과 교수-학습 방법은 여전하다. 따라서 문학 교육은 이해와 감상 중심에서 표현과 창작 중심으로 패러다임의 변화가 필요하며 창작 교육이 어떻게 교실에서 정착되고 발전될 수 있는지 탐색하여야 한다.

'문학의 창작'은 제7차 교육과정에 이르러 국어과 교육과정의 내용요소로 자리 잡았으나, 그 이전부터 많은 창작 활동이 실제 학교 현장에서는 이루어져 왔다. 초등학교의 경우 학교 단위의 백일장 대회나 특별활동 등의 시간을 이용하여 좁게는 소질이 있는 학생으로부터 넓게는 학교 전체 어린이들에 이르기까지 창작 활동이 보편적으로 이루어지고 있다. 그러나 백일장 대회식으로 치러지는 시 창작은 주제를 학생들에게 제시하고 '나름대로 쓰라는 식'으로 방관적인 입장에서 이루어지는 것이 보통이고 교실 현장에서 이루어지는 창작 과정 역시 '어떻게 써야 하는가'에 대한 실제적인 방법을 제시하지 못하고 있다.

누구나 학교에 다니면서 시 한편 써보지 않은 사람은 없을 것이다. 그러나 창작의 과정에서 사용할 수 있는 쓰기 방책2)을 사용하여 시를 지은 사람은 많지 않을 것이다. 최근 과정 중심 쓰기의 영향으로 생각 그물 만들기, 브레인스토밍 등의 학습 방책들이 소개되고 보편적으로 교실 안에서 사용하고 있다. 그러나 학습자들은 이러한 내용 생성 방법이 유용하다

---

2) 방책(方策)은 strategy를, 어떤 목표를 달성하기 위해 사용하는 가장 효과적인 방법과 전략을 동시에 의미하는 용어로서 방책이라고 해석하여 사용하였다. 흔히 '전략'으로 해석하여 사용하는 경우가 많은데, 이는 군사적이고 공격적인 전쟁 수행의 방법이나 책략이라는 의미로서 교육 용어로는 부적절하여 인문적이고 탐색적인 의미가 담긴 '방책'이라는 용어를 사용하기로 한다.

는 것을 알고 있으면서 그러한 과정을 통하여 한 편의 작품을 형상화시키
지 못하고 있다. 왜냐하면 과정이 결과로 이어지기보다는 과정을 위한 학
습 활동으로 끝나는 경우가 많기 때문이다.

창작 교육은 시인을 길러내기 위한 것이 아니라 문학 작품을 추체험함
으로써 문학 활동 자체를 심화하고 확대하기 위함이다. 학습자들이 스스
로 시를 써봄으로써 시의 형상화 과정을 이해하게 됨과 동시에 시의 본질
에 한 걸음 다가 갈 수 있다. 나아가 이러한 작업을 통해 경험 자체가 새
로운 깊이와 폭을 획득하게 될 것이다.

따라서 지금까지 국어 교육에서 크게 다루어지지 않았던 창작 영역의
지도 방법을 구안하고 실제 학교 현장에 적용해야 할 것이다. 특히 창작
의 본질적 특징이 교수-학습 과정상에 어떻게 반영되어야 하고 절차를 갖
추어야 하는지를 밝혀 바람직한 창작 교육의 방향을 제시해야 한다.

지금까지의 국어교육을 보는 관점은 크게 두 가지[3]로 구분하여 왔다.
하나는 지식 중심, 결과 중심의 국어교육관이며, 다른 하나는 기능 중심,
과정 중심의 국어교육관이다. 제5차 국어과 교육과정이 발표되면서 종래
의 지식 중심의 국어교육관은 '언어 사용 기능의 신장'을 주축으로 하는
기능 중심의 국어교육관으로 그 교육의 방향이 크게 전환되었다(원진숙,
1994 : 1). 그리하여 제5차 교육과정기를 분수령으로 국어교육계는 의사소
통[4]적 관점에 기초해 언어 사용 기능 신장 방법에 관한 현실적 문제에

---

3) 김정환은 국어 교과관을 크게 학문으로서의 지식 중심의 국어 교과관, 기능 중심의 국어 교
과관, 절충주의적 국어 교과관의 3가지 입장으로 요약하고 있다. 먼저 지식 중심의 국어 교
과관은 이대규로 대표되는데, 이러한 관점은 Bruner식의 학문으로서의 교과 교육관에 입각하
여 교과를 학문적 지식을 재조직하는 것으로 보고 국어과 교육의 내용을 수사학, 문학이론,
언어학에서 선정된 개념과 원리들을 중심으로 구성해야 한다고 주장한다. 기능 중심의 국어
교과관은 이용주, 노명완 등으로 대표되는데, 국어 교과는 무엇보다도 의사소통에 필요한
'담화 수준의 지적인 언어 기능'을 신장시켜 주는 것이어야 하고 문학이나 언어학은 이에 종
속되는 것이어야 한다고 본다. 한편 절충주의적 국어 교과관은 김수업 등으로 대표되는데 국
어과 교육의 목표는 국어 사용 능력의 신장과 국어과 교육에 관련된 제반 지식의 앎이 동등
하게 제시되어야 한다는 것으로 요약할 수 있다(원진숙, 1994 : 3).

관심을 기울이고 활발한 논의를 계속해 오고 있다. 그러나 이러한 지나친 기능 중심 일변도의 국어교육은 국어교육에서 이념과 목적의 증발을 초래하여 단순한 기능인(技能人)만을 양성5)하게 되었으며, 기능의 향상을 통한 원활한 의사소통 이후에 달성할 목표를 제시해 놓지 못하고 있다.

지금까지 학계에서 이루어진 국어교육에 관한 논의는 기능적 국어교육에만 관심을 두고 국어교육을 견인(牽引)할 수 있는 확산적인 사고와 개방적 논리, 통합적 논의가 부족하였다. 그러나 국어교육의 목표는 단순하거나 복잡한 기능을 숙달하는 기능인 양성으로만 축소되어서는 안 된다. 단순한 기능(技能) 향상을 목표로 삼을 경우 현실적 목표에만 관심을 쏟게 되고 이로 인해 국어교육의 목표가 축소되어 버리기 때문이다. 그러므로 국어교육의 목표는 현재의 기능 중심에서 보다 상위의 목표로 변화될 필요성이 있다. 따라서 목전에 다가온 21세기에는 언어 문화 생산6)을 국어교육의 목표(방인태, 1998 : 72)로 삼아야 할 것이다.7)

언어 문화의 생산이라는 국어교육의 목표 아래 국어교육이 다루어야 할 주요 영역은 문학이다. 이는 국어 문화 중에서도 가장 수준 높은 경지를 보여주는 것이 문학이기 때문이다(방인태, 1998 : 76-77 ; 김대행, 1995 : 7). 표

---

4) 원진숙(1994 : 3)은 기능 중심의 국어 교과관의 목표를 의사 소통 능력의 배양에 두고 있으며, 의사 소통 능력을 말과 글을 통하여 자신의 생각과 느낌을 정확히 효과적으로 표현하고, 말과 글을 통하여 표현된 다른 사람의 생각과 느낌을 효과적으로 이해할 수 있게 하는 능력으로 정의하고 있다.

5) 모국어교육학회에서 발표한 논문들은 대체로 이런 관점을 보이고 있다. 이 점에 대해서는 김용석(1987 : 204-205)을 참조 바람.

6) 방인태(1998)에서는 경제 용어를 빌어, 언어의 생산과 유통, 소비의 관점에서 현재의 국어교육을 비판하며 새로운 국어교육의 목표를 제시하고 있다. 현행 국어교육은 의사소통이라는 언어의 유통적 측면만을 강조함으로써 건전한 생산을 축소하고 위축시켜 결국은 유통과 소비에 악영향을 끼치게 된다. 그러므로 국어의 생산을 중시하는 인식의 전환이 필요하며, 언어 문화 생산을 중심으로 이해와 표현을 통합하여 국어교육을 실행해야 한다고 밝히고 있다.

7) 예술성은 기능보다 상위의 목표가 된다. 생계유지에 힘겨운 사람들이 문화적인 삶을 향유하기가 어려우며, 실용성을 생각하여 만들어지기 시작한 연모나 기구들이 예술성과 미적 아름다움을 추구하는 방향으로 발달해 가는 모습을 찾아 볼 수 있다.

현을 중시하는 문화 생산의 측면(방인태, 1998)을 생각한다면 문학 중에서도 문학적인 글쓰기의 중요성을 강조하지 않을 수 없다. 문학적인 글쓰기의 경우 제6차 국어과 교육과정까지는 '쓰기'에서 문학적인 글쓰기가 허용된 정도이고 문학교육에서 창작(創作) 교육은 배제되어 왔다. 그런데 제7차 국어과 교육과정에 이르러 내용 파악과 감상 교육 일변도의 국어교육에서 미흡하기는 하나 문학 창작 교육을 반영하고 있다. 즉, 국어과 교육과정의 내용 체계 중 문학 영역 '문학의 수용과 창작'부분에서 '작품의 창조적 재구성'과 '문학의 창작'이, '작품의 수용과 창작의 실제'에서 '시(동시), 소설(동화, 이야기), 희곡(극본), 수필' 장르가 들어가게 되었다. 또한 2학년의 '문학'영역에 '동시나 이야기 쓰기'의 문학 창작 관련 내용이 들어 있다.

　문학 창작 교육은 소설(동화, 이야기)이나 희곡(극본), 수필 등의 산문 쓰기에 앞서 먼저 시를 쓰는데서 출발해야 한다.8) 이는 처음으로 글을 쓸 때 분량이 적고 내용이 단순하여 창작에 보다 쉽게 접근할 수 있기 때문이다. 일반적으로 시는 산문에 비해 분량과 다루는 내용에서 간단하고 단편적이다. 그러므로 특히, 초등학생의 경우 글쓰기를 지도할 때 산문 쓰기에 앞서 시쓰기를 보다 장려하고 우선적으로 지도하는 것이 바람직하다.

　아동들에게 시를 가르치는 일은 시가 지닌 형식을 가르치는 일보다 시가 담고 있는 세계에 대한 감동이 우선이다. 아동의 시를 하나의 완성된 문학작품으로 보아서는 더욱 곤란하다. 아동의 시는 대부분 시적 기교나 수사 면에서는 볼품 없다. 그래서 시의 형식미만을 따져 볼 때는 잘 쓴 시라고 보기 힘들다. 그러나 자신이 직접 경험한 내용을 소재로 자신의 생각과 느낌을 꾸밈없이 보여주고 있다는 점에서 진정한 감동을 주게 되

---

8) 시는 우선 짧다. 둘째, 시는 짧은 분량에 맞게 사용 어휘 수가 상대적으로 적다. 셋째, 시 문장의 표현은 반복과 비유가 중심이 되어 정확한 단어의 선정과 표현이 자유롭다. 넷째, 주제의 선정이 단편적이다. 산문은 起-敍-結의 형식을 갖춘 한 토막의 이야기를 기본으로 하지만, 시는 즉흥적인 감상이나 단 하나의 문장으로도 충분히 가능하다. 특히, 초등학생들은 미숙한 상태에서 단편적인 사고와 몇 개의 단어로도 시를 쓸 수 있기 때문이다(방인태, 1998 : 80-81).

며, 이로 인해 아동의 세계에 대한 깨달음에서 어떤 감흥을 불러일으키게
된다.

그러나 실제 학교 교실에서 시 단원 지도는 여러 가지 문제점을 지니
고 있다. 첫째, 교사 중심의 일방적 해석에 의해 수업이 진행되어 왔으며
둘째, 시의 형식 요소(운율, 비유, 이미지, 구성 등)와 내용 요소(주제, 의미 등)를
분리하여 지도하였다. 셋째, 개인차를 무시하고 일원적인 이해와 감상을
강요하는 경향이 있으며, 작품 감상에 있어서 작가를 개입시키려는 경향
을 들 수 있다(권혁준, 1997 : 9, 13). 다섯째, 시 교육이 지나치게 감상 위주
로 전개되어왔다.

그러나 시의 본질에 접근하여 진정으로 시를 향유할 수 있으려면 시의
감상과 더불어 시 창작에 대한 학습이 병행되어야 한다. 그런데 지금까지
의 시 교육은 시 감상 위주로 이루어져왔기 때문에 활발한 논의와 연구가
이루어지지 않아 시쓰기 지도에서 다음과 같은 문제점을 안고 있다. 첫째,
지나치게 시의 형식성을 강조하여 시쓰기 초기 단계에서 시적인 자유로
운 발상을 부단히 억제하였고, 시는 고도의 정제(整齊) 기능이 필요한 상당
히 쓰기 어려운 것으로 교사와 아동들에게 부담감을 주었다(방인태, 1998 : 81).
둘째, 시쓰기에서 단계적 지도 절차의 부재를 들 수 있다. 그리하여 학교
에서의 시쓰기 지도는 소재만 정하여 주고 무작정 쓰라고 한다든지, 산문
을 써 놓고 이를 짧게 줄여 행과 연의 형식을 갖춘 짜맞추는 시쓰기[9]를
하도록 하는데 그치고 있다. 따라서 아동들이 흥미를 가지고 지속적으로
시를 쓰고자 하는 마음을 갖도록 하는 데 어려움이 많다. 셋째, 시쓰기 지
도에 실질적인 도움을 주는 지도 방책의 부재를 들 수 있다. 대다수의 교

---

9) 제6차 교육과정의 6학년 교과서에는 줄글을 시로 바꾸어 보는 연습으로 내용이 구성되어 있
다. 이것은 시의 형식, 즉 시의 압축과 생략이라는 측면의 학습이 될 수는 있으나, 시가 흘러
넘치는 감흥과 감정의 표현이라는 시의 본질인 내용면에서 잘못된 개념을 갖도록 해 주기
쉽다. 즉, 긴 글을 짧게 줄이면 모두 시가 될 수 있다는 생각을 심어줄 수 있는 것이다.

사들은 무엇을(글감) 어떻게 써야 할지(쓰는 방법)를 모르겠다는 아동들의 질문에 스스로 잘 생각해서 써 보라고 할 뿐, 그들이 시상을 떠올리거나 떠올린 시상을 시로 옮기는 데 도움을 주지 못하는 실정이다. 그래서 많은 아동들은 시쓰기가 어렵고 재미없는 글쓰기라고 여기게 된다. 또한 시는 천부적으로 타고난 능력을 지닌 사람만이 쓸 수 있는 일이며 범인들이 이를 흉내 내는 것은 감히 생각할 수도 없는 일이라고 느끼게 된다. 이러한 점이 보다 새로운 논의의 시도가 필요한 이유이다.

제 2 장

시 교육은 무엇을 지향하는가?

시 교육에 관한 논의는 국어교육의 맥락 안에서 이루어지는 것이 바람직하다. 이는 학교 현장에서 시 교육이 국어과 교육과정의 틀 안에서 이루어지고 있기 때문이다. 그러므로 본 장에서는 21세기의 국어교육이 지향해야 할 국어교육의 목표 아래 문학교육의 방향[1]과 시 교육이 지향(指向)해야 할 목표 그리고 시 창작 지도의 의의를 밝히기로 한다.

1. 문학교육의 방향

우리나라는 유구한 세월 동안 어느 나라에도 유례가 없는 독특한 문화·언어·문자적 환경인 단일 민족의 단일 언어와 문자 병용(한문자와 국문자)이라는 환경 속에서 발전해 왔다. 그러나 이러한 독특한 환경에 걸맞은 언어·문자 교육을 해방 이후 지금까지 제대로 실천하지 못하였으며,

---

1) 문학교육의 방향에 관한 논의 중 국어교육 목표는 방인태(1999 : 133-148)에서 주요 내용을 요약한 것이다.

그 결과 우리의 문자 중심의 문화경제력은 산업경제력에 견줄 때 상당히 뒤쳐지게 되었다. 동양에서 과거 조상의 문화경제력은 오히려 산업경제력보다 우위에 서서 이웃 일본에 수출하였던데 반해, 이제는 문을 닫아걸고서 미약한 문화경제력의 대응책을 마련하느라 전전긍긍하는 현실이 되었다. 우리의 문화 근대화는 산업의 근대화에 비해 제 방향을 찾지 못했다. 그것은 일제의 강점과 침탈이 가장 큰 원인이었지만, 그에서 벗어난 지 반백년이 지난 지금에도 다른 분야에 비해 산업 경제에 상응하는 문화를 가꾸지 못했던 것은 국어교육의 그릇된 방향과 이념 설정에도 그 책임이 있다고 할 수 있다.

인류가 문자를 갖기 전의 문화는 일종의 생활문화였으나, 문자를 갖게 된 다음부터는 인쇄술의 발달로 문자문화나 책문화의 발달이 더욱 가속화되었다. 그러므로 문자는 문화의 상당 부분을 차지하고 문화 발달의 중심 역할을 맡아 왔으며 문자 자체가 바로 문화적 업적의 하나로 자리 잡았다. 그러나 다가온 21세기는 정보화 시대로서 새로운 정보와 지식을 생산하고 획득하는 일이 보다 확대되므로 문자가 차지하는 문화적 역할은 더욱 커질 수밖에 없다. 바로 문자문화가 문화의 중핵적(中核的) 위치에 놓이게 된다고 할 수 있다.

교육은 전대(前代)의 문화를 후대(後代)에 전하여 문화를 발전시키는 역할을 맡아왔다. 따라서 교육과 문화는 밀접한 관련을 맺고 있다고 할 수 있다. 왜냐하면 교육을 통해 선조의 문화를 후손에게 고스란히 전할 수 있기 때문이다. 그러나 이제 교육은 문화의 전승과 향유에서 더 나아가 더욱 가치 있는 문화 생산을 가능하게 할 수 있는 방향으로 목표를 전환시켜야 한다. 그러므로 우리의 교육 이념을 "홍익인간(弘益人間)"에서 "홍익(인간)문화"로, 문화 생활을 목표로 삼는 문화교육으로 바꾸어야 할 것이다.

인류의 창조적 표현과 경험으로 구성된 문화는 문화의 생산과 분배 그리고 수용이 필요하며, 또한 무비판적 읽기가 특징인 일상생활에서 벗어나 모두 문화적 소비자와 문화적 창조자(생산자)를 지망하는 사회가 실현 되기를 희망한다. 이를 위해서는 다른 사람들의 창조가 우리에게 의미하는 것을 향유하는 동시에 다른 사람들을 위해 창조하는 자세가 요청된다. 그러므로 학교는 문화소비자의 전형적인 수동적 역할을 재구성적인 읽기와 쓰기로 가치를 전환시켜, 학습자의 성장이 전체로서의 문화를 성장할 수 있게 만드는 장소여야 한다.

문화는 문자의 발명을 통해 보다 심화되고 확산될 수 있었다. 그러므로 문화의 발전을 가능하게 한 문자가 국어교육의 중심이므로, 국어교육과 문화교육을 연관시키는 것은 매우 기본적이고 자연스러운 일이 된다. 문자가 그 기본인 문화의 교육은 일차적으로 국어교육을 통해 수행된다. 특히 그 중에서도 문자 해득 능력(문해력)은 바로 문자로 기록된 문화를 읽고, 그것을 바탕으로 쓸 수 있는 것으로 문화 생활의 기본 능력이다. 그러므로 국어교육에서 제일 중요한 일은 바로 이러한 문해력(文解力)을 키우는 일이다. 이 문해력이 문화를 전승하고 향유하며 생산하는 기초 능력이 되기 때문이다. 이런 점에서 문화교육과 관련된 국어교육의 기본적 임무는 바로 문화의 기초 도구이자 기본 기능인 문해력의 향상에 있다.

현행의 국어과 교육은 교수요목기부터 제6차 교육과정기에 이르기까지 주로 이러한 문해력의 기능 신장, 그것도 기초적 문해력과 실용적 문해력에만 초점을 맞추어 왔다. 즉, 단순한 실용적인 기능 신장에 목표를 둠으로써 문화교육적 목표를 명확히 제시하지 못하고 주변적인 것으로 만들었다. 그리하여 광복 후 반세기에 걸친 일곱 번의 교육과정은 제4차 교육과정에서 변화를 보인 것을 제외하고 교수요목기의 내용과 거의 흡사하다. 우리의 역사와 사회 안에서 국어교육의 역할이 무엇인지를 곰곰이 살피기보다는 손쉽게 일본이나 미국의 교육에 꿰어 맞추려고만 하였다. 단지 교수요목기부터 교육과정을 바꾸면서 보다 정교하게 체제와 논리를 다듬었을 뿐이다. 우리와 언어 환경이 사뭇 다른 우리의 국어교육에 미국식 언어 정책을 적용하여 문화교육과는 동떨어진 실용적 기능 교육만 무성하게 되었다. 그것은 우리가 일제(日帝)로부터 해방되면서 일제의 한국어 말살 교육에 대한 진정한 독립이 아니라, 일제식(日製式) 교육에 대한 미제식(美製式) 교육의 대체일 뿐 우리의 언어 실정과는 거리가 먼 교육이었다.

광복후 미군정의 협조와 조언으로 국어교육을 시작한 것이 불행의 시작이다. 육이오 전쟁 때문에 우리 사회 문화 전반이 미국의 영향권 안에 들면서 국어교육도 계속 미국의 것을 본받으려고 한 나머지 우리의 실정과는 어울리지 않는 헛수고를 되풀이하였다. 그러나 이것은 어쩌면 일제를 몰아낸 당사자가 미국이었기에 어쩔 수 없는 필연적인 것일 수도 있다. 그러나 교수요목기부터 제6차 교육과정기에 이르기까지 국어교육이 전적(全的)으로 일상생활 안에서 국어를 사용하는 능력을 키우는 데만 목적을 둔 것은 우리의 문화 전통과 실정에 어울리는 것이 아니다.

출발기 실용주의의 기능 중심 국어교육은 제4차 교육과정기의 변화를 제외하고, 제5차 교육과정기에 이르러서부터 보다 견고하게 고정불변의 국어교육 목표로서 인식되고 있다. 그러나 국어(언어)사용 기능의 신장이란 목표에는 기능 신장을 위한 활동 이외의 구체적인 목표가 제시되어 있지 않다. 이는 국어를 잘 사용할 수 있는 기능의 습득이 무엇을 위한 기능의 습득인지에 대한 목적이 불분명함을 의미한다. 물론 고등 정신 기능 즉, 합리적이며 창의적인 사고력 신장이라고 할 수도 있다. 그러나 창의적이고 합리적인 사고력은 국어과에서만 독점적으로 신장시킬 수 있는 능력이거나, 국어과에서만 사용하는 능력은 결단코 아니다. 오히려 이것은 모든 교과교육을 통해서 추구해야할 능력이고 기능이다. 그러므로 오직 국어과 교육을 통해서만이 기를 수 있는 기능이나 국어교육만의 독자적인 목표가 될 수 없다. 그러므로 국어교육은 문화교육의 하나로서 국어교육만이 담당할 수 있는 역할로 문자문화의 생산력 향상에 주목해야 한다. 즉, 국어교육은 국어를 통한 문화생활 교육이 되어야 하고 그 문화생활

교육은 소극적이고 수동적인 소비자 교육이나 유통을 위한 교육에서 벗어나 생산을 중시하는 교육을 지향해야 하는 것이다.

개인이나 사회, 국가의 진정한 힘은 생산력에 있다. 그 생산의 양과 질에서 누가 앞서는가를 두고 인류는 지금까지 경쟁해왔다. 원시시대의 농업 생산력을 출발로 근대의 공업 생산력의 경쟁, 소위 경제로 대표할 수 있는 생산력의 성장이 인류 삶의 중심 과제가 되었다. 물산(物産) 중심의 경제 생산력이 바야흐로 21세기에는 문화산업과 문화상품 생산력과 생산량을 놓고 인류가 경쟁하는 시대가 된 것이다. 그러므로 바로 이러한 문화생산력 즉, 문자문화를 생산할 수 있는 능력은 국어과만이 할 수 있고 또 도달해야 하는 목표가 된다. 국어교과를 제외한 어떠한 교과도 문자문화 생산력을 직접적으로 향상시킬 수 없으며 문자생산력을 목표로 내세울 교과도 없다. 그리고 언어 사용 기능의 신장은 문화생산 기능의 향상을 추구하는 중에 그 실용적 목표를 달성할 수 있으나, 문화생산력은 국어교육을 통해서만이 실질적으로 신장시킬 수 있으므로 문화생산력은 국어교육의 고유한 내용인 것이다. 그러므로 국어교육에서도 생산의 측면인 표현 교육을 보다 중시하고 그것을 지향해 교육의 목표로 삼아야 한다. 그렇다면 언어에서 듣기보다는 말하기가 보다 중요시 되어야하며, 글을 읽기보다 글을 쓰는 능력의 계발이 우선되어야 한다.

지금까지 국어교육에서 일관되게 강조해온 기능이 중요하지 않은 것은 아니며 그러한 기능이 불필요하다는 것도 아니다. 다만 지금까지의 기능 목표가 그 기능 자체의 신장에 머무르는 한 실제적인 기능의 향상도 기대하기 어려워진다. 그것은 목표가 불명한 채 양성하는 기능이 충실하게 신장될 수 없기 때문이다. 그러므로 기능 신장의 목적을 분명히 하고, 그 기능 신장을 위해 국어교육에서 치중했던 기능 교육을 토대로 기능 교육의 수준을 상향조정하여 한 단계 끌어올려야 할 것이다. 그러므로 문화생산력을 향상시키려는 목적으로 교육하면 지금까지 치중한 언어 사용 기능 신장은 자동적으로 향상될 수 있다. 왜냐하면 당연하게 그러한 기능이 없이는 문자 생산을 할 수 없기 때문이다. 이 점은 실용적인 제작 기능이 없이 문화적인 상품과 예술품을 어떻게 만들 수 있겠는가를 생각하면 보다 자명해진다. 그 중에서도 문자문화 생산인 글쓰기 교육이 지금보다 더욱 강조되고 강화되도록 해야 한다. 그리하여 다가온 21세기에는 우리의 자랑스러운 문자문화의 전통을 찾아내고 그 능력을 후손들에게 길러주어야 할 것이다.

문자 생산력은 문자 소비능력에 비하여 더욱 어렵고 오랜 시간의 숙련을 필요로 한다. 그러나 그것은 반드시 우리가 지향해야 할 국어교육의 목표이다. 이 목표를 달성하기 위해서 우리는 많은 것을 자주 말하게 해야 하고, 보다 다양한 방식으로 글을 쓸 수 있는 기회를 제공하고, 실제적인 지도 방책을 개발하고 보급하여 실천해야 한다. 또한 우리는 표현하기 위해 보고, 듣고, 읽고, 생각하도록 지도해야한다. 즉, 독서를 할 때는 가치 있는 책을 읽고 감상하는데 그치는 것이 아니라 책의 내용에 자신의 경험과 생각을 보태고 새로운 생각을 담아서 하나의 글을 생산해 보도록 해야한다. 우리의 국어교육이 문화생산을 지향하는 교육으로 목표를 바로 잡아 시행할 때, 우리의 21세기는 문화국가로서 문화시대에 당당한 세계의 주역이 될 수 있을 것이다. 이것이 바로 국어교육에서 담당해야 할 몫인 것이다. 문화교육의 세 단계는 문화의 전수(傳受)와 향유, 그리고 생산이다. 그런데 그 동안의 국어교육은 주로 실용과 관련하여 전수와 향유 쪽을 선택했으며, 이것은 문화의 수용자와 소비자로서의 교육에 치중했음을 뜻한다. 이는 문자 교육에서 독해력 신장의 강조로, 문학교육에서 감상 교육의 편중으로 이어졌다. 또한 학습자를 언제나 피동적으로 문화를 수용하는 수용자로만 양성하고, 그들 자신의 문화를 생산하여 거대한 문화 발전의 흐름에 동참하는 기회와 의욕을 막은 결과를 초래하였다. 국어교육은 학습자들에게도 문화를 생산할 수 있는 능력을 키워주고 기회를 제공하여, 선대(先代)의 문화에 새로운 후대의 문화를 첨가하여 보다 진전된 문화를 형성할 수 있도록 해야 한다. 그러나 제6차 교육과정까지는 그렇지 못했다. 그래서 국어교육에서는 문학 창작을 다룰 수 없는 것으로 믿었고, 그 밑바탕에는 문학을 창작하는 일은 특별히 하늘로부터 능력을 받은 사람만이 할 수 있는 일이고 그들만이 해야 하는 전유물로 여기는 의식이 국어교육에 깔려 있게 되었다.

그러나 문학은 우리가 살아가는 삶의 표현 양식 중 하나일 뿐이다. 우리의 삶을 표현하는 여러 가지 방식 중에서 언어와 문자로 표현된 것을 우리는 문학이라고 부른다. 그러므로 문학은 문학자만의 것일 수 없다. 이것은 마치 전문 디자이너가 만든 옷이 그들만의 것은 아니며, 철학자만이 철학을 향유하는 것이 아니고 정치가 정치인만의 것이 아님과 같다. 이것 모두 우리가 늘 말하고 쓰고 노래하며 살아가는 것과 별반 다를 바가 없다.

문학은 특별한 사람들에 의해 향유되는 별개의 세계가 아니다. 예전에 듣던 할머니의 다정한 얘기가 그리고 신분에 관계없이 자신들의 노래와 이야기를 만들어내고 즐겼던 보통사람들의 언어생활[2]이 문학이다. 또한 오늘날 우리가 배꼽을 잡을 수밖에 없는 아이들의 많은 이야기들도 우리 사회의 삶을 표출하는 문학인 것이다. 문학은 일상인의 것이므로 일상인의 삶에 충실한 사람이 쓰고, 그런 사람이 읽으면 그것으로 족한 것이다.

인간은 이야기를 즐긴다. 이 이야기들은 재미를 바탕으로 인간들의 사는 모습을 담고 있다. 그러므로 우리는 그 이야기를 통해서 재미를 즐기

---

2) 김대행(1993 : 30)은 대여섯 살쯤의 어린아이가 부모에게 하는 많은 질문들을 문학 언어의 한 모습으로 보고 있다.
"비는 누가 만들어?", "구름이 만들지."
"구름은 누가 만들어?", "물이 뜨거워지면 수증기가 올라가서 구름이 되지,"
"물은 누가 만들어?", "그건 수소하고 산소로 되어 있지."
"수소와 산소는 누가 만들어?", "그건 하느님이 만들지."
"그럼 하느님은 누가 만들어?"
이내 말이 막히던 그 숱한 질문들…. 즉, 문학은 우리 모두가 생각하는 것, 그러나 까마득히 잊고 있던 것을 우리 모두가 쓰는 말로 다시 일깨워 주는 것일 뿐이다. 그러기에 문학의 언어는 일상의 언어와 다르지 않다.

기도 하지만 거기서 인생을 터득하기도 하며, 세상을 알게 된다. 우리는 아이들에게 모든 것을 가르쳐 주지 못하지만 아이들은 문학을 통해서 우리가 가르쳐 주지 않은 많은 것을 배울 수 있다.

지금까지의 문학교육은 작품을 이해하고 체험하려는 새로운 방법이 시도되기도 했지만 입시라는 커다란 제도적 장애물 때문에 그 수용의 다양성과 창작의 독자성들이 많은 제약을 받아왔다. 그러나 문학이 다양한 삶을 반영해 주는 것이라는 본질적 측면을 생각해 본다면 그것을 해석하고 받아들이는 여러 가지 방법들을 수용해야만 한다. 그러므로 인습으로 내려온 문학교육의 모습을 지양하고 다음과 같은 사항을 염두에 두고 문학교육이 이루어져야 한다.

첫째, 분류적 지식을 암기시키지 말아야 한다. 장르구분이니 문학사의 시대구분이니 혹은 주제니 소재니 하는 용어들은 문학을 좀더 잘 아는 데 도움은 될지언정 문학을 즐기는 데 방해가 되는 경우가 많다. 둘째, 문학을 문화의 한 현상으로 보아야지 예술가들의 전유물로 보아서는 안 된다. 문학은 보통사람들이 만들어냈고 또한 그들이 즐기는 문화양식이다. 대중문학에 대한 비판과 더불어 격려가 뒤따라야 하는 이유도 우리가 그 물결 속에 살고 있고 또 살아가게 될 것이기 때문이다.

문학이라는 거대한 산에는 높은 봉우리도 있고, 맑은 냇물도 있으며, 나무 그늘도 있고, 바람 부는 모퉁이도 있다. 높은 봉우리를 좋아하는 사람은 전문적인 산악인이 되어 가파른 산을 오른다. 그러나 한가하게 야유회를 즐기고 싶은 사람은 계곡과 나무 그늘이 있는 아담한 안식처에서 즐거운 시간을 보내면 된다. 어떤 산을 선택하느냐는 개인의 취향과 목적에 따라 다르겠지만 그들 모두 각각의 산에서 기쁨과 행복을 느끼게 된다. 그러므로 문학교육에서는 아동들이 문학을 통해 각자 행복과 즐거움을 느낄 수 있도록 만드는 것이 중요하다. 다시 말하면 문학교육의 목표[3]는 문학 속에서 즐거움과 행복을 발견하며 스스로 문학 창작에 직접 참여하고자 하는 적극적인 태도를 기르는 데 있다. 이해하는 것도, 체험하는 것도, 상상하는 것도, 새로이 하나씩 알아 가는 것도 그리고 창작하는 것도 모두가 즐거운 일로 하고 싶은 일로 인식될 때 그제서야 문학교육이 제 역할을 다할 수 있게 된다. 또한 우리가 향유(享有)하고 있는 삶의 언어적 표현을 마음껏 즐기고 스스로 그 표현의 과정에 기꺼이 동참하려는 마음을 갖도록 하는 것이 바람직한 문학교육의 방향인 것이다.

2. 시 교육의 목표[4]

사람의 첫인상이 중요하듯이 시 교육은 시를 처음으로 대하는 아동들

---

3) 우한용(1997 : 17)은 文學 敎育은 문학을 생산하고 향유하는 주체들에게 "문학적 사고를 길러 주고 문학적 행동양식으로 입문"하도록 하는 교육이라고 하였다. 여기에서 문학적 사고의 특징으로 상상력을 구사하는 사고, 다양한 세계관의 인정, 그리고 언어적 창조성을 발휘하는 것으로 규정하고 있다.

4) 권혁준(1997 : 109)은 시 교육의 목적을 시를 사랑하는 마음으로부터 시작하여 그 시가 어떻게 아름다운지를 즐기게 하는 것이며, 그로 인해 삶을 풍부하게 하고 윤택하게 하는 데 있다고 하였다. 또한 시 교육은 시의 향유와 분석으로 요약되는 목적을 지향해야 한다. 시를 즐기게 함으로써 정서순화의 효과를 얻는 것과 시 텍스트를 분석하여 과학적, 학문적 태도를 성장시켜 주는 것, 이 모두를 달성하는 것이 시교육의 목적이 된다고 보았다.

강현재(1991)는 시 교육의 목표를 첫째, 작품을 구성하는 제반 언어적 요소들의 관계를 이해하고 둘째, 비판적인 태도로 인간과 세계에 대한 이해의 폭을 넓히며 셋째, 자아실현 즉 창조적 비전을 획득하는데 두고 있다.

구인환(1994 ; 245-248)은 시 교육의 목표가 첫째, 세련된 언어 감각의 형성이요 둘째, 시의 음악성과 구조를 통한 위안감의 획득이며 셋째, 시적인 감동을 통해 시인의 감동을 독자의 감동으로 내면화함으로써 생기는 내적인 충일감이요 넷째, 시를 읽음으로써 상상력의 세련화를 얻는 것이며 다섯째, 체험의 확대이고 여섯째, 사물에 대한 애정의 회복이며 일곱째, 사물을 수용하는 태도의 변화를 꾀하는 것이라고 하였다.

김경희(1998)는 초등학교에서의 시 교육의 목적을 글쓰기의 바른 길을 깨우치고 익히는 바탕이 되게 하며, 생각을 다듬고 마음을 가꾸어 나가 자신의 삶을 소중히 여길 줄 아는 사람으로 자라게 하기 위함이라고 하였다.

김종상(1997)은 시 교육이 아이들 가슴속에 사랑을 심어 사색하고 감동할 수 있는, 정서적으로 풍요로운 사람을 기르는 데 목적을 두어야 한다고 보았다.

이 시를 어렵지 않고, 재미있으며, 아름답고, 친근감 있게 느끼는 것에서 출발한다. 시 교육을 통하여 아동들이 시를 가까이 하여 즐기고, 새로운 미지의 세계에 대한 끝없는 동경(憧憬)과 탐색을 통하여 시의 세계에서 발견한 미를 내면화할 수 있도록 해야 한다. 또한 한 걸음 더 나아가서 자신의 생각과 감흥을 자연스럽게 표현할 수 있도록 해야 하는데, 이 때 아동들의 이해 수준이나 표현 능력이 다소 부족하더라도 시에 관한 지속적인 탐구 태도를 형성해 줄 수 있으면 된다. 이는 시 교육이 초등학교에서 끝나는 것이 아니라 장래에 더욱 폭넓은 문학교육을 통하여 보다 성숙해지고 깊어질 수 있기 때문이다. 그러므로 초등 시 교육은 생활 속에서 시를 즐겨 읽고, 쓰고 싶은 하나의 자기 표현 수단으로 삼도록 하는데 그 목적이 있다.

국어과 교수-학습 계획과 지도의 근간이 되는 제7차 교육과정에서는 국어과의 성격을 "한국인의 삶이 배어 있는 국어를 창의적으로 사용하는 능력과 태도를 길러, 정보 사회에서 정확하고 효과적으로 국어 생활을 영위하고, 미래 지향적인 민족 의식과 건전한 국민 정서를 함양하며, 국어 발전과 국어 문화 창달에 이바지하려는 뜻을 세우게 하기 위한 교과"로 규정하고, 기본 교육 과정의 문학 영역에 대한 내용을 <표 1>과 같이 서술하고 있다.

〈표 1〉 국민 공통 기본 교육과정 '국어'과 교육 내용 체계 중 문학 영역

문 학	·문학의 본질 - 문학의 특성 - 문학의 갈래 - 한국 문학의 특질 - 한국 문학의 사적 전개	·문학의 수용과 창작 - 작품의 미적 구조 - 작품의 창조적 재구성 - 작품에 반영된 사회· 　문화적 양상 - 문학의 창작	·문학에 대한 태도 - 동기 - 흥미 - 습관 - 가치
	·작품의 수용과 창작의 실제 - 시(동시)　　　　　- 소설(동화, 이야기) - 희곡(극본)　　　　- 수필		

제7차 교육과정에서 시 교육이 기존의 시 감상 위주의 교육에서 벗어나 시 창작의 측면에 관심을 보인 것은 바람직한 방향 전환이다. 그러나 '문학의 창작'과 관련된 시교육 내용이 문학 작품에 대한 능동적인 반응을 보이는 활동(초등학교 교육과정 해설(Ⅲ), 1998 : 24)으로 '창작'에 소극적인 참여만을 유도하는 것은 아쉽다. 왜냐하면 문학 창작 활동은 다른 사람의 작품을 감상하면서 의미를 재구성하는 단계를 넘어 스스로 작품을 새롭게 창작하려는 태도를 가지는 것이 더욱 바람직하며, 이러한 창작에 관한 학습이 감상 학습과 더불어 교육되어야 하기 때문이다.

제7차 교육과정에서 시 교육과 관련된 초등학교의 각 학년별 세부 지도 내용을 시 감상 활동의 측면과 시 창작 활동의 측면으로 나누어 살펴보면 <표 2>와 같다.

<표 2>에서 알 수 있듯이, 제7차 교육과정에서도 시 교육이 시 감상에 지나치게 편중되어 있으며, 시 창작을 위한 지도 내용이 체계화 되어있지 않다. 특히, 1학년에서 역할 놀이를 통해 창작이라는 활동에 쉽게 접하도록 한 것은 좋으나, 2학년에서 반복되는 말을 넣어 동시 한 편을 써 보게 하는 활동을 함으로써 시 창작 활동에 과도기적 단계를 생략하고, 아동들이 시가 무엇인지도 모르는 상태에서 시를 창작하게 하는 비약적 단계 상승이 이루어진다. 더욱이 3학년에서는 시에 대한 지도 자체가 사라졌다가 4학년에 행과 연을 바꾸어 시를 완성하는 과도기적 시 창작 단계의 과정을 도입하고 있다. 이것은 2학년의 시 창작 지도 과정과 순서가 크게 뒤바뀐 것으로 생각한다. 5-6학년에서는 창조적 재구성이라는 소극적 창작 과정이 지속되며 시 창작 단계의 완성이 아닌 문종별(文種別) 변환을 창작의 개념으로 보고 있다. 그러므로 제7차 교육과정에서 시교육은 2학년 때 한 편의 시를 완성해 보고 고학년에서는 주로 작품을 창조적으로 재구성하는 것으로 이루어진다. 그런데 시의 정의나 구성 요소 등에 대해 배우고 실제적으로 시다운 시의 창작 과정에 들어갈 수 있는 4-6학년에서 시

를 지속적으로 써보지 않게 하는 것은 아동들이 문학에 적극적으로 참여하려는 태도를 키우지 못하게 되는 결과를 초래하게 된다. 이는 시쓰기를 어려운 것으로 인식하고 시를 감상하는 수준에서 만족하며 뛰어난 재능을 가진 시인들만이 시를 쓸 수 있는 것으로 잘못 인식하게 한다. 그러므로 시를 생활 속에서 자연스럽게 읽고 쓰는 태도를 기르기 위해서는 시 창작에 대한 지도가 저학년부터 고학년에 이르기까지 체계적으로 이루어지며, 세부적인 지도 방책들이 제공되어 교사들이 어려움 없이 아동들에게 창작 의욕을 적극적으로 키워줄 수 있도록 해야 할 것이다.

〈표 2〉 제7차 국어과 교육과정의 학년별 시 교육 내용

학년 \ 활동	시 감상 활동	시 창작 활동
1학년	[1-문-(1)] 작품에 표현된 말에서 재미를 느낀다. 기본 동시나 동화에서 재미있는 말을 찾는다. 심화 재미있게 표현된 동화나 동시를 친구들에게 들려준다. 동시나 동화에서 재미있는 표현을 찾아보고, 그 이유를 말한다.	
	[1-문-(2)] 작품에 나오는 인물의 모습이나 성격을 상상한다. 기본 동화나 동시를 듣거나 읽고, 작품 속의 인물에 대한 생각이나 느낌을 말한다. 심화 동화나 동시로 역할 놀이를 하고, 작품 속 인물의 모습이나 성격을 말한다.	[1-문-(2)] 작품에 나오는 인물의 모습이나 성격을 상상한다. 심화 동화나 동시로 역할 놀이를 하고, 작품 속 인물의 모습이나 성격을 말한다.
	[1-문-(3)] 작품을 즐겨 찾아 읽는 습관을 지닌다. 기본 동화나 동시에서 재미를 느끼고 즐겨 찾아 읽는다. 심화 재미있는 동화나 동시를 친구들에게 들려준다.	

2학년	[2-문-(1)] 작품에 반복적으로 나타나는 말의 재미를 느낀다. 기본 동시에서 반복적으로 나타나는 언어적 요소가 주는 느낌을 말한다. 심화 반복적으로 나타나는 말의 운율을 살려 동시를 낭독한다.	
	[2-문-(3)] 재미있는 말이나 반복되는 말을 넣어서 글을 쓴다. 심화 재미있는 말이나 반복되는 말을 넣어서 동시나 이야기를 쓰고, 운율을 살려 낭독한다. 자신이 쓴 글에서 재미있는 말이나 반복되는 말이 어떤 느낌을 주는 지 말한다.	[2-문-(3)] 재미있는 말이나 반복되는 말을 넣어서 글을 쓴다. 기본 재미있는 말이나 반복되는 말을 넣어서 동시나 이야기를 쓴다. 심화 재미있는 말이나 반복되는 말을 넣어서 동시나 이야기를 쓰고, 운율을 살려 낭독한다.
3학년	[3-문-(3)] 작품의 분위기를 살려서 낭독한다. 기본 동시나 동화에서 작품의 분위기를 파악하고, 분위기를 살려서 낭독한다. 심화 동시나 동화의 낭독을 듣고, 분위기를 잘 살려서 낭독하였는지 말한다.	
4학년	[4-문-(1)] 작품의 구성 요소를 안다. 기본 동시, 동화나 소설, 극본의 구성 요소를 안다. 심화 작품에서 동시, 동화나 소설, 극본의 구성 요소가 어떤 구실을 하는 지 말한다. [4-문-(2)] 작품의 구성 요소를 통하여 주제를 파악한다. 기본 행과 연, 운율, 분위기 등을 통하여 동시의 주제를 파악한다. 심화 작품의 주제와 구성 요소가 어떻게 관련되는지 파악한다. [4-문-(4)] 작품에 나타난 인물의 삶의 모습을 이해한다. 기본 작품의 시대 배경과 관련지어 등장 인물의 삶의 모습에 대하여 말한다.(동화나 극본, 동시)	[4-문-(3)] 작품의 구성 요소를 창조적으로 재구성한다. 기본 자신의 경험이나 처지에 비추어 작품의 구성 요소에 대한 생각이나 느낌을 말한다 ; 동시의 행과 연 바꾸어 쓰기 등의 초보적인 창작 활동을 뜻한다. 심화 작품의 구성 요소를 어떻게 바꾸어 보고 싶은지 친구들과 이야기한다.

4학년	**심화** 작품에 나오는 인물의 삶의 모습을 작품에 반영된 시대적, 문화적 상황과 관련지어 말한다.	
5학년	[5-문-(5)] 작품의 일부분을 창조적으로 바꾸어 쓴다. **심화** 친구들이 쓴 글을 바꾸어 읽고 자신이 쓴 글과 비교한다.	[5-문-(5)] 작품의 일부분을 창조적으로 바꾸어 쓴다. **기본** 자신의 생각이나 의견을 반영하여 작품의 일부분을 창조적으로 바꾸어 쓴다.(동화, 극본, 동시)
6학년	[6-문-(3)] 작품에 나오는 여러 가지 감각적 표현을 음미한다. **기본** 시를 읽으며 여러 가지 감각적 표현을 찾고 그 느낌을 말한다. **심화** 시를 읽고, 여러 가지 감각적 표현이 주는 느낌과 그 효과에 대하여 토의한다.	[6-문-(6)] 작품을 다른 갈래로 표현한다. **심화** 동화나 소설의 일부분을 시로 바꾸어 쓴다. 시를 동화나 소설로 바꾸어 쓴다.

3. 시 창작 교육의 의의

'어떤 시가 좋은가?' 라는 질문에 대부분의 교사들은 아름다운 말을 사용하고 함축미와 간결성과 서정성을 가진 시(32%)보다는, 자신의 구체적인 경험에서 우러나오는 정서를 솔직하고 꾸밈없는 태도로 자기 개성에 따라 표현한 시(65%)를 꼽는다. 또한 시쓰기 교육에서 가장 중요하다고 생각하는 부분에 대한 응답으로는 감동을 주는 시를 쓰게 하기 위한 방책을 가르치는 것이 시의 형식이나 수사법을 지도하는 것보다 더 중요하다고 하였다. 그리고 시쓰기 지도에서는 행과 연의 개념을 이해시키는 일이 중요하지 않다고 생각하며(78%), 아동들의 시쓰기를 위한 예시 글을 제시하는 것을 효과적으로 보는 견해(96%)가 지배적이었다(이우영, 1997 : 23-34). 이는 현장 교사들이 바른 시 교육관을 갖고 있음을 시사해 준다.

어린이의 시는 '얼마나 아름다우며 얼마나 세련된 문장으로 표현되었는가'가 중요한 것이 아니라, 얼마나 절실한 느낌을 솔직히 나타냈으며 자기만의 생활 모습과 개성이 잘 나타났느냐가 문제이다(김종상, 1970 : 27). 미사여구, 아름다운 표현에 치중한 시쓰기 지도는 처음엔 어느 정도 효과를 볼 수 있겠지만 진정한 감동을 주는 시를 쓰기 어렵게 만들고, 창의성이 결여되어 더 이상의 발전을 기대하기 힘들다.

아동들은 '일기, 시, 편지글, 생활문, 논설문, 독서감상문, 기행문, 설명문'과 같은 문종 중에서 가장 쓰기 쉬운 문종으로 일기 다음에 시를 꼽고 있다. 그 까닭은 시가 짧고, 쓰기에도 쉽기 때문이다. 시는 대체로 산문이나 이야기 글 등에 비하여 단어의 수가 적고 문장의 길이가 짧으며, 분량 면에서도 적다. 산문은 아무리 짧게 쓰고자 해도 한계가 있다. 이것은 산문이 이야기의 구조를 가지기 때문에 단숨에 써버리기 어렵기 때문이다. 그러므로 글쓰기를 싫어하는 아동들의 경우 시를 쉽게 선택할 수 있다. 이는 쓰기의 용이함만으로 시를 선택한 것이지 시가 좋아서 선택한 것은 아니다. 대부분의 아동들은 책상에 앉아서 발상 단계에서부터 완성 단계에 이르기까지 기계적으로 짧은 시간에 여러 편의 작품을 만들어낸다. 아무런 감동이 담겨있지 않은 내용을 가지고 적당히 상투적인 말들을 늘어놓아 가며 시를 써내려 간다.

그러나 아동들에게 시란 자신의 진정한 삶을 표현하는 인생 공부여야 한다. 동심은 아동의 마음 그대로를 말하는 것이지 어른의 아이 같은 마음이라고 말하기 어렵다. 아동의 마음 그대로만이 아동들에게 실감을 느끼게 하고 감동을 준다. 아름다운 정서는 솔직한 느낌이나 감정에서 출발한다. 때로는 그것이 나쁜 감정이라 하더라도 쓰는 가운데 자연스럽게 순화되어야하지 처음부터 아름다운 생각과 말을 강요한다고 해서 얻어지는 것은 아니다. 아동들은 시를 자신의 자유로운 느낌과 감정을 표현하는 또 다른 어떤 형식의 하나로 이해해야 한다. 따라서 '형식의 이해'라는 학습

목표 역시 '순간의 감동을 붙잡는 힘'에 기반하지 않으면 안 된다. 특히, 아동의 단계에서 시가 지니고 있는 형식이란 부차적인 수단이다. 진정 중요한 것은 형식이 아니라 마음을 진솔하게 표현하도록 하는 것이다(이우영, 1997 : 73-75).

지금까지의 시 감상 중심의 시 교육은 마치 시 감상이 초등 시 교육의 전부인양 착각하게 만드는 결과를 초래하였다. 그러나 아무리 시 감상을 잘 한다하더라도 직접 시를 써보지 않으면 시 창작에 대한 두려움을 갖게 되며, 시에 대한 적극적인 향유는 이루어지지 않는다. 또한 다른 사람의 작품을 감상하고 향수하는 것만으로는 문학의 본질5)과 인간의 표현 욕구를 충족시킬 수 없다. 인간은 자신의 생각과 의사를 표현하고자 하는 본능적인 욕구가 있다. 갓 태어난 아기도 자신의 욕구를 충족시키기 위해 울음, 몸짓, 뒤척임 등 그들 나름대로의 표현 방법을 쓴다. 그러나 생활 속에서 떠오르는 시상이나 감흥들을 표현해 낼 방법이 제한적이라면 이것에서 오는 갈증 또한 크기 마련이다. 그러므로 시 교육도 이러한 표현의 욕구를 충족시킬 수 있어야 한다.

시는 어릴 때 '아가 말'을 익히듯 쓰고 싶을 때 쓸 수 있도록 하면 된다. 그러므로 교사는 시를 쓰고 싶은 동기를 자연스럽게 제공할 수 있어야 한다. 시에 대한 지식이 부족하더라도 계속적으로 시를 읽고 써 보면서 시를 알아가고 시에 자신감을 얻게 되는 것이다. 그리고 이러한 자신감은 지속적으로 시에 흥미를 갖게 만들고 보다 시를 깊이 있게 탐색할 수 있게 만든다.

---

5) 우한용(1997 : 35)은 교육과정에서 말하는 문학의 '감상'은 주체가 문학을 수동적으로 소비하는 문학사회학적 관점을 전제하고 있으며, 이는 문학의 본질에 대한 파악을 잘못한 것으로 문학 현상 가운데 있는 수용자는 수동적 소비자가 아니라 창조적 수용을 행함을 강조한다. 이것은 지금까지의 시 교육이 단순한 감상에 치우쳐서 문학의 본질인 '창조'를 소홀히 함을 비판한 것이다. 이 '창조'는 시 감상에서 적극적 감상활동을 통한 창조이며, 더 나아가 시쓰기를 통한 진정한 창조의 길에 접어듦을 뜻한다.

아동들 모두 시인이 될 수는 없다. 그러나 누구나 다 시를 쓸 수는 있다. 시를 쓰는 마음은 즐거움이다. 이러한 즐거움은 수업 시간을 통해 반드시 학습하게 해야 한다. 이것은 차후 아동들이 스스로 시를 감상하고 즐길 수 있도록 만드는 밑거름이 되기 때문이다. 아동들의 능동적 활동이 이루어지지 않는 한 시쓰기 지도는 아무리 능한 해설과 유명한 시를 예로 들어 준다 해도 실패하고 말 것이다. 이는 시를 써보려는 아동들의 학습 성취 동기가 강하게 작용하지 않고서는 창작이 제대로 이루어질 수 없기 때문이다. 시는 몇몇 시인들만이 쓰는 것이 아니라 누구나 시를 쓸 수 있다는 생각을 갖게 하는 것이 중요하다. 아동들로 하여금 포기하지 않고 시를 쓰게 함으로써 자신도 시를 쓸 수 있다는 자신감을 갖도록 해야한다. 아동들이 스스로 발견의 기쁨을 느끼도록 만든다면 그 이후에 기교적인 면을 다듬어도 늦지 않기 때문이다.

초등 시 교육은 즐거움과 감동에 초점을 두는 시 감상과 더불어 아동들의 흥미와 창작 욕구를 북돋을 수 있는 시쓰기 지도가 함께 이루어져야 한다. 아동들의 자유롭고 신선한 발상을 짧은 글인 시로 자유롭게 표현할 수 있도록 지도해야 한다. 물론 아동들이 만들어낸 창작물은 시가 아닐 수도 있으나 새로운 창작이라는 점에서 매우 중요하다. 그러나 초등학교에서는 운율, 연과 행, 그리고 주제와 소재가 질서 정연하고 멋지게 제시된 시를 쓰는 것이 중요한 것이 아니다. 아동들이 생활 속에서 시를 가까이 하여 즐기고 시를 쓰는 것이 결코 어렵거나 하기 싫은 일이 아니라, 필요할 때는 언제든지 자신의 감정을 표현하는 하나의 활동으로 기꺼이 이용하려는 마음을 가지는 것에 그 의의가 있다.

제 3 장

시 창작 교육의 문제와 해결책은 무엇인가?

'문학의 창작'은 제7차 교육과정에 이르러 국어과 교육과정의 내용 요소로 자리 잡았으나, 그 이전부터 많은 창작 활동이 실제 학교 현장에서는 이루어져 왔다. 초등학교의 경우 학교 단위의 백일장 대회나 특별활동 등의 시간을 이용하여 좁게는 소질이 있는 학생으로부터 넓게는 학교 전체 어린이들에 이르기까지 창작 활동이 보편적으로 이루어지고 있다. 그러나 백일장 대회식으로 치러지는 시 창작은 주제를 학생들에게 제시하고 '나름대로 쓰라는 식'으로 방관적인 입장에서 이루어지는 것이 보통이고 교실 현장에서 이루어지는 창작 과정 역시 '어떻게 써야 하는가'에 대한 답을 주지 못하고 있다.

누구나 학교에 다니면서 시 한편 지어보지 않은 사람은 없을 것이다. 그러나 창작의 과정에서 사용할 수 있는 쓰기 방책을 사용하여 시를 지은 사람은 많지 않을 것이다. 최근 과정 중심 쓰기의 영향으로 생각 그물 만들기, 브레인스토밍 등의 학습 방책들이 소개되고 보편적으로 교실 안에서 사용하고 있다. 그러나 학습자들은 이러한 내용 생성 방법이 유용하다는 것을 알고 있으면서 그러한 과정을 통하여 한 편의 작품을 형상화시키지 못하고 있다. 왜냐하면 과정이 결과로 이어지기보다는 과정을 위한 학습 활동으로 끝나는 경우가 많기 때문이다.

창작 교육은 시인을 길러내기 위한 것이 아니라 문학 작품을 추체험함으로써 문학 활동 자체를 심화하고 확대하기 위함이다. 학습자들이 스스로 시를 써봄으로써 시의 형상화 과정을 이해하게 됨과 동시에 시의 본질에 한 걸음 다가 갈 수 있다. 나아가 이러한 작업을 통해 경험 자체가 새로운 깊이와 폭을 획득하게 될 것이다.

어른들이 시를 읽지 않는 것은 어릴 때부터 시에 익숙하지 않았기 때문이다. 이것은 우리 가락을 들으면서도 그에 익숙하지 않아 부담스러워하는 우리 상황과 마찬가지다. 아무리 조상의 얼이 담겨 있는 문화라 할지라도 학습이 지속되지 않으면 둔감해 지는 것이 이치이다. 학습하지 않음으로 생기는 전통문화의 단절은 시를 자꾸만 우리들 생활에서 멀어지게 하는 악순환을 양산한다. 이 매듭을 풀 좋은 방법은 공교육에서 시를 창작하게 하고 시를 향유하게 하는 것이다.

1. 표현 기법에 바탕을 둔 창작 지도

시를 보는 관점에 따라 독립된 작품으로 보는 객관론, 자연의 모방으로 보는 모방론, 즐거움과 교훈이라는 효용적인 측면을 강조하는 효용론, 잘 짜여진 언어로 보는 표현론 등 다양한 이론이 있지만, 우리는 지금까지 시 교재를 지나치게 분석적인 방법으로 지도해왔다. 시가 교실 안의 교육 내용으로 들어오는 순간, 시의 언어는 쪼개어지고 감상이 정형화 되어 버리기 일쑤다. 이 보다는 시를 즐기고 사랑할 수 있는 배경을 만들어 주는 것이 우선이다. 그런 후에 분석을 해도 늦지 않다.

제7차 교육과정에서도 이념적으로는 개인의 표현 욕구를 다양하게 인정하고 그것을 지향하고 있다. 그러나 실제 지도 내용을 살펴보면 언어적 표현 기법에 치중하고 있음이 드러난다. 다음은 제7차 교육과정 학년별 지도 내용의 일부이다.

학년	내용		수준별 학습 활동의 예
2	·재미있는 말이나 반복되는 말을 넣어서 글을 쓴다.	기본	·재미있는 말이나 반복되는 말을 넣어서 동시나 이야기를 쓴다.
		심화	·재미있는 말이나 반복되는 말을 넣어서 동시나 이야기를 쓰고, 운율을 살려 낭독한다. ·자신이 쓴 글에서 재미있는 말이나 반복되는 말이 어떤 느낌을 주는지 말한다.
4	·작품의 구성 요소를 창조적으로 재구성한다.	기본	·자신의 경험이나 처지에 비추어 작품의 구성 요소에 대한 생각이나 느낌을 말한다.
		심화	·작품의 구성 요소를 어떻게 바꾸어 보고 싶은지 친구들과 이야기한다.
5	·작품의 일부분을 창조적으로 바꾸어 쓴다.	기본	·자신의 생각이나 의견을 반영하여 작품의 일부분을 창조적으로 바꾸어 쓴다.
		심화	·친구들이 쓴 글을 바꾸어 읽고, 자신이 쓴 글과 비교한다.
6	·작품에 창의적으로 반응한다.	기본	·작품에 대한 자기 나름대로의 생각이나 느낌을 말한다.
		심화	·작품에 대한 여러 사람의 생각이나 느낌을 알아보고, 이를 작품 수용에 활용한다.
	·작품을 다른 갈래로 표현한다.	기본	·동화나 소설의 일부분을 극본으로 바꾸어 쓴다. ·시를 동화나 소설로 바꾸어 쓴다.
		심화	·시, 소설, 수필, 희곡 등 여러 갈래의 글을 쓴다.

이러한 교육과정을 읽은 교사라면 누구나 '언어적 표현'에 관심을 두고 지도하려 할 것이다. '재미있는 말'(2학년), '작품의 구성 바꾸기'(4학년), '바꿔 쓰기'등은 수사적 문제에 주목하게 한다. 문학텍스트를 향한 인지적 접근은 학생들의 능동적인 문학 감상 및 창작 활동을 위축시키는 원인이 된다.

또한 교실에서 창작은 무시되기 일쑤다. 시 지도는 크게 이해 단계, 감상 단계, 창작 단계로 나눌 수 있다. 그런데 학교에서는 이해와 감상 단계에서 끝나고 창작 단계는 무시되는 경우가 많다. 시 한 편을 두고 주제를 찾고 소재를 찾고 그리고 낱말 뜻이나 수사학에 관계된 것을 학습하고 난 후, 숙제로 시 한 편 지어오라고 하면 시 수업은 끝난다. 그럴만한 시간적 여유가 없는 것도 사실이다. 그러니 학교 현장에서 창작 단계는 무시될 수밖에 없다.

2. 텍스트 선택의 한계

교과서에 실린 동시를 살펴보면 어른들이 쓴 동시가 대부분이며 아이들이 쓴 동시는 상대적으로 부족하다. 동시를 지도하기 위해서 좋은 동시를 고르는 일은 필연적이다. 좋은 동시는 아동들의 마음이 진솔하게 꾸밈없이 묻어나는 생활 속의 시를 말한다. 반면, 잘된 동시는 기법적으로 완성도가 높은 작품이다. 교과서에 실리는 대부분의 동시는 이른바 잘된 동시, 모범이 되는 글이다. 반면 아동들이 쓰는 대부분의 동시는 어린이들의 생활상이 꾸밈없이 나타나는 좋은 동시에 속한다.

아동들의 동시 창작 지도는 다소 완성도는 떨어지더라도 생활 동시, 좋은 동시 쪽에 지도의 초점을 맞추어야 한다. 생활 속에서 맘껏 상상력을 발휘하고 자신의 생각을 창의적으로 표현을 할 수 있도록 하는 것이 시교육의 목표요 문학교육의 목표이기 때문이다. 그리하여 좋은 동시가 차츰 잘된 동시 쪽으로 심화 발전될 수 있도록 하는 것이 바람직하다.

또한 주제도 다양하지 못하다. 대부분 교훈주의, 동심주의, 기교주의를 벗어나지 못하고 있다. 교과서에 수록된 시 교재 소재를 보면 생활 속의 경험이나 느낌이 25편(54%), 자연물 등 대상물에 대한 시 7편(15%), 대상에 대한 감정이입 9편(19%), 관념을 노래한 시 5편(12%)으로 구성되어 있다. 학습자의 생활에 중심을 둔 시가 점차 확대되고는 있지만 아직도 동심 천사주의, 운율을 강조한 정형시, 생활과 동떨어진 관념시 등이 시 공부의 주요 텍스트로 이용되고 있는 실정이다. 이러한 시주제의 선택은 학생들에게 시는 도덕적이라는 결론에 도달하게 하고 시를 지루한 것, 나와는 관계없는 요원한 것으로 느끼게 한다. 시에 대한 편협적인 인식은 창작자에게 자기 표현의 범위를 제한한다. 이것은 결국 상상력과 표현의 창의성을 제한하게 되는 결과를 낳게 한다. 시의 소재는 미움일수도 있고 아름다움일 수도 있다.

초등학교에서 아이들에게 시를 가르치는 까닭은 무엇인가? 그것은 아이들로 하여금 자신의 삶을 아름답게 가꾸도록 하기 위해서다. 시를 통해 언어 능력을 길러주거나 문학 작품에 대한 안목을 기르도록 하는 것은 삶을 가꾸기 위한 목적에서이지 결코 다른 목적이 있는 것은 아니다.

3. 방책의 부재

시창작 교육 역시 '무엇을', '어떻게' 가르칠 것인가의 문제로 집약될 수밖에 없다. 일반적으로 '무엇을'을 명제적 지식(knowing that)으로 '어떻게'를 방법적 지식(knowing how)으로 '언제', '왜'를 '조건적 지식'이라 한다. 교육의 수행적 측면을 강조할 때 우리는 방법적 지식과 조건적 지식에 주목하게 된다. 이러한 지식을 습득하기 위해서는 시창작 과정에서도 적절한 방책을 사용할 수 있어야 한다. 그러나 이러한 원리와 지식들이 실제 수업에서 활용되기 위해서는 특별한 처치가 있어야 한다. 실제 수업을 통해 학습자들에게 가르칠 내용에 대해 흥미를 갖게 하여 학습 동기를 유발하고, 지식의 이해나 수행 활동을 통해 머리 속에 저장되고, 다음 학습과 일상생활에서 올바른 이해와 표현을 할 수 있도록 하는 것이다.

현재의 교과서는 이런 방책이 부재하며, 단순한 내용 파악이나 간단한 언어 지식 또는 국어 지식을 알아보는 수준에 머무르고 있다. 제7차에 이르러 긍정적인 변화의 시도가 보여 다행스럽다. 그러나 아직까지 방책이 상투적인 면이 많고 감상을 위한 준비 학습 요소를 익히는 활동이 많다. 아직도 대한민국의 많은 교사는 교과서와 교사용 지도서에서 벗어나지 못하고 있다. 게다가 모든 교육과정에서 도덕적 교훈을 전달하는 수단으로 전락해버린 수업 현실에서 아이들이 문학적 아름다움을 느끼기에는 무리라고 생각한다. 뻔한 주제에 관념적인 소재들은 시를 어린이들에게서 더욱 멀어지게 한다.

그러기 위해서는 교사가 먼저 시를 바라보는 관점을 확립해야 한다. 시가 무엇인지. 또는 시를 어떻게 읽어야 하는지. 좋은 시는 과연 어떠해야 하는지. 동시와 시는 어떻게 다르고 어떻게 가르쳐야 할지. 아이들의 솔직한 생각을 어떻게 시로 끌어내야 하는지, 그리고 이러한 내용들을 지도하고 수행을 원활히 하기 위한 방책 등에 대해 고민해야 한다. 우리 아이들의 머리 속에 여러 가지 쓸거리를 떠올리게 하고, 표현하고 싶은 마음이 충만하며, 쉽게 그것을 표현할 수 있는 방법을 가르쳐주어야 할 것이다.

제2부 초등 시 창작 교육의 내용과 원리

제1장

창작 능력과 창작 주체

문학 교육의 목표는 학습자에게 문학 능력을 길러 주는데 있으며, 문학 능력은 문학의 생산과 수용에 필요한 문법을 익히고 문학 현상 안에서 문학을 향유할 수 있는 능력을 뜻한다. 이 문학 능력 가운데 문학의 생산에 관여하는 제반 능력을 '창작 능력'이라고 규정할 수 있을 것이다.

또, 창작 능력이 무엇인가에 따라 창작을 지도하는 교수·학습 내용과 방법이 탐색될 수 있다. 창작 능력은 그 하위 개념들을 살펴보는 것으로 이해할 수 있을 것이며, 창작의 절차상에 나타나는 능력으로 설명할 수도 있다. 창작의 절차상에 드러나는 창작 능력은 문제 발견 능력, 구성 능력, 수사능력, 자신의 글에 대한 자율조정 능력 등이다.

문제 발견 능력은 소재를 발견하여 주제화하는 능력이다. 문제의식을 가지고 대상을 바라보는 데서 문제는 발견된다. 이는 사물에 대한 감수성 및 사태에 대한 민감성과 연관된다. 사물에 대한 민감성은 대상에 대한 적극적이고 능동적인 대응을 바탕으로 길러진다. 그리고 문제를 발견하는 능력은 창작 과정에서 보면 아직 추상적인 단계에 머물러 있는 것이다. 구체적인 감각으로 파악되는 문제일 경우는 단편적인 인상이나 이미지에 그치는 경우도 있다. 문제를 발견하는 능력은 속성상 감수성(感受性)이라고 바꾸어 말할 수 있다.

창작 능력을 심리 차원에서 규정하자면 대상에 대한 민감성과 적극적인 교섭 작용의 의욕이라고 할 수 있다. 이는 경험과도 관계된다. 경험은 감각적으로 수용된 대상이 주체의 내부에서 의미화 되는 작용을 거친 연후에 새로운 의미체로 형성된 것을 뜻한다. 이는 체험을 재구성하는 작업이다. 다시 말해 사물에 대한 애정이 문제를 발견하는 감수성의 원천이다. 또한 창작에서 필요한 문제의식이 반드시 논리적인 것이나 비판적인 것을 뜻하지는 않는다. 이 점은 창작이 논술과 구별되는 점이다.

구성 능력은 발견한 문제를 의미 있는 형식으로 짜는 능력, 즉, 형식부여 능력을 일컫는다. 틀을 짜는 데는 논리적인 얼개를 짜는 능력과 구체성을 부여하기 위해 소재를 동원하는 능력이 포함된다. 소설의 경우 플롯을 짜는 일과 플롯이 진행되는 과정에서 실감을 얻어낼 수 있는 소재를 보완해 나가는 증식 능력이 함께 필요하다. 시의 경우는 형식을 결정하고 그 형식을 구체화하는 이미지나 소재를 동원하는 능력을 뜻한다. 창작교육은 완결된 시 창작을 뜻하기보다는 시적인 형식 익히기 등으로 기초적인 수준에서 시작할 필요가 있다. 이는 속성상 상상력이라고 바꾸어 볼 수 있다. 상상력은 구성적 능력 전반을 가리킨다. 구성력은 창조적 상상력이 개입함으로써 논리적으로 조직하고 구체화하는 능력이다. 이는 상상력이 일차적으로 대상을 재구성하는 능력을 뜻한다는 점을 전제한다. 상상력은 변형의 의지와 상통한다. 창조적 상상력은 고정관념을 벗어나 이전과 다른 새로운 관계를 설정하는 능력이고 삶의 비전에 따라 새로운 세계를 그려낼 수 있는 능력이다. 대상을 새로운 맥락에 자리 잡도록 함으로써 이전의 의미와는 다른 의미를 산출할 수 있도록 한다. 이는 창조적 관계 맺기라 할 수 있다.

수사적 능력은 소재와 구성된 형식을 언어적으로 처리할 수 있는 능력을 뜻한다. 언어적 처리란 형상화를 의미하는데, 소재와 구성에 실감을 부여할 수 있도록 구체화하는 능력으로 바꾸어 말할 수 있다. 이미지를 만든다든지 묘사하고 설명하는 능력 등을 뜻한다. 이는 다른 용어로 형상화 능력이라 할 수 있으며 창작에서 필요로 하는 언어처리 능력 전반을 가리킨다. 창작 능력은 형상화 방법을 이용하여 글을 쓸 수 있는 능력이라고 규정해도 좋을 만큼 창작에서 형상화가 차지하는 비중은 크다. 문학적인 글과 비문학적인 글을 구분하는 일차적 지표가 형상화이다. 형상화는 장르마다 각기 다른(혹은 그 장르에서 본질 조건으로 상정하는) 규칙에 따른다. 은유를 중심으로 양식 특성이 규정되는 시에서는 주체와 대상의 완전한 융화를 지향하는 방식으로 형상화한다.

창작에 대한 자율 조정능력은 언어학에서 말하는 메타언어적 기능과 연관되는 능력이다. 글쓰기는 주제를 글로 옮기거나 내용을 서술하는 단선적 형식으로 이루어지지 않는다. 글을 쓰는 중간에서는 물론이고, 글을 다 쓴 다음에도 다시 앞으로 돌아가 읽으면서 퇴고하게 된다. 이는 일종의 비평 능력인데 비평능력은 자신의 창작행위에 대한 재인식 능력을 뜻한다. 이는 복합적인 방식으로 창작에 관여하는 능력이다. 대상에 대한 비평능력은 문제의식에 대한 비평능력이고, 자신의 글이 구성된 원리에 대한 비평능력도 필요하다. 자신의 글을 다시 검토하고 평가하는 데 필요한 객관화 능력으로 작용하는 비평능력은 외적 기준을 마련하는 능력이기도 하다. 대상에 대한 비평과 자기 비평 양편을 포괄하는 이 능력은 작가의 자기 통제력이라는 점에서 미적 거리를 유지하는 능력이기도 하다.

결국 창작능력은 문제를 발견하고 상상력을 통해 구성한 것을 형상화의 방법으로 서술하는 능력과, 형상화된 결과를 자율 조정할 수 있는 복합적인 능력이다. 이러한 능력 이외에 대상에 대한 적극적 관여 태도, 자아에 대한 긍정적 관념, 글에 대한 열정 등을 창작능력의 범주에 포함할 수 있을 것이다.

창작 능력을 속성의 측면에서 살펴보면 감수성, 상상력, 형상화 능력, 비평 능력 등의 항목으로 정리할 수 있다. 이들은 앞에서 살펴본 문제발견 능력, 구성능력, 수사적 능력, 자율조정 능력 등에 대응하는 개념이다.

그렇다면 이러한 창작 능력의 신장을 위해서 학습자인 창작 주체는 어떻게 바라보아야 하는가? 교육의 장에서 창작을 수행하는 주체인 학생 작가는 일반적인 의미의 작가와는 그 위상이 같지 않다. 일반적인 작가처럼 권위를 인정받지 못함은 물론, 자신의 글에 대해 전적인 책임을 지고 발표할 수 있는 기회가 주어지는 것도 아니다. 일반 작가처럼 사회성을 지니기도 어렵다.

의미의 원천이며 창의성의 근원으로 규정되는 창작주체는 개인적인 내밀한 세계를 주관하는 주체이면서 동시에 한 시대의 이념과 역사를 반영하는 초개인적 주체라는 두 측면을 동시에 지닌 존재이다. 초개인적 주체는 시대와 사회를 자아 안에서 통합해 내는 존재이다. 그러나 학생 작가들에게는 초개인적 주체로서의 위치를 강요할 수 없다. 학습주체들의 사회적 성격이 제한되기 때문이다. 이들은 자아개념을 완성해 나가는 단계에 있는 존재들이며, 사회적인 계층을 형성하는 중에 있는 존재들이다. 따라서 자기 세대의 경험 범위 안이라는 제한된 경험의 공통기반 안에서 작업할 수밖에 없는 일이다. 학생 작가는 개별주체 측면 못지않게, 수평적 연계성을 고려할 때는 분화되지 못한 집단성이 강하기도 하다.

훌륭한 문학 작품에 대한 전형을 세우고 이 정도의 작품을 쓸 수 있는 사람들을 작가라고 상정한다면 나이 어린 학습자는 진정한 의미의 작가가 될 수 없고 그들이 생산해 내는 작품 역시 진정한 문학 작품일 수 없다. 또한 나이 어린 학습자는 아직 미성숙한 능력을 지닌 존재이고 그렇기 때문에 교육할 필요성이 생긴다. 하지만 학습자를 개인적인 존재로서가 아니라 그들 나름의 언어 문화와 경험을 가지고 있고 이를 바탕으로 한 가치관과 세계관을 가지고 있는 존재로 인정한다면 학습자는 저작자로서 인정받아야 하고 그들이 생산한 결과 역시 하나의 작품으로 인정되어야 한다.

창작이 일어나는 교실에서 정전주의(正典主義)는 있을 수 없다. 따라서 창작 교육은 학습자들에게 이미 마련된 무엇인가를 주는 것이 아니라 그들이 자신의 문화적 정체성을 형성하고 다른 문화들과 소통할 수 있도록 하는 활동으로 이해할 수 있다.

학습자를 저자로서 인정하여 줄 때 창작 교육은 가능하며, 그들이 창작 교육에 적극적으로 참여하기 위해서는 학습에 대한 책임감을 줄 수 있는 학습 환경과 분위기가 조성되어야 한다. 학습자에게 학습에 대한 책임감을 늘려 줄수록 학습자는 보다 더 자기주도적으로 학습에 임한다는 임상적인 실험결과들이 이를 증명한다(Mary Jett-Simpson, Lauren Lesie, 1997).

제 2 장

시 창작 교육의 내용

1. 시 창작 교육의 목표

시 창작 교육 목표는 흔히 정의적인 영역에 치우쳐 설명하는 경우가
많다.[1] 시 교육을 국어 교육의 하위 범주로서 여기기보다는 인성교육 차
원에서 다루려는 시도들이 그것이다. 이러한 창작 지도는 '진실의 담론'에
충실한 글쓰기를 교수-학습의 도달점으로 삼는 경우가 많다. 이에 동의한
교사들은 단조로운 일상을 바쁘게 따라가는 모범생들의 기교적인 글보다
는 불우한 환경에 놓였거나 혹은 고민이 많은 열등생의 서툴지만 자기 고
백적인 글을 더 바람직한 것으로 여긴다. 그러나, 이것은 글쓰기 태도의
문제이지 글쓰기를 통해 얻고자 하는 목표와는 거리가 있다.

이오덕(1990)은 언어적인 기교만을 추구한 시는 어른을 흉내 낸 시라고
혹평을 하면서 진실을 담아내야만 어린이다운 시이며 그렇게 쓰도록 유
도해야 한다고 하였다. 그러나, 상상력의 산물인 시가 감정의 진실만을 추
구해야 할 경우 언어를 통한 미적 체험은 무시되며 일기문과 같은 고백적
인 글이 잘 쓰여진 시라고 할 수 있을 것이다. 또한, 전적으로 기교만을

---

[1] 예를 들어, 김녹촌(1999)에서는 '어린이들이 참삶을 가꾸어 깨어 있는 참다운 사람으로 만드
는데 시 교육의 목표가 있다'고 하였다.

추구한 시는 있을 수 없으며 글쓴이의 상상력을 통하여 얻어진 시는 '진실성'이란 태도의 문제만으로 지도할 수도 없다.

제7차 교육과정은 문학 교육에 창작 교육을 도입함으로써 문학 교육의 목표를 더욱 심화시켰다고 할 수 있다. 그동안 '문학의 창작'을 '고급문학의 창작'으로 본 낭만주의적 관점은 제4차 교육과정에서 제6차 교육과정에 이르기까지 창작을 학교 교육에서 제외시키는 결과를 낳았다. 그러나 창작 교육은 더 이상 비평가들의 눈에 합당한 빼어난 글을 쓰도록 지도하는 것이 아니며 문학적인 표현을 사용하여 말하거나 글을 쓰는 것, 문학에 관하여 자기의 의견을 말하는 것을 의미한다(이인제 외, 1997 : 154).

그러나, 위와 같은 추상적인 목표를 가지고 시 창작 교육을 위한 지도 방법을 모색한다는 것은 매우 어려운 일이 아닐 수 없다. 위와 같은 거시적인 목표는 창작 교육의 필요성을 설명해 줄 수 있으나 창작 지도 방법에 대한 구체적인 대안을 위한 논리로는 한계가 있기 때문이다. 창작 교육이 국어 교육 안에서 논의되기 위해서는 글쓰기 교육의 테두리 안에서 설명해야 한다. 글쓰기 교육은 학습자의 창의성을 최대한 발달시킬 수 있는 가장 적절한 교육적 활동으로 인식되고 있고, 이를 교육의 장에서 적절히 반영하기 위하여 다양한 교수-학습 방법을 요구하고 있다. 글쓰기 교육 안에서 창작 교육을 논의한다는 의미는 기존 글쓰기 교육이 가지고 있는 규범성에 대한 개방을 요구한다.

예상 독자에게 일정한 영향을 미치기 위해 필요한 장치를 마련하고 주어진 규약이나 관습들을 적절히 활용하여 글을 써야 하는 기존의 글쓰기 교육은 학습자들이 언어 문화적으로 공유된 쓰기의 규약과 관습을 익혀 글쓰기의 과정에 적용함으로써 의사소통능력을 신장시키는 데 목적을 두고 있다. 이는 근대 교육이 추구하는 도구적 합리성으로 인하여 계량화할 수 있는 것, 효율화할 수 있는 것, 평가할 수 있는 것을 교육 내용으로 받아들이고 정서적인 것을 탈가치화 하려는 의도와도 맞물려 있다. 게다가

현 교육과정에서 추구하는 글쓰기 교육도 필자의 생각보다는 문제 상황이나 독자의 특성, 필자와 독자의 거리, 또는 그 사이에 놓인 소통 방식에 더 많은 관심을 두고 있다.

그러나 작문과 창작 모두 창의성 계발을 목적으로 국어 교육 안에서 통합될 수 있으며 작문에서 다루던 쓰기 내용보다 풍부한 교수-학습 과정을 확보할 수 있다. 규범화되어 있는 절차나 규약을 동원하거나 또는 특정한 관습에 맞게 쓸 수 있는 능력을 갖추게 하는 것에 그치지 않고, 어떤 상황을 문제 상황으로 파악할 수 있는 능력, 새로운 절차나 규약을 생산해 낼 수 있는 능력, 그리고 관습을 창조해 낼 수 있는 능력을 갖추게 하는데 까지 쓰기 교육의 목표를 확대시킬 수 있는 것이다. 즉 창작 교육의 목표는 창의적인 자기 표현 능력 신장에 있다 할 수 있겠다.

2. 시 창작 교육의 내용

이러한 의식을 바탕으로 제7차 교육과정의 창작 교육 내용을 비판적으로 살펴보고자 한다. 학년별 창작 교육의 내용은 <표 1>과 같다.

<표 1> 제7차 교육과정 중 문학 관련 교육 내용

학년	내용	수준별 학습 활동의 예	
2	3) 재미있는 말이나 반복되는 말을 넣어서 글을 쓴다.	기본	재미있는 말이나 반복되는 말을 넣어서 동시나 이야기를 쓴다.
		심화	재미있는 말이나 반복되는 말을 넣어서 동시나 이야기를 쓰고, 운율을 살려 낭독한다.
		심화	쓴 글에서 재미있는 말이나 반복되는 말이 어떤 느낌을 주는지 말한다.

4	3) 작품의 구성 요소를 창조적으로 재구성한다.	기본	자신의 경험이나 처지에 비추어 작품의 구성 요소에 대한 생각이나 느낌을 말한다.
		심화	작품의 구성 요소를 어떻게 바꾸어 보고 싶은지 친구들과 이야기한다.
5	5) 작품의 일부분을 창조적으로 바꾸어 쓴다.	기본	자신의 생각이나 의견을 반영하여 작품의 일부분을 창조적으로 바꾸어 쓴다.
		심화	친구들이 쓴 글을 바꾸어 읽고, 자신이 쓴 글과 비교한다.
6	6) 작품을 다른 갈래로 표현한다.	기본 기본	동화나 소설의 일부분을 극본으로 바꾸어 쓴다. 극본의 일부분을 동화나 소설로 바꾸어 쓴다.
		심화 심화	동화나 소설의 일부분을 시로 바꾸어 쓴다. 시를 동화나 소설로 바꾸어 쓴다.
8	6) 여러 갈래의 글을 쓴다.	기본	시, 소설, 수필, 희곡 등 여러 갈래의 글을 쓴다.
		심화	쓴 글을 친구와 바꾸어 읽고 잘된 점을 토론한다.
9	3) 작품에 쓰인 여러 가지 표현 방식을 이해한다.	기본	작품에 쓰인 여러 가지 표현 방식을 찾고, 그 특징과 효과에 대하여 말한다.
		심화	작품에 쓰인 여러 가지 표현 방식을 이용하여 글을 쓴다.
10	6) 자신의 생각이나 느낌을 문학적으로 표현한다.	기본	자신의 생각이나 느낌을 정리하여 말하고, 이를 문학적인 글로 표현한다.
		심화	자신이 쓴 작품을 친구들과 바꾸어 읽고 비교한다.

<표 1>에서 보듯이 제7차 교육과정은 작품을 읽고 그것을 바탕으로 재구성하거나 응용하여 창작하는 방식이 주류를 이루고 있다. 이는 제4차 교육과정에서 '문학 창작에 흥미와 재능을 가진 학생을 대상으로' 하되 '정규 수업 시간에는 지도하지 않도록 한다.'고 한 것과 결과적으로 맥이 닿아 있으며, 제5차와 제6차 교육과정에서 창작 교육을 배제한 논리와도 크게 다르지 않다.

또한 그 내용이 구조화되어 있지 못하고 계열성 역시 찾아보기 어렵다. 교육과정에서 보이는 이러한 태도는 고등학교 문학 과목 교육과정 중 '4. 교수-학습 방법'에서도 잘 드러난다. '작품의 창작 활동은 처음부터 높은 수준을 요구하지 말고 학습자의 요구에 따라 개작, 모작, 생활 서정의 표현과 서사문 쓰기 등의 단계를 거치되, 자신의 삶과 밀접하게 연관지어 지도하도록 하고 특히, 모든 학습자에게 전문적인 문예 작품 창작 활동을 지나치게 강조하지 않는다.'라는 언급은 이를 반증한다. 그러나 한편으로 창작에 대한 조심스러운 관점과 함께 창작에 대하여 보다 광범위한 활동을 할 수 있는 길을 열어 준 것이라고 하겠다. 또한 전문적인 문예작품의 창작 활동을 지향하게 되면 자신만의 경험을 살린 표현을 강조하기보다는 독자를 고려한 글쓰기를 하게 되므로 이를 경계한 것도 납득할 만하다.

제7차 교육과정의 창작 교육 내용은 <표 1>에서 보는 바와 같이 소극적인 입장을 취하고 있으면서 기능 중심으로 이루어져 있다. 여기서 기능 중심이라 함은 쓰기의 기능을 신장시키면 창작 능력이 신장될 것이라는 예상 하에 교육 내용을 설정한 것이다. 창작 능력의 신장이 창작 교육의 중요한 목적이다. 그러나 이러한 창작 능력은 독립적인 기능의 신장으로 향상되는 것이 아니라 쓰기의 맥락과 텍스트 요인을 함께 고려할 때 가능해 진다. 따라서 기능 중심의 교육과정을 보완하여 맥락과 텍스트 요인도 함께 고려할 수 있는 교육 내용을 수립해야 한다.

제7차 교육과정의 중요한 특징 중의 하나는 '실제' 부분의 강화에 있다. 표면적으로 보면 제6차 교육과정의 내용 체계 구성 원리와 제7차 교육 과정의 내용 체계 구성 원리는 크게 다르지 않다. 그러나 제7차의 경우, 본질과 원리 및 태도 범주간의 불분명한 관계는 여전히 존재하나 위의 범주들이 모두 실제를 구성하는 하위 범주 요소로 다루고 있다는 점이다. 곧 실제(장르)를 중심으로 국어 교육의 내용 체계를 재구성할 수 있는 길을 열어 놓았다는 것이다. <표 2>는 제7차 국어과 교육과정의 내용 체계 중

‘문학 영역’에 대한 내용이다.

<표 2> 제7차 교육과정의 내용 체계(문학 영역)

영역	내 용		
문학	·문학의 본질 - 문학의 특성 - 문학의 갈래 - 한국 문학의 특질 - 한국 문학의 사적 전개	·문학의 수용과 창작 - 작품의 미적 구조 - 작품의 창조적 재구성 - 작품에 반영된 사회 문화 양상 - 문학의 창작	·문학에 대한 태도 - 동기 - 흥미 - 습관 - 가치
	·작품의 수용과 창작의 실제 - 시(동시) - 소설(동화, 이야기) - 희곡(극본) - 수필		

이러한 관점에 의하면 문학의 본질, 문학의 수용과 창작, 문학에 대한 태도 등이 작품의 수용과 창작의 실제와 유기적인 관계를 맺고 있음을 알 수 있다. 문학의 본질은 시 창작에 필요한 개념적 지식을, 수용과 창작의 원리는 시 창작에 필요한 방법적 지식을, 태도는 시 창작과 관련된 동기, 흥미, 습관, 가치 등의 내용을 제공하기 때문이다.

그러나 이러한 원리에 의해서 만들어진 제7차 교육과정 내용 체계를 보면 위의 해석과는 정반대의 상황이 벌어진다. 즉, 본질, 원리, 태도 요소를 먼저 만든 다음, 그것을 실제와 결부시키고 있다. 이것은 곧 실제의 창작 상황과 그것이 작용하는 맥락 속에서 창작 교육의 내용 요소들을 배열한 것이 아니라, 가르칠 내용을 미리 정한 다음 그것을 실제 상황과 결부시키는 상황이 발생한 것이다.

그렇다면 작품의 수용과 창작의 실제를 상위 범주로 하여 내용 체계표를 수정하면 다음과 같이 구성될 수 있다.

〈표 3〉 변형된 교육과정 내용 체계 1 (문학 영역)

영역	내 용		
문학	·작품의 수용과 창작의 실제 - 시(동시)　　　　　　- 소설(동화, 이야기) - 희곡(극본)　　　　　- 수필		
	·문학의 본질 - 문학의 특성 - 문학의 갈래 - 한국 문학의 특질 - 한국 문학의 사적 전개	·문학의 수용과 창작 - 작품의 미적 구조 - 작품의 창조적 재구성 - 작품에 반영된 사회 문화 　적 양상 - 문학의 창작	·문학에 대한 태도 - 동기 - 흥미 - 습관 - 가치

이렇게 실제를 내용 체계의 상위 요소로 설정하면, 문학 교육의 내용 체계를 구성하는 본질, 원리, 태도의 범주들에는 실제의 유형에 맞는 다양한 내용들이 들어올 수 있다. 즉, 〈표 3〉과 같이 문학 교육의 내용 체계를 구성할 경우 '문학의 본질'은 '시의 본질', '소설의 본질', '희곡의 본질', '수필의 본질'로 구체화 될 수 있다. 더욱 구체적으로 '시'에 대한 내용 체계를 나타내면 〈표 4〉와 같다.

〈표 4〉 변형된 교육과정 내용 체계 2 (시 영역)

영역	내 용		
시	·시의 수용과 창작의 실제		
	·시의 본질 - 시의 특성 - 시의 갈래 - 한국 시의 특질 - 한국 시의 사적 전개	·시의 수용과 창작 - 작품의 미적 구조 - 작품의 창조적 재구성 - 작품에 반영된 사회 문 　화적 양상 - 시의 창작	·시에 대한 태도 - 동기 - 흥미 - 습관 - 가치

초등학교 저학년부터 장르 중심의 접근법에 의해서 교육과정 내용 체계를 구안한 뉴욕주의 사례는 장르 중심의 창작 교육 내용 체계를 구성하는 데 있어 중요한 점을 시사한다(박태호, 2000 : 146). 여기서는 창작과 작문을 구분하지 않고 하나의 쓰기 범주에 속하게 하되 장르 유형을 거시적 장르 유형과 미시적 장르 유형으로 분류한다. 이들은 거시적 장르 유형을 표현하는 글, 이야기 글, 설명하는 글, 묘사하는 글, 설득하는 글의 다섯 가지로 분류한 다음, 각각의 장르 유형에 해당되는 미시적 장르들을 <표 5>와 같이 제시하고 있다. 이러한 점에서 보면 뉴욕주의 경우 '실제'를 중심으로 쓰기 교육의 내용을 구성하고 있다는 것을 알 수 있다.

이러한 접근법에 의해서 글쓰기 교육을 할 경우, 글쓰기 교육의 초점은 거시적 장르 유형 내에서 이루어지는 미시적 장르 유형들이 되며, 각각의 미시적 장르 유형에 해당되는 텍스트의 구조 등을 고려하는 글쓰기 교육 내용 체계를 작성할 수 있다는 점에서 중요한 점을 시사한다. 또, 미시적 장르 유형의 존재를 인정하고 이것에 초점을 맞출 경우, 장르 유형간의 경계를 허물 수 있다는 점에서 중요한 교육적 의미를 발견할 수 있다. 예를 들면, 시 창작의 경우에는 표현적 장르에서도 다루며, 묘사하기 장르에서도 다룰 수 있다.

〈표 5〉 뉴욕주 쓰기 교육과정 내용 체계

수준 \ 장르 유형	거시적 장르 →	미시적 장르
K ↓ 1 2	· 표현하는 글	· 사건이나 경험에 대한 느낌이나 반응을 문장 수준에서 나열 · 자서전 쓰기 · 친교 편지 · 시쓰기 · 사건이나 경험에 대한 반응을 문단 수준에서 쓰기 · 일기 쓰기 · 작품을 읽고 개인적인 반응 쓰기

K ↓ 1 2	·이야기 글	·실제 경험을 글로 쓰기 ·간단한 이야기 쓰기 ·학습 일지 쓰기 ·우화 쓰기 · … … ·대본 쓰기 ·원작을 개작한 대본 쓰기 ·재미있는 신문 기사 쓰기
K ↓ 1 2	·설명하는 글	·단어, 구, 제목을 사용하여 분류하기 ·문장 쓰기(받아쓰기) ·지시하는 글쓰기 ·방법을 설명하는 글쓰기 ·초대 편지 쓰기 · … … ·이력서 쓰기
K ↓ 1 2	·묘사하는 글	·상상 속의 인물에게 장소를 설명하는 글쓰기 ·잃어버린 동물이나 물건을 찾는 광고문 쓰기 · … … ·물건을 판매하는 광고문 쓰기
K ↓ 1 2	·설득하는 글	·상업 광고문 쓰기 ·비교하는 목록 쓰기 · … … ·평론 쓰기

우리 나라 교육과정의 경우 정서 표현의 글쓰기와 문학의 창작이 어떻게 관계를 맺고 있으며 서로의 포함 관계나 차이점이 무엇인지 밝힌다면 발전적으로 통합될 수 있을 것이다. <표 6>은 문학을 거시 장르로 보고 그에 따른 미시 장르를 제시한 것이다.

〈표 6〉 사회적 맥락을 고려한 창작 교육의 내용 체계 구안

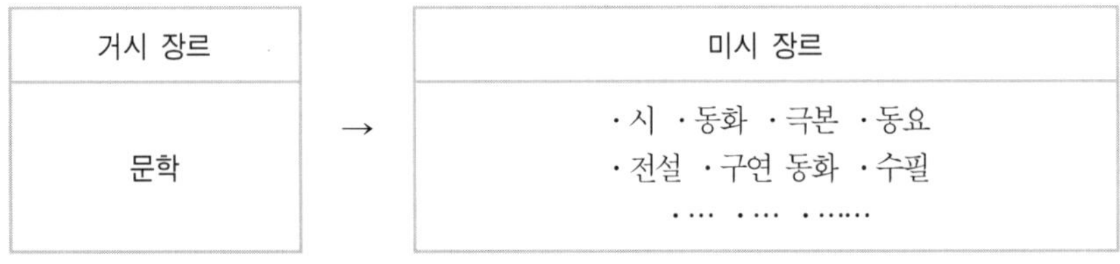

<표 6>과 같이 사회적 맥락을 고려하여 문학 교육의 내용 체계를 구안할 경우, 제4차 교육과정기에 시행되었던 문종별 접근 방식과 큰 차이점을 발견하기 어렵다. 왜냐하면 사회적 맥락만을 고려할 경우, 사회적 행위 유형으로서의 장르는 텍스트 유형을 지칭한다고 볼 수 있기 때문이다. 그러나 맥락과 텍스트 통합에 의해 내용 체계를 구성할 수 있으며 이것은 문종별 접근 방식과의 차이점이 될 것이다. <표 6>을 구체화시키면 <표 7>과 같으며, 앞에서 언급한 장르 개념과 이를 통합시키면 <표 8>과 같다.

〈표 7〉 맥락 내의 장르 유형

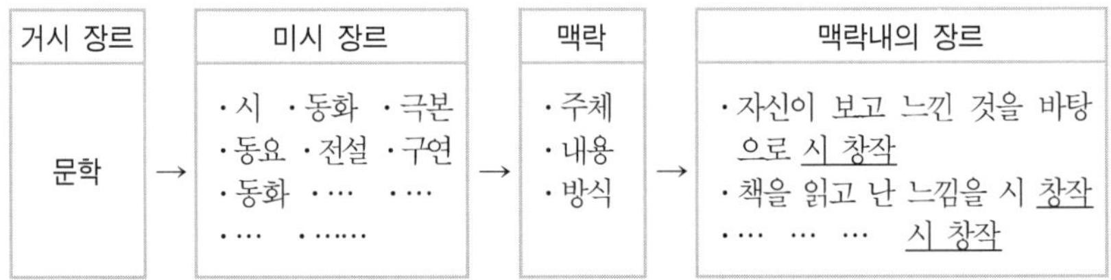

우한용(1998)에 의하면 창작 능력은 문제 발견 능력, 수사 능력, 구성 능력, 자신의 글에 대한 조절 능력이라고 하였다. 이러한 능력은 창작이 이루어지는 과정과 함께 교수-학습에서 고려되어야 할 요소이다. 그러나 창작의 최종 과정은 창작의 결과로 나타나는 작품 생산에 두어야 한다. 또한 창작의 일반에서는 작품의 예술성이나 완결성을 우선하기 쉬우나 학

습자를 대상으로 하는 창작 교육의 교수-학습에서는 창조성을 완결성 앞에 놓아야 한다. 즉 글의 형식보다는 글의 내용을 중요시하여야 한다는 의미이다. 기교주의적인 표현보다는 그 표현 안에 숨겨진 사유를 더 중요시해야 한다.

〈표 8〉 맥락과 텍스트의 결합을 통한 창작 교육의 내용 구성 원리 체계

맥락 ⟵					⟶ 텍스트	
장르 유형		상황 맥락			텍스트구조	텍스트의 언어적 특성
거시적 장르 유형	미시적 장르 유형	주체	내용	방식		
·문학	·시 ·동화 ·동요 ·전설 ·연극대본 ·구연동화 ·수필 ….	**상황맥락** 주체 ·친구 ↓ ·가족 ↓ ·이웃 ↓ ·..	내용 ·여행 ·취미 ·오락 ·좋아하는 사물 ·이야기 …. …. ….	방식 ·감탄 ·제안 ·명령 ·요구 ·거절 ·자랑 …. ….	자유시/ 정형시 시간/공간 묘사/설명 원인/결과 비교/대조 질의/응답 전체/부분 연역/귀납 … …	**시어의 의미** 사전적 의미 / 텍스트적 의미 / 맥락적 의미 ·어법 ·표현 / ·텍스트적 의미 / ·의미의 다양성 ·태도 (긍정적 태도/ 부정적 태도) ·분위기
창작 과정의 인지 기능		문제 인식 (감수성)	내용조직 (구성 능력)		내용표현 (수사능력)	퇴고 (조절 능력)

제 3 장

시 창작 교육의 원리

1. 자족적(自足的) 표현의 원리

창작은 예상 독자를 고려한 의사소통이 중요한 것이 아니라 자기 표현 욕구를 중시하는 행위라고 할 수 있다. 사회구성주의의 영향으로 기존의 작문 교육 방법은 독자를 고려한 논리적인 글쓰기에 초점이 맞추어져 있는 것이 사실이다. 그러나 예상 독자를 고려하기에 앞서 자신의 내면 세계에 먼저 귀를 기울여야 하며 이것을 표현하도록 유도하여야 한다. 글쓰기에서 자기 표현의 자유가 보장되었을 때, 학습자는 자유스러운 분위기 속에서 언어를 구사할 수 있으며 다양한 상상력을 동원할 수 있다. 생활에서 얻은 느낌을 쉽게 노래하듯 표현하도록 하여야 한다는 관점은 이를 뒷받침한다(김인환, 1979).

이렇게 자신의 표현 욕구에 충실하도록 시 창작을 지도해야 하는 원리를 '자족적 표현의 원리'라고 할 수 있다. '자족적 표현의 원리'에 충실하기 위해서는 학습자가 마음대로 자신의 언어를 표현할 수 있는 분위기를 조성하여야 한다. 맞춤법이나 운율 등에 주의하기보다는 아이디어 생성에 더욱 주목할 수 있도록 하고 쉽게 쓰고, 쓴 글에 대해 언제든지 수정을 할 수 있도록 하여야 한다. 이러한 분위기 조성을 위해 학습자들에게 시 창작을 할 때 버려야 하는 걱정을 다음과 같이 4가지로 제시할 수 있다(Jacqueline Sweeney, 1993 : 31).

첫째, '맞춤법에 대한 걱정 버리기'이다. 학습자들은 맞춤법에 맞게 글을 써야 한다는 강박관념 때문에 떠오르는 생각들을 놓치는 경우가 있다. 둘째, '깔끔하게 하기 위해 노력하지 않기'이다. 아이디어가 낱말보다 더 빨리 떠오를 때 깔끔하게 하기보다는 빨리 기록하는 것이 우선이다. 교정은 다음에도 할 수 있으므로, 자신의 아이디어에 더욱 주목해야 한다. 이때 교정부호와 줄이 많이 쳐져 있는 초고 작품을 보여주면 학습자들의 이해를 높일 수 있다. 셋째, '지우는 것에 대한 걱정 버리기'이다. 쓴 내용은 언제라도 수정할 수 있으며, 수정과 반성 과정을 통하여 보다 좋은 작품이 만들어 질 수 있다는 것을 이해시키는 것은 창작에 대한 부담감을 줄여 줄 것이다. 넷째, '운율에 대한 걱정 버리기'이다. 저학년의 경우 운율에 대한 걱정을 하는 경우는 없으나 고학년 어린이들은 '시'라는 장르 의식 속에 시는 운율을 가지고 있으며 그러한 운율이 느껴지도록 써야 한다고 생각하는 경우가 많다. 그러나 시의 형식에 대한 걱정은 시의 아이디어 생성보다 앞설 수는 없으며 시적인 기교를 먼저 고려하기보다는 시의 내용이 중요함을 인식시켜 주는 것이 필요하다.

2. 통합(맥락/텍스트/인지)의 원리

앞에서 밝힌 바와 같이 시 창작 현상은 장르적 인식과 밀접한 관계가 있다. 장르란 사회적인 맥락에 의해 결정되는 것이므로 전통적인 장르관에서 보이는 텍스트 중심적인 지도 원리는 보완되고 수정되어야 한다. 즉 텍스트의 성질이나 내용, 형식 등을 고정시켜 놓고 학습자들이 그 형식에 맞추어 창작을 하는 방법은 지양되어야 한다는 것이다. 텍스트의 내용이나 형식도 사회적인 맥락에 의하여 결정되고 인정되므로 텍스트적 요인뿐만 아니라 맥락 요인도 고려하여야 한다.

시 창작의 내용과 형식은 장르 지식과 관계가 깊은데, 여기에는 내용 스키마와 형식 스키마가 모두 포함이 된다(김도남, 1998). 스키마 이론에 의하면 배경 지식 외에도 통합적인 단위로 저장되어 있는 구체적 지식이 존재하여 내용 지식의 생산 및 이해, 그리고 기억의 회상을 돕는다. 또 스키마는 서로 다른 상황 맥락 속에 존재하는 의미 영역에 적합한 지식 체계나 특정 목적에 맞는 담화를 조직하는 방편으로 사용되는 장르 지식을 제공한다. 이러한 배경지식은 담화 공동체에서 사용하는 장르 지식과도 관계가 있다. 또한 개인과 개인의 관계를 다루는 주체 영역에 따라 텍스트의 내용도 달라진다. 따라서 글의 내용과 글쓰기의 주체, 글의 방식에 따라서 의미 영역이 달라질 수 있으며 이에 따라 상황 맥락도 다르게 작용할 수 있다는 것이다.

상황 맥락은 다음의 두 가지 경우를 모두 가리킨다. 하나는 작품의 생산과 관련된 맥락이며, 다른 하나는 생산된 작품과 관련된 맥락이다. 작품 생산과 관련된 맥락은 필자의 쓰기 목적이나 작품의 용도 등을 설명하는 데 유용하며, 생산된 작품과 관련된 맥락은 필자가 창작 행위를 하면서 다루거나 부딪치는 상황 또는 과제를 설명하는 데 유용하다. 필자와 상황 맥락과의 상호 작용을 중시할 경우에는 필자가 쓰기 과제 속에 내포되어 있는 사회적 상황들을 어떻게 해석하는지를 중점적으로 살펴보아야 한다. 한편, 사용 맥락을 중시할 경우에는 쓰기 과제와 관련된 수사학적 문제나 행위들을 중점적으로 살펴보아야 한다. 그러나 학습작가인 초등학생의 경우 사용 맥락을 중시할 수는 없다. 왜냐 하면 사용 맥락은 기성 작가들의 읽히기 위한 문학작품 쓰기에서 더 중시되기 때문이다.

창작 교육에서 텍스트 요인을 고려하는 구체적인 방법은 좋은 글을 많이 읽어보게 하고 그러한 글을 모방해 보게 하는 것이다.[1] '모방하기'는 결과 중심 쓰기 이론에서 흔히 사용되는 것이다. 좋은 글을 많이 읽어보게 하고 그 글 속에서 잘 된 점이 무엇인지 살펴보도록 할 수 있다. 모델의 선정은 주제와 구조, 문체와 배경 등 작품의 다양한 요소 중에서 그것을 선택한 학습자가 나름대로 선정 이유를 밝히고, 그것을 모델로 삼아 변환이 가능한 내용을 자신의 상황에 맞도록 변환시켜서 작품을 창작하게 한다. 그리고 변환의 정도와 그 변환이 전체 작품에 합당한지의 여부, 그 독창성 여부를 평가의 중요한 요소로 삼도록 한다. 이것은 모델이 되는 작품을 학생들이 선택하게 하여 그것을 모델로 자신의 창작 능력을 키우는 방법이다(방인태, 2001).

현행 교육과정에서 주목되는 부분은 문학 영역의 교육 목표에서 해석과 평가의 다양성을 인정하고 있는 점이다. 해석과 평가에 다양성이 인정될 수 있다면 문학적 표현에서의 다양성은 더 말할 나위가 없는 것이다. 그뿐 아니라 글쓰기의 원리가 문학적 언어나 일상적 언어가 본질적으로 동일하다면, 창작 교육의 목표와 평가 척도 또한 그에 준거하여 마련되어야 할 것이다. 또한 이러한 관점을 취할 때 시 창작의 구체적인 목표가 설정될 수 있으며 규범적인 글쓰기의 틀을 깨뜨리는 글쓰기의 방법으로 모색될 수 있는 길도 열어준다고 하겠다. 이를 위해서는 기능이나 절차적 지식이 아닌 방책이 창작 학습 과정에서도 동원되어야 하며, 이때의 방책도 '가르쳐 지는 것'으로서가 아니라 '창안되고 발견되는 것'으로서 학습자들에게 수용되어야 한다. 이 방책의 강조는 시 창작 지도에서 인지적 관점을 통합하는 방법이라고 할 수 있다.

방책은 일반적으로 인지적인 것과 초인지적인 것으로 나누어 살펴 볼 수 있다. 전자는 개별적인 방책을 의미하고 후자는 개별적인 방책을 조절

---

[1] 여기서 이루어지는 모방하기는 성인이 쓴 동시를 대상으로 삼지 않고 동료들이 쓴 어린이시를 대상으로 한다.

하고 통제하는데 사용되는 방책을 의미한다. 또한 방책의 활용을 강조하는 것은 학습자에게 학습자 스스로 학습을 할 수 있는 '학습 방법의 학습(Learning How to Learn)'을 위해서도 필요하다. 지능이나 동기에 별 문제가 없는 학습자가 제대로 학습 성취를 못하는 중요한 원인은 학습 방법에 관한 지식이나 기능에 문제가 있는 것이라는 연구 결과는 이를 뒷받침해 주고 있다. 이러한 방책의 지도는 스스로 지도하고 평가할 수 있는 초인지적 조절 능력까지 확장되어야 할 것이다

3. 사회적 중재의 원리

미숙한 학생 작가의 실제 발달 수준을 보면 유능한 학생 작가에 비해서 장르의 기능과 유형, 텍스트의 내용과 형식 및 작문 과정과 관련된 지식과 기능 및 방책 등을 다루는 능력이 떨어진다. 이 때 교사나 유능한 동료가 사회적 중재 활동을 통해서 미숙한 작가의 실제 발달 수준을 잠정적 발달 수준으로 끌어올리는 역할을 해야 한다. 학생 작가의 입장에서 보면 교사나 유능한 작가의 도움을 받는 것이 되며, 교사나 유능한 작가의 입장에서 보면 사회적 중재 활동이 된다. 이러한 중재 활동은 교사의 비계(scaffold)설정과 협의하기 과정을 통해서 이루어지는데, 주로 학습자와의 대화가 도구로 사용될 수 있다. 사회적 중재의 원리는 시 창작의 줄 과정에서 이루어질 수 있다. 이는 학생 작가의 창작물이 언제든지 수정되고 보완될 수 있음을 의미한다. 교사와의 질문과 답변을 통하여, 동료들과의 대화나 학급 토의 등을 통하여 사회적 중재가 일어난다.

또한 사회적 중재의 원리는 학생 작가들이 전문가의 인지적 과정과 비교하면서, 자신의 부정확성이나 비효율성이 보다 효율적이 되도록 수정하

는 것이다. 그러나 이것은 교사나 우수한 능력을 가진 학생들의 인지적 과정과 틀을 무작정 답습하려는 경향을 보일 수도 있다는데 단점이 있다. 따라서 학생 작가인 학생들에게 자신의 경험적 직관적 지식이나 관점을 너무 쉽게 포기하기보다는 다른 사람과 구별되는 자신의 시각과 위치를 생각하도록 해야 한다.

4. 책임이양의 원리

학습은 개인적으로 이루어지지만 교육적인 조치를 염두에 둔다면 사회적인 수준에서 개인적인 수준으로 진행된다. 사회적인 수준에서는 교사나 자신보다 유능한 동료 학습자의 도움을 받으면서 학습을 하는 단계로서 주로 교사나 동료의 설명과 시범이 학습 활동의 주류를 이룬다. 이때 미숙한 학습자는 전문가의 언어사용 과정을 살펴보면서 그들이 문제를 해결할 때 사용하는 사고 과정을 모방하게 된다. 이것을 책임 이양의 원리라고 하며 이러한 원리는 고등 정신 기능의 사회적 기원에 대한 비고츠키(Vygotsky)의 연구 결과에서 비롯된 것이다. 책임 이양의 원리에 의하면 학습은 사회적 수준에서 개인적인 수준으로 진행된다고 한다.

그러나 이러한 관점에서 책임 이양의 원리를 파악하는 것은 교사 위주의 논리라고 할 수 있다. 교사의 입장에서 본다면 미숙한 학습자가 처음 학습을 시작하는 것은 사회적인 수준임에 틀림없다. 그러나 학습자의 입장에서 본다면 교사나 유능한 학습자에게 학습을 배우기 이전 그와 관련된 학습을 해 왔다고 할 수 있다.

시 창작의 경우를 예로 들어 살펴본다면, 교사와 학습자가 시 창작이라는 학습 내용을 두고 만나는 것은 처음부터 사회적인 수준에서 학습이 이루어지는 것이라고 할 수 있다. 그러나 학습자는 이 시점 이전에 시 창작에 대한 나름대로의 학습을 한 상태라고 할 수 있다. 그 내용이 직접적으로 관련이 없는 것이라 할지라도 학습자의 입장에서는 잠재적인 수준의 선수 학습을 한 상태라고 하겠다. 창작 교육에서는 이러한 선수 학습의 확인 차원을 넘어선 시 창작에 대한 흥미 유발을 위하여 개인적인 수준에서의 학습부터 시작하여야 한다. 따라서 창작 교육의 교육적 조치는 개인적인 수준에서 교사나 동료에 의한 사회적인 수준으로 그리고 다시 개인적인 수준으로 진행 발전한다고 하겠다.[2]

---

2) 장르 중심 시 창작 지도 모형에서 첫 번째 지도 단계로 '무방향 쓰기'를 설정한 것은 이를 근거로 한 것이다.

제1장

협동학습을 적용한 시 창작 교육

1. 협동학습

1) 구성주의[1]와 협동학습

초등 시 교육은 시 감상의 단계를 넘어 시 창작을 위한 바람직한 태도의 육성과 기초 기능의 습득에 그 목적이 있다. 기초 기능의 습득을 위해서는 시를 가까이 하고 즐기려는 태도가 선행되어야한다. 그런데 시는 다른 문학 장르에 비해 보다 주관적이고 개인적이기 때문에 시를 쓸 때 쓸거리를 찾거나 표현하는 과정에서 생각이 단절되거나 혼란을 일으키게 되면 더 이상 시쓰기가 진행되지 못한다. 이로 인해 아동들은 시쓰기에 대해 자신감을 잃게 되고 시를 가까이 하지 않음으로써 시에 대한 악순환이 이루어지게 된다. 그러므로 아동들은 시쓰기에서 어려움을 접할 때 문제 상황에 대해 함께 협의하고 해결 방법을 모색해 나가며 詩에 대한

---

1) 구성주의는 크게 인지적 구성주의와 사회문화적 구성주의로 나뉜다. 이를 구분하는 기준은 개인의 인지적 발달에 영향을 미치는 사회적 상호작용에 얼마만큼의 무게와 중요성을 두느냐에 있다. 인지적 구성주의는 지식의 형성과정에서 인간의 개별적인 인지적 작용을 가장 주요한 요인으로 보면서 상대적으로 사회문화적 측면과 역할은 거의 도외시한다(강인애, 1997 : 68)

흥미를 지속시킬 수 있는 방법이 필요하다. 여기에 협동학습의 필요성이 있다.

협동학습은 혼자서 문제를 해결하는 것보다 다른 사람들과의 상호작용을 토대로 보다 효과적으로 문제를 해결하는 데 도움이 된다. 즉, 협동학습은 모둠원이 가지는 다양한 관점과 시각의 적극적인 교환과 상호작용을 통해 과제 해결에 보다 효과적으로 접근하는 중요한 방법이다. 아동들은 다른 아동들과의 상호작용을 통해 자신의 아이디어를 발전시킬 수도 있고 새로운 아이디어를 생산할 수도 있다. 또한 다른 모둠원들의 아이디어가 자신의 아이디어에 자극제 역할을 하여 자신의 문제를 해결하는데 도움을 줄 수 있으며, 협의하는 과정 중에 모둠원들의 다양한 관점을 접함으로써 세계의 다양함을 자연스럽게 체득할 수 있게 된다.

특히, 시쓰기의 입문 과정에서 협동학습을 이용하면 혼자서 완성된 한 편의 시를 써야한다는 심리적 중압감에서 벗어날 수 있다. 또한 모둠원들과의 협의를 통해 완성된 한 편의 시를 접하게 되었을 때 갖게 되는 자신감과 즐거움은 지속적으로 시를 즐길 수 있는 밑거름이 되기에 충분하다.

구성주의는 정보화 시대가 요구하는 교육 환경, 즉 학습자 스스로 자신의 학습에 대하여 주도적 역할을 하고 동시에 학습에 대한 책임을 지면서 능동적이고 적극적으로 학습할 수 있는 환경을 구현하려는 학습이론이다. 또한 학습자들이 스스로의 필요와 요구를 진단하여 필요한 정보를 선택하고 활용할 수 있는 기술, 즉 문제해결 능력과 비판적 사고력을 기를 수 있게 한다. 정보사회의 교육적 패러다임은 가르치는 교사중심에서 배우는 아동중심으로의 전환이다. 결국, 정보화시대라는 시대적 배경과 연결해서 정의를 내리면 "학습자 중심의 교육 환경"을 구현하고자 하는 학습 이론이라고 할 수 있다.

개인은 어느 특정 사회에 속하여 살아가면서 그 사회의 사회적, 문화적,

역사적 배경에 영향을 받게 된다. 그리고 개인은 본인의 특정한 사회적 경험과 배경을 바탕으로 그 위에 자신의 개인적인 인지적 작용을 가하면서 주어진 사회현상에 대한 이해를 지속적으로 구성해 간다.

구성주의는 개인이 이 현실을 살아가고 이해하는 데 본인에게 의미 있고 적합하고 타당한 것이면 진리요 지식이라고 보며, 이러한 지식과 진리의 구성이 목표가 된다. "절대적 지식" 혹은 "절대적 진리"란 존재하지 않으며 지식이란 개인의 사회적 경험에 의거하여 구축되는 개별적인 인지 작용의 결과이고, 개인은 사회적 참여를 통하여 이것을 지속적으로 구성하거나 재구성해 나간다고 본다.

진리나 지식은 사회적 참여를 하고 있는 개인의 인지적 작용의 결과인 만큼 주관적인 흥미와 관심에 초점을 맞추고 있다. 그러므로 교사는 수업의 전체적인 목표만을 제시하고 구체적이고 세부적인 학습목표는 아동들 스스로 수업을 진행해 나가면서 자신의 흥미와 관심 그리고 수준 등을 고려해서 결정해 나가게 된다.

구성주의에서 학습은 학습자의 학습에 대한 주인 의식과 자아 성찰적 실천에 바탕을 둔 협동학습의 환경 속에서 이루어진다. 지식의 습득과 형성은 반드시 개인이 속한 사회·문화적 배경과의 상호작용을 전제로 하고 있는데, 학교라는 환경에서 이루어지는 사회·문화적 배경과의 접촉은 바로 동료 아동들간의 혹은 교사와 아동들간의 협동학습을 통해서이다.

구성주의에서는 학습 모델로 인지적 도제 이론, 상황적 학습 모델, 인지적 유연성 이론2)을 제시하고 있다. 인지적 도제 이론은 실제 과제에 대

---

2) "인지적 유연성"은 여러 지식의 범주를 넘나들고 연결지으면서 다양한 방법으로 그리고 급격하게 변화해 가는 상황적 요구에 탄력성 있게 대처하는 능력을 말한다. 이와 같은 능력은 지속적으로 비정형화된 지식 구조를 지닌 지식 영역을 다루고, 복잡하고 비규칙성이 깃들인 고급 지식들을 접함으로써 자연적으로 다원적인 지식 구조를 형성할 수 있게 된다는 것이다. 그리고 이러한 능력을 갖추기 위한 방법으로 '임의적 접근 교수(random access instruction)' 방

한 전문가의 "시범 단계(modeling)"에서 출발하여 "교수적 도움 단계(scaffolding)"를 거쳐 마지막으로 "교수적 도움의 중지(fading)" 단계로 진행되는 것을 강조한다. "교수적 도움의 중지" 단계에서는 전문가의 역할이 완전히 사라지고 학습자들만의 완벽한 독자적 활동으로 이루어진다. 상황적 학습 모델은 학생과 교사로 구성된 지식 탐구팀간의 협동적 노력을 통해 문제 해결의 전 과정, 즉 문제 자체를 형상화하여 문제의 해결책을 제시하기까지의 전 과정이 학생들 주도로 이루어지는 "형성 학습(generating learning)"을 강조하고 있다.

인지적 도제 이론의 최종 단계는 실제 교사와 학생간의 또는 학생들간의, 교사(전문가)와 학생의 협동학습에 의해 이루어진다. 여기에서 협동학습은 전문가의 인지적 과정과 비교했을 때, 초보자로서 학생들의 문제 해결이나 견해들의 상대적인 비효율성과 부정확성을 보다 효율적이 되도록 할 수 있는 방책이다. 그러나 이것은 교사나 우수한 능력을 가진 학생들의 인지적 과정과 틀을 무작정 답습하려는 나머지 너무나 쉽게 자신들의 경험적, 직관적 지식과 관점을 포기할 수도 있다는 단점이 있다. 인지적 도제이론은 학생과 교사 또는 초보자와 전문가 사이의 힘의 불균형을 바탕으로 이루어진다. 그러므로 균형적으로 학생들간의 또는 교사와 학생간의 협동학습을 더욱 적극적으로 활성화시킬 방법이 필요하다. 이 방법을

법을 제시하고 있다. 임의적 접근 학습은 어떤 특정 과제가 주어졌을 때, 그것을 다양한 문맥과 관점에서 접근하여 가르치는 순서도 재배치해 보고, 특정 과제와 연결하여 가능한 많은 예들을 다루어 보는 방법을 일컫는다. 이 학습 방법의 결과 그물망처럼 서로 잘 연결되어 짜여있는 지식 구조가 형성되어 복잡하고 변화무쌍한 상황과 요구에 접하더라도 융통성 있고 유연한 인지 작용을 통해 문제를 해결해 나갈 수 있다고 본다. 그러나 이 이론에서는 인간 두뇌의 인지적 작용과 과정에만 초점을 두다보니, 지식 구성에 있어서 절대적으로 중요한 다른 요소, 즉 지식 구성의 사회적 측면이 무시되고 있다. 이는 인지적 도제 이론과 상황적 학습 모델이 추구하는 특정 사회 구성원들간의 사회적 상호작용과 협동학습을 통한 지식의 습득이라는 측면이 거의 도외시되어 있는 것이다(강인애, 1997 : 99-104). 그러므로 인지적 유연성은 본장에서 다루고자 하는 협동학습에 관한 이론적 논거의 틀을 제시해 주지 못하기 때문에 논의의 대상에서 제외하고자 한다.

제시하고 있는 학습 모델이 상황적 학습 모델이다.

상황적 학습 모델은 학생들의 독립적이고 개인적인 인지적 성찰 과정과 그런 능력의 개발을 중요시한다. 그것은 학생들이 어떤 문제를 해결해 나가는데, 문제 형성의 과정부터 문제 해결과 평가에 이르는 전 과정을 주도해 나가는 학생 주도적 학습의 모델이라고 할 수 있다. 이때 가능한 복잡한 문제를 제시함으로써 학생들의 인지적 활동을 자극할 뿐만 아니라, 이러한 어렵고 복잡한 문제를 다룸으로써 학생들에게 오히려 "더욱 재미있고 의미 있는" 학습이 되도록 동기부여를 한다는 것이다.

상황적 학습 모델에서 말하는 협동학습은 어떤 상황 또는 어떤 일련의 사건이 있을 때, 그것에 대한 학생들의 각기 다양한 해석과 접근 방법을 협동적 노력으로 해결하면서 그들의 개인적 견해와 사고의 틀을 넓히는 결과를 가져오도록 하는 방책이라고 할 수 있다. 뿐만 아니라, 이렇게 서로 다른 견해와 사고에 노출되고 그 안에서 어떤 해결 방안이나 공통적 이해에 도달하려고 하는 과정을 통해 다른 사람들에게 자신의 견해를 설득력 있게 밝힐 수 있는 기술도 익히고, 다른 사람들과의 토론을 이끌어 가는 기술도 익히게 된다는 점을 강조한다.

진정으로 협동학습이 중요한 이유는 서로의 다른 관점과 시각 그리고 그로 인한 갈등이 생각을 더욱 자극시켜 더 깊게 더 많은 생각을 하게 하는 조건이 된다는 것이다. 그리하여 비록 어떤 문제에 대한 해결이 서로의 다른 생각과 관점에 의해 해결되지 않은 상태로 남아있게 된다 하더라도, 그런 갈등과 이견(異見)의 장(場)에 참여함으로써 적어도 다른 사람과는 구별되는 자기 자신의 시각과 위치에 대한 정확한 이해에 도달한다는 것이다.

인지적 도제 이론의 경우 교사는 전문가 혹은 그 학습 상황의 중심 인물로서 문제 해결의 기본 인지적 틀을 제시해 주는 사람으로서의 역할이 강조된다. 반면에 상황적 학습모델에서의 교사의 역할은 인지적 도제 이론이 제시하는 교사의 역할3)을 넘어 아동들과 같은 위치에서 그들의 경험적 지식과 관점을 존중하고 그들 스스로 문제를 해결할 수 있는 능력이 내재되어 있다는 전제하에 출발하는 "동료학습자"로서의 역할을 한다. 즉, 교사는 학습자의 학습을 돕는 조언자이며 배움을 같이하는 동료학습자이다. 또한 질문을 통해 학습자를 인지적으로 자극하거나 시범을 통해 개념적 틀을 제공하기도 하며, 문제해결에 필요한 자료를 제공하기도 한다. 그러므로 교사 자신이 "진심으로" 자신의 새로운 역할에 대한 인식과 실천을 할 수 있을 때 비로소 구성주의에서 이루고자 하는 협동학습4) 환경은 성공적으로 이루어질 수 있게 된다(강인애, 1997 : 83-96).

---

3) 이상구(1998 : 127)는 구성주의적 문학 교실에서 교사가 수행할 역할을 다음과 같은 다섯 가지 측면에서 그 역할이 강조되어야 한다고 주장하고 있다.
   가) 인지적 모델 구축 안내자로서의 교사 : 학습자의 인지적 모델 구축에 있어서 절차적 과정을 제시하고 개별 작품들의 이해 감상을 촉진하는 '인지적 모델'에 대한 안내자로서의 역할
   나) 토의 학습의 촉진자로서의 교사 : 학습자 개개인이 산출한 소통소(커뮤니카트)를 바탕으로 토의를 통해 공인된 의미를 구성하는 과정인 토의학습의 촉진자로서의 교사
   다) 상담자로서의 교사 : 수업의 주체를 학생으로 상정하는 학습자 중심 문학교육 체제에서는 개별 학습자에 대한 정보를 바탕으로 수시 상담을 해야한다는 측면에서의 상담자로서의 역할
   라) 정보 조력자로서의 교사 : 학생들의 개인차로 인하여 학습자 개개인마다 각기 다른 정보와 방법을 제공하는 측면에서 역할
   마) 수업의 기획·조정자로서의 교사 : 위의 모든 과정에 대한 조정 및 장기적인 수업 설계 및 단위 시간의 수업에 대한 계획들을 수립하고 보완하는 기획자·조정자로서의 역할
4) 앞으로 본장에서는 협동학습의 개념으로 인지적 도제 모델에서 제시하는 협의의 협동학습이 아닌 상황적 학습 모델에서 제시하는 광의의 협동학습을 이용하고자 한다. 시쓰기에서 이루어지는 협동학습은 교사나 전문가의 답습보다는 자신의 의견과 다른 사람의 의견의 다름을 느끼고, 공감할 수 있는 장(場)을 마련하는데 이용되는 것이 초등 시 교육의 목표에 적합하기 때문이다.

2) 협동학습[5]과 시쓰기

관점의 다양함을 인정하고 이의 교환을 통해 사고의 깊이를 추구하거나 활발한 자기 주도적 학습 활동에 참여할 수 있도록 하는 협동학습은 국어교육에 시사하는 바가 크다.

글쓰기는 쉬운 행위가 아니다. 어떤 인지 심리학자들은 글쓰기를 가장 복잡하고, 인간이 취할 수 있는 모든 인지적 활동을 요구하는 것이라고 기술한다. 또한 Harold Rosen(1981)은 글쓰기에 대해 다음과 같이 묘사하였다(Tricia Hedge, 1997 : 5).

> 필자는 청자의 교정과 격려로부터 격리되어 외롭다. 그는 반응을 예상하고 그 예상대로 써야한다. 그는 등뒤로 한 손이 묶여 몸짓이 부자연스러운 상태에서 쓴다. 그는 목소리의 어조나 狀況의 도움도 받지 못한다. 이것은 독백의 탓이다 ; 도와줄 사람도 없이 여백을 채우고 입안에서 말해보거나 자기 생각을 표현할 뿐이다.[6]

Rosen의 지적처럼 글쓰기는 혼자 외롭게 해결해야 할 문제로 생각했다.

---

5) 협동학습의 효과에 대한 다음과 같은 제안도 있다.
첫째, 정의적인 영역의 향상을 초래한다. 아동들이 어떤 학습 과제라도 성공적으로 수행함으로써 자신감을 갖게 된다. 이는 자신에 대한 만족감과 자존심을 높여준다는 것이다. 특히 아동들이 두려움이나 공포를 느끼고 있는 과목을 공부하는 학습에서는 정의적인 영역의 향상이 절대 필요하다. 둘째, 동기유발에 보다 긍정적인 효과가 있었으며 학습 지속력, 학습 참여도, 과제 해결을 위한 노력 등에서 아동들의 태도가 향상되었다. 셋째, 동료 급우들을 통하여 도움과 격려를 받을 수 있으므로 학습 부진아들을 교육하는 좋은 방법이다(좋은 수업을 위한 협동학습, 현장 연구 논문, 1997, 광주교대).

6) The writer is a lonely figure cut off from the stimulus and correctiveness of listeners. He must be a predictor of reactions and act on his predictions. He writes with one hand tied behind his back, being robbed of gesture. He is robbed too of the tone of his voice and the aid of clues the environment provides. He is condemned to monologue ; there is no one to help out, to fill the silence, put words in his mouth, or make encouraging noises.

그러나 동료들과 함께 하는 작업이라면 그 외로움이 사라질 것이고 오히려 글쓰기가 재미난 활동으로 바뀔 수 있다.

협동적인 글쓰기는 아이디어의 발견을 쉽게 하고, 의견을 공유하며, 정보를 제공하고, 독자들에게 반응을 일으키고 즐겁게 노는 오락의 수단이 될 수 있다. 아동들은 다른 사람들과 작품을 교환하여 읽고 반응하고 토론할 수 있다. 또한 어디에서든지 작품의 생산을 중심으로 한 일련의 교수-학습 결과물들을 출판할 수도 있다.

출판하는 방법에는 여러 가지가 있다. 벽면이나 게시판에 전시할 수도 있고 글을 모아 학급 문집으로 엮을 수도 있으며, 개인 파일에 끼워 자신의 개인 문집을 만들 수도 있다. 또는 약간의 행정적 유연성을 발휘해 다른 반과 서로 작품을 교환해 보도록 하는 것도 가능할 것이다. 각 반은 독자로서 다른 반의 작품에 반응을 한다. 이러한 활동들을 함으로써 아동들은 글쓰기가 비록 어렵고 많은 것을 요구하는 것일지라도, 재미있고 도전해 볼만한 것이라는 생각을 갖게 된다.

좋은 필자가 되기 위해 많이 읽어야 한다는 말은 옳다. 또한 다른 형태의 모범적인 글에 익숙한 아동은 좋은 글에 대한 인지력(認知力)을 발달시킬 수 있다. 그러나 훌륭한 필자가 되기 위해서는 무엇보다도 많이 써보는 것이 필요하다. 갈수록 글쓰기 능력이 떨어지는 필자는 특히 많이 써 보아야 한다. 그러나 부족한 필자는 자신이 글쓰기를 못한다고 생각하므로 글쓰기에 대한 동기가 약화되고 연습도 게을리 하므로 계속 부족한 필자의 모습으로 남게 된다. 만일 부족한 필자들이 교실에서 수업 시간의 글쓰기를 통하여 성취감을 느꼈다면, 그들은 자신감을 갖고 집에서 더욱 많이 쓰려고 할 것이다. 그리하여 글쓰기의 동기가 상승되고 이로 인하여 글쓰기 실력이 향상되는 것이다.

교실에서 글쓰기 시간을 활용하는 아주 좋은 예는 아동들이 글을 함께 써보도록 하는 것이다. 교사의 최종 목표는 아동 각자의 글쓰기 기능을 발달시키는 것이지만, 아동 개인은 협동글쓰기에서 좋은 점을 얻을 수 있다. 협동글쓰기는 교실을 글쓰기 실습장으로 활용하는 훌륭한 활동이다. 이 때 아동들은 모둠을 형성하여 함께 글을 쓴다. 각 활동 단계마다 집단의 상호작용을 통한 협동글쓰기는 글쓰기 과정에 매우 유용하다.

첫째, 또래끼리의 화제는 가장 효과적이고 적합한 많은 아이디어를 고를 수 있는 계기가 된다. 내용을 잘 선택하는 것은 좋은 글쓰기의 중요한 기술이므로 동료들과의 대화는 소재 선택에 도움이 된다. 둘째, 조직과 논리적 연결 기능은 또래 집단이 글의 전반적 구조를 결정할 때 작용하므로 개인적 부담을 덜어 줄 수 있다. 셋째, 초고를 쓰는 동안 '필사자(筆寫者)'나 책임자 역할을 맡은 아동, 문장의 구조, 어휘 선택을 논쟁하는 다른 아동, 아이디어의 가장 좋은 연결 방식을 찾는 아동 등, 그곳에는 자동적으로 수정하기 과정이 진행된다. 넷째, 협동글쓰기는 이질적 집단구성으로 아동 각자의 장점을 서로 배울 수 있는 기회를 제공한다. 또한 글쓰기를 잘 하는 아동이 부족한 아동을 집단 내에서 도울 수도 있다. 다섯째, 협동글쓰기는 수정과 편집 과정을 보다 효율적이 되도록 한다. 혼자 글쓰기를 할 때는 발견하지 못한 내용들을 찾아내고 그에 대한 좋은 견해를 제공해 줄 수 있기 때문이다. 또한 아동들은 협동을 통해 서로 의견을 교환하고 수정, 점검하는 능력을 기를 수 있다. 즉, 협동하는 과정 중에 서로의 의견을 절충하고 수정해 나가며, 글을 개선하는 방법들을 자연스럽게 체득할 수가 있다. 여섯째, 교사는 조언할 수 있는 집단의 수가 줄어서 시간적인 이득과 조언의 질을 높일 수 있다.

협동글쓰기가 이루어질 때의 교사는 집단 사이를 돌아다니며 그들의 활동을 관찰하고 작문 과정을 돕는 일을 한다. 아동들이 글쓰기를 계획하고 초고를 쓰는 것을 돕는 일은 교사 임무의 절반일 뿐이다. 다른 절반은 글에 대한 교사의 반응이다. 글쓰기는 아동들의 의식적인 노력을 많이 요구하기 때문에 아동들은 글을 쓴 후에 자신의 글에 대한 피드백을 기대한다. 만일 피드백이 없다면 그들의 글쓰기 의욕이 꺾이게 된다. 그러므로 교사는 아동들의 글쓰기에 적극적이고 긍정적인 피드백을 해 줌으로써 글쓰기 활동을 자극해야 한다. 아동의 글쓰기를 강화시키기 위해 긍정적으로 반응하는 것은 아주 중요하다. 이를 통해 아동들은 자신감을 얻을 수 있기 때문이다. 글에 수정 사항을 지적할 때는 여백에 작게 표시하고 칭찬을 겸하도록 한다. 이러한 피드백은 아동들이 협동하여 글다듬기를 함으로써 교사의 부담을 어느 정도 해소시키고, 문집으로 만들어져 출간되었을 때 글쓰기에 대한 태도 변화에 큰 도움이 된다 .

시는 간단히 정의하기 어려운 대상이며 정의하기 어렵다는 것 자체가 시의 중요한 속성이다. 시의 장르적 특징을 이야기할 때 가장 먼저 이야기할 수 있는 것은 시가 상상력에 의한 예술이며, 무엇보다 주관성의 문학이라는 점이다. 이러한 시의 주관성은 시가 표현하려고 하는 것이 대상에 대한 묘사가 아니라 주관적 경험, 내적 세계의 표현이라는 점에서도 잘 나타난다. 그러나 시인의 주관적 서정은 주관적이고 개별적인 것만이 아니라 '개연성'을 가진 것이기 때문에 이를 감상하는 독자로 하여금 공감을 일으키게 하는 것이다(김경희, 1998 : 16). 즉, 시는 개인적으로 자신의 생각이나 감정이 흘러 넘칠 때 운율과 압축미를 생각하여 넘쳐흐르는 자신의 감정을 표현해내는 절제된 양식이며, 이러한 시를 쓰는 행위는 다분히 개인적인 행위로 간주되어 왔다.

물론 시가 자신의 감정과 생각의 절제된 표현 형식이지만, 대부분 시를 처음으로 접하게 되는 초등학교에서까지 시의 형식미를 지나치게 강조한 나머지 시를 써 보기도 전에 시쓰기에 대한 두려움을 가져 시 자체를 멀리하는 아동들이 많아지게 되었다. 이러한 문제를 해결하기 위해 협동학습의 장점을 시쓰기에 적극적으로 이용함으로써 다음과 같은 이점(利點)을 얻을 수 있다. 첫째, 협동하여 시를 쓸 경우 모둠원들과 함께 활동함으로써 혼자서 시를 완성해야 한다는 심리적 압박감을 벗어날 수 있다. 둘째,

다른 아동들과의 협의 과정이 자신의 아이디어를 자극하는데 도움을 줄 수 있다. 셋째, 협동 시쓰기7)를 통해 완성된 한 편의 작품은 아동들에게 자신감을 주어 지속적으로 시에 관심을 갖도록 하는 커다란 자극제가 될 수 있다. 그러므로 특히, 초등에서는 시쓰기에 협동학습의 장점을 활용하여 시에 보다 친숙해지는 방향8)을 모색해야 한다. 즉, 시쓰기 과정에 협동학습을 이용하여 시쓰기에 대한 거부감을 없애고 즐겨 쓰고, 자주 쓰며, 자신의 생각이나 감정을 시로 쓰고 싶은 의욕을 가지도록 만들어야 한다. 협동학습을 통한 시쓰기는 개인의 고독한 작업이라고 생각하는 시쓰기를 교실에서의 협동학습을 통해 시쓰기에 대한 개인적 성취감을 갖게 하고, 이로 인하여 시쓰기에 대한 욕구를 증진시켜 결국, 시를 향유할 줄 아는 생활인이나 훌륭한 시인이 되고자 하는 마음을 아동들이 가질 수 있도록 할 수 있다.

2. 시쓰기 지도 방법

1) 시쓰기 지도 방법

가. 시쓰기 지도 모형

국어교육의 목표를 '문화 생산'에 둘 때 초등학교에서는 그 시대를 살아가는 초등학생들의 문화를 문자언어로 기록해 두어야 한다. 그러기 위해서는 아동들이 자신의 생활 경험이나 생각을 부담 없이 기록할 수 있는

---

7) 협동시란 모둠원들이 시쓰기의 발상에서부터 출판에 이르기까지 전 과정에 함께 참여하여 생산한 한 편의 시를 뜻한다.
8) 물론 중·고등학교에서는 시의 형식미를 고려하여 시의 맛을 느낄 수 있는 시쓰기 지도에도 관심을 가져야 할 것이다.

방법이 필요하다. 아동들은 발달 과정상 논리적 연결 관계를 생각하면서 긴 글을 쓰는 것보다는 떠오르는 생각이나 느낌을 짤막한 글로 표현하는 것을 훨씬 쉽게 생각한다. 그러므로 아동들이 '문화 생산'에 참여하려는 태도를 형성하기 위해서는 산문 형식의 긴 글보다는 분량이 짧은 시로 시작하는 것이 바람직하다. 그러나 산문에 비하여 분량이 적기는 하나 한 편의 시를 홀로 완성해야하는 일은 아동들에게 부담을 주게 되고, 이로 인해 시쓰기가 재미없는 활동으로 전락하게 된다. 그러므로 시쓰기 지도를 위해서는 가장 먼저 시쓰기 지도의 원리 중 즐거움의 원리를 만족시킬 수 있는 방법이 필요하다. 여기에서는 아동들이 즐거운 마음으로 시 창작 활동에 참여할 수 있는 방법으로 협동학습을 제시한다. 협동학습은 모둠 원들과의 협력을 통하여 새로운 아이디어를 얻거나, 모둠원들의 조언을 받아 시쓰기를 보다 효과적으로 할 수 있게 만든다.

이 때 교사는 아동들의 시쓰기 줄 과정에 아동들의 활동을 관찰하면서 협동학습의 진행 과정을 조율하거나 필요한 도움을 제공할 수 있다. 또한 시쓰기 지도뿐만 아니라 평상시 시를 즐기고 감상할 수 있는 환경을 조성하게 된다. <표 1>은 시쓰기 지도 모형이다.

시쓰기 단계는 크게 4단계로 구분될 수 있다. 첫 단계는 아동들의 감성을 자극하거나 아동에게 감흥을 불러일으킨 내용을 시로 표현할 수 있도록 정리하는 발상 및 구상 단계이다. 두 번째 단계는 떠올린 내용을 토대로 연과 행을 구분해 가며 시의 형식에 맞추어 시를 써 내려가는 시쓰기 단계이다. 세 번째 단계는 시의 내용상 흐름이 자연스러운지 표현하고자 하는 내용이 적절하게 드러났는지 등을 점검하는 다듬기 단계이다. 마지막 단계는 아동들이 자신이 쓴 시를 다른 아동들에게 발표하기 위해 맞춤법이나 띄어쓰기 등을 점검한 후 완성한 시를 발표하거나 게시하는 단계이다.

이러한 시쓰기 단계는 선조적이지 않고 조정하기를 통하여 언제든지 그 이전의 단계로 되돌아갈 수 있다. 예를 들어, 초고로 작성된 시의 내용을 점검하면서 선택된 낱말이 부적절하다고 생각한다면 시쓰기 단계의 발상 및 구상 단계로 돌아가 표현하고자하는 내용이나 시의 주제를 살핀 후, 이 범주에서 벗어나지 않는 범위 내에서 보다 적절한 다른 낱말을 찾아 대치할 수 있다. 즉, '조정하기' 과정은 자신의 감흥이나 느낌을 보다 효과적으로 표현하기 위해 시를 쓰는 동안 끊임없이 지속된다.

〈표 1〉 시쓰기 지도 모형

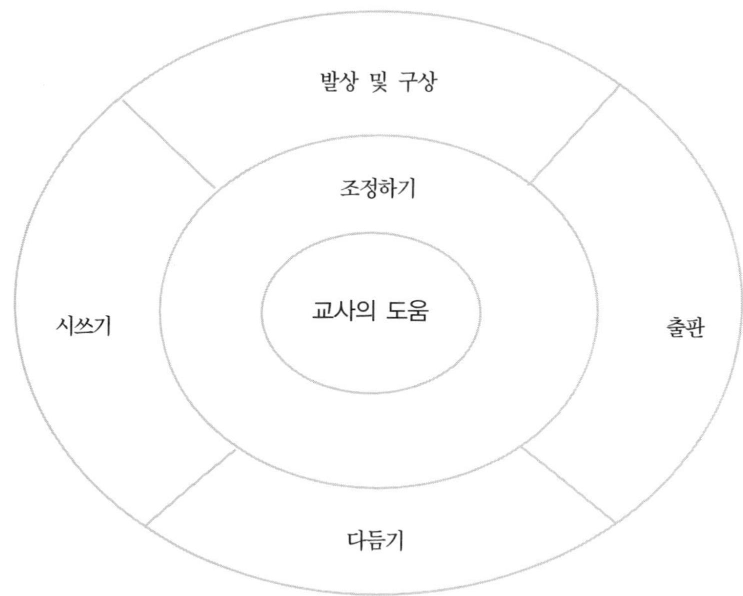

  시쓰기 과정과 시를 쓰면서 계속되는 조정하기 과정은 교사의 적절한 도움이 필요하다. 시쓰기에 입문하는 아동이나 시쓰기에 두려움을 가진 아동들은 자신에게 감흥을 주는 시의 내용을 떠올리거나 조직하여 이를 적절한 낱말을 사용하여 자연스럽게 표현하는 데 어려움을 겪는다. 이 때 교사는 아동들이 어떠한 어려움에 부딪쳤는지 그리고 이를 해결하기 위

해서는 어떤 활동이나 도움이 필요한지를 파악하여 조언한다. 특히, 이러한 교사의 도움은 시쓰기의 초보 단계에서 더욱 절실해진다.

시쓰기를 지도할 때 교사의 역할을 구체적으로 살펴보면 다음과 같다. 우선, 아동들이 시쓰기 활동에 자발적으로 참여하도록 만드는 것이다. 이를 위해 아동들의 활동에 대해 계속적으로 격려와 칭찬을 하며, 아동의 능력을 인정하고 존중하는 마음을 가져야 한다. 즉, 교사는 아동의 개인차를 인정하고 아동의 현 상태를 바르게 파악하여 적절한 개선 방안을 제시하여 줌으로써 아동의 글이 발전되는 모습을 볼 수 있도록 한다. 이러한 향상은 아주 작은 부분이어도 좋다. 즉, 적절한 낱말 하나 혹은 시의 분량을 증가시키는 일이어도 좋다. 아동들 스스로 자신이 발전하고 있음을 느낀다면 시쓰기에 자발적으로 참여하고 흥미를 지속시키는 것은 훨씬 쉬워진다. 둘째, 교사는 아동들이 시를 쓰는 과정을 도와준다. 시쓰기 지도를 위해 교사가 도입한 새로운 개념들에 대한 설명을 하고 이를 연습할 수 있도록 도와주며, 아동들의 시쓰기 진행이 막힐 때 적절한 방책을 제시해 줄 수 있다. 이를 위해서 교사는 시쓰기의 전반적인 과정과 각 단계별 지도 방책에 대한 전문 지식을 가지고 있어야 한다.

협동학습을 통한 시쓰기 단계는 '발상 및 구상, 시쓰기, 다듬기, 출판'의 4단계로 나눌 수 있으며, 각 단계별로 교사는 다음과 같은 지도를 한다.

i) 발상 및 구상 지도

이 단계는 시의 소재를 선택하고, 선택한 소재에 관한 쓸거리를 떠올려 내용을 구상하도록 한다. 즉, 소재와 관련하여 자유롭게 생각을 떠올려 주제를 중심으로 정리하는 활동을 하게 한다. 아이디어의 발상(發想)을 도와주는 방법9)들은 다양하지만, 이들 방법 중에 브레인스토밍이 가장 인정을

---

9) 박미희(1994 : 45-50)는 Linda Flower가 제시한 아이디어 발견의 방책을 '편집을 멈추고 브레

받고 있다(박미희, 1994 : 47). 브레인스토밍 활동으로 떠오른 생각들을 모아 마인드 맵을 작성함으로써 발상을 마무리한다. 구상(構想)하기에서는 마인드 맵으로 정리된 아이디어에서 주제를 선정하고 주제를 표현하기에 적합한 주요 내용들을 뽑아 글을 보다 조직화한다.

이 단계에서 교사는 자유로운 발상을 위한 브레인스토밍과 발상의 정리 방법으로 사용되는 개념 구조도에 대해 아동들에게 간단히 설명해 줄 필요가 있다. 왜냐하면 브레인스토밍과 개념 구조도 작성이 아동들에게는 생소한 개념이며, 시쓰기 지도 과정에서 이 활동에 대한 이해가 필수적이기 때문이다. 필요할 경우에는 교사가 직접 시범을 보이는 것도 좋다.

발상 및 구상 단계에서는 아동들의 적극적이고 자발적인 참여가 요구된다. 그러므로 교사는 긍정적인 분위기 속에서 자유롭게 아동들이 자신의 생각과 느낌을 이야기할 수 있도록 상호 존중하는 따뜻한 분위기를 형성해 준다.

발상과 구상이 잘 이루어지지 않을 때에는 자기 평가나 교사 또는 다른 아동의 진단에 의해 그 원인을 파악하여 개선해 나간다.

■ 발상 지도

자연이나 일상 생활에 관한 일 중에서 자신이 가장 잘 알고 있거나 자신에게 많은 감정을 일으키는 것을 소재로 선택한다. 이것은 쓸거리에 대한 이야기 거리가 많아야 글을 구성하기 쉽고, 자신에게 감동을 주는 것이 다른 사람에게도 감동을 줄 수 있기 때문이다. 소재가 선택되면 소재에 관한 자유로운 발상을 한다.

브레인스토밍에서는 아동들에게 자신이 연상할 수 있는 것을 될 수 있

인스토밍 하기, 독자와 대화하기, 항목을 체계적으로 조사하기, 휴식하면서 생각 발전시키기'의 네 가지로 요약하여 소개하고 있다.

는 대로 많이 떠올릴 수 있도록 글의 명료함이나 언어 표기에 대해 걱정하지 않도록 주의를 준다. 이 활동을 위한 시간은 5분 정도로 제한하는 것이 좋으며 지나치게 길어지지 않도록 유의한다. 만일 아동들이 브레인스토밍을 하는 중에 어려움을 느끼게 되면 눈을 감고 그 장면을 생각하거나 냄새, 소리, 광경 그리고 맛들을 기억하도록 한다.

■ 구상 지도

구상 단계에서 활용되는 개념 구조도는 아이디어를 계층적인 순서대로 그려 넣을 수 있는 '위에서-아래로(upside-down)' 향하는 나무 그림이다. 계층 구조에서 '최상위 수준의 아이디어'란 가장 포괄적인 아이디어 즉, 주제를 의미한다. 다른 모든 아이디어들은 보다 큰 체계의 하위체계와 같은 것으로서 이 최상위 수준의 아이디어를 보조하거나 그 부분을 이루고 있다. 개념 구조도는 필자에게 두 가지 중요한 것을 제공해 준다. 첫째로, 개념 구조도는 글을 쓰면서 아이디어들과 그 관계를 그림으로 그리거나 시험 해 볼 수 있게 해 준다. 둘째, 개념 구조도는 전체 논의를 시각화해서 부분들이 서로 어떻게 구성되어 있는지를 볼 수 있게 해 준다. 셋째, 개념 구조도는 새로운 아이디어들을 생성할 수 있도록 도와주기도 한다. 원고를 시작하기 전에 쓰던 전통적인 문장 개요는 단지 자신이 이미 알고 있는 사실과 아이디어들을 나열해 놓는 것에 불과하다. 이에 비해 개념 구조도는 자신의 논의에서 빠진 부분의 연결 관계에 집중할 수 있게 해 줌으로써 추론을 통해 새로운 개념과 관계들을 추출해 낼 수 있도록 도와준다(Linda Flower, 1998 : 132-133).

추출된 주요 아이디어로 작성된 개념 구조도는 시쓰기의 바탕이 된다. 그러므로 아동들이 개념 구조도를 작성할 때는 시의 주제, 주제를 가장 잘 드러낼 수 있는 중심 내용, 중심 내용의 전개 순서 등을 정리하도록 한다.

개념 구조도를 작성하는 동안이나 작성 후에도 언제든지 자기 평가나 교사 혹은 동료 평가에 의해 그 내용을 수정할 수 있다.

ii) 시쓰기 지도

구상 단계에서 정리한 개념 구조도를 활용하여 詩를 쓰는 단계이다. 시를 쓸 때는 미사여구와 아름답게 포장한 시어의 사용을 지양하고, 자신의 감정을 정직하게 표현하는 아동다운 시를 쓰도록 유도한다. 이를 위해서 평소 자신이 사용하는 언어나 생각들로 내용을 구성하도록 한다.

또한 시를 쓸 때는 시의 본질적 특성인 내재적 운율이나 압축미 등이 드러나도록 하여 지나치게 산문과 같은 느낌을 주지 않도록 한다. 그러나 시의 운율미를 살리기 위해서 보편적으로 이용되는 의성어나 의태어, 동일어의 사용에 지나치게 집착하여 시가 아무런 의미 없는 말장난으로 끝나서는 안 된다. 시의 압축미를 살리기 위해서는 반복되는 동일어를 생략하고 주어나 불필요한 낱말을 빼면서 시를 쓰도록 한다.

초고로 시를 쓸 때는 문법적인 요소는 신경 쓰지 말고 서툴고 다듬어지지 않았지만 전체적인 생각의 흐름이 이어지도록 시를 빨리 쓰게 한다.

iii) 다듬기 지도

대부분의 글쓰기에서 다듬기 단계의 활동은 다음의 세 절차에 따라 이루어진다. 첫째 전통적으로 교사의 전담이었던 점수 매기기(marking), 둘째 자신의 글을 되돌아보고 평가하는 과정인 다시 쓰기(redrafting), 셋째 최종적으로 글을 정확하게 점검하는 편집하기(editing)이다. 이 활동들은 서로 유기적인 관계를 맺으며 진행된다. 예를 들면, 교사의 점수 매기기 활동의 영향을 받아 아동들은 글을 다시 고쳐 쓰면서 글의 내용을 발전시키게 된다.

다듬기에서 가장 우선하는 일은 아동이 열린 마음으로 교사나 동료들의 조언과 비평을 받아들일 줄 아는 마음을 가지고 있는 지를 판단하는 것이다. 열린 마음 없이는 다듬기 활동이 효과를 거두기 어려우며 오히려 역효과를 가져올 수도 있다. 교실에서 이루어지는 글쓰기의 독자는 교사 외에도 동료 아동들이 될 수 있다. 아동은 자신의 초고를 동료에게 보여 주어 그들의 논평과 충고를 얻는 활동을 통해 자신의 작품을 동료와 공유할 수 있다. 이러한 공유를 통해 필자는 자신의 의도나 글의 조직 및 명료성에 대해 동료들의 질문과 논평을 얻고 글에 대한 독자의 반응할 살필 수 있는 기회를 갖게 된다.

그러나 열린 마음을 갖지 못하는 덜 성숙한 필자가 글을 공유할 때는 상당한 주의가 필요하다. Tricia Hedge는 덜 성숙한 필자의 초고 교정에 독자가 너무 일찍 개입하거나 너무 많은 것을 말함으로써 발생할 수 있는 부정적인 영향을 지적한 바 있다. 그의 실험 연구에서 어린 필자 Trevor는 지나치게 많은 독자들의 논평 때문에 모든 조언과 질문들을 거절하고 글쓰기 그룹을 떠나버린 사례를 보고하고 있다(Tricia Hedge, 1997 : 64). 그러므로 필자가 열린 마음으로 타인의 조언이나 질문을 적절하게 수용할 수 있을 때까지는 작품을 공유하는데 항상 조심성이 따라야 한다.

다듬기는 아동의 글을 칭찬하고 격려하는 활동을 바탕으로 수정이 이루어져야 한다. 글쓰기에 자신감을 갖고 있는 대부분의 아동들은 글쓰기 학습에서 교사나 동료들로부터 긍정적인 조언을 받아 본 경험을 가지고 있다. 그러므로 아동들이 동료의 시를 긍정적인 눈으로 보고 칭찬과 격려를 아끼지 않도록 해야한다. 다듬기 단계에서 시의 긍정적인 면을 서술할 수 있는 체크리스트를 독자에게 제공함으로써 의도적으로 긍정적인 면을 찾아내는 기회를 제공하도록 하는 것도 필요하다. 이러한 체크리스트의 사용이 처음에는 아동들에게 부담감을 줄 수 있으나, 다른 사람의 시를 긍정적으로 평가할 줄 아는 태도를 기르게 할 수 있으므로 얼마동안 강제적으로 시행할 필요가 있다. 특히, 평소 학교 생활에서 지나치게 상대의 의견을 무시하거나 인정하지 않으려는 성향을 가진 아동들의 경우에는 이를 꾸준히 실행하도록 해야한다.

다듬기 항목으로 구성될 수 있는 내용은 詩의 전반적인 내용이 주제에서 벗어나지 않았는지, 시의 표현적 기교가 상투적이지는 않는지, 시가 감흥을 주는지 등 내용의 흐름을 살피게 하는 질문들이다. 체크리스트 형식으로 작성된 다듬기 방책을 이용하여 시의 내용을 자세하게 살피면서 자기 평가나 동료 평가를 한다. 다듬기 단계에서는 시의 내용적인 요소를 점검하고 시의 형식적인 면을 지나치게 신경 쓰지 않도록 한다. 시의 내용적인 요소를 점검하여 수정할 부분이 발견된다면 언제든지 초고로 작성된 시를 지속적으로 고치도록 한다.

iv) 출판 지도

출판[10]을 위해서는 우선 편집이 선행되어야 한다. 즉, 출판을 위한 마지막 점검으로 띄어쓰기, 맞춤법, 문장 부호, 연과 행의 구분 등 형식적 요소를 살피고, 그 다음으로 출판하는 방법을 결정하게 한다. 게시판에 게시하거나 인쇄물을 만들거나 음성을 통한 낭송 등을 통해 출판할 수 있다. 교사들은 출판을 위해 비용과 시간을 많이 들여 꼭 문집으로 엮어낼 필요는 없다. 아동들이 수업 시간 중에 만들어낸 작품을 OHP나 실물 환등기와 프로젝션 TV등을 이용하여 게시하는 것으로도 아동들은 자신의 작품이 여러 사람 앞에 발표되었다는 자부심을 갖게 되고 이로 인해 시쓰기에 대한 긍정적인 태도가 형성된다.

국어교육의 목표를 문화생산에 두었을 때 출판은 필연적이다. 뚜렷한

---

10) 출판의 사전적 의미는 '책으로 만들어져 세상에 내놓는 것'으로 규정되어 있다(연세한국어사전, 1998 : 1843). 그러나 본장에서는 시 교육의 특수성을 감안하여 문자화되어 표현되는 것 외에 아동들의 시낭송도 '출판'의 범주에 포함하고자 한다. 즉, 자신의 작품을 문자나 음성을 이용하여 여러 사람들이 함께 볼 수 있고 즐길 수 있도록 표현하는 것으로 그 개념을 확장하여 사용하고자 한다.

목표 없이 독서할 경우와 독후감 쓰기를 목표로 정한 후 독서할 경우 독서에 이용되는 방책은 달라진다. 뚜렷한 목표 없이 책을 읽을 경우에는 줄거리의 파악이라든지 자신의 경험과의 비교 또는 주인공에 대한 이해나 사건 전개 등에서 독후감 쓰기를 목표로 독서할 경우보다 훨씬 덜 민감하게 반응하며 자신의 기억력을 최대한으로 사용할 필요성도 느끼지 못한다. 한편 독후감을 쓸 것을 염두에 두고 책을 읽을 경우에는 좀더 세밀한 관찰력과 상세한 기억력을 사용하고, 주인공과 보다 적극적인 대화를 하려 애쓰게 된다. 이것은 독후감이라는 문화생산(文化生産)이 아동의 독서 태도와 독서 과정에 영향을 끼치기 때문이다.

출판을 한 아동들은 시와 보다 친화적인 관계를 맺게 되고 교사가 조성해 준 교실 환경이나 시 수업 활동에 보다 적극적으로 반응할 수 있다. 또한 이러한 출판 활동은 아동들이 자신의 생활 문화를 시로 표현하는데 친숙하게 하고, 더 나아가 문학을 창조하는 능력을 향상시키고 세련되게 만들어 아동들의 문화생산 활동에 큰 역할을 담당하도록 만든다.

나. 협동 시쓰기와 개별 시쓰기 지도

협동학습을 통한 시쓰기 방법으로는 모둠원들이 발상에서부터 시쓰기의 마지막 단계인 출판에 이르기까지 함께 활동하는 협동 시쓰기 과정과 개인이 한 작품을 완성하기까지 특정 단계에서 모둠원들이 도움을 제공하는 개별 시쓰기 과정으로 나눌 수 있다. 보통 협동 시쓰기를 통해 부담 없이 시쓰기 활동에 참여하게 된 아동들이 자연스럽게 개별시를 쓰는 단계로 진행한다. 아동 자신의 생각이 협동시보다 많이 반영되는 개별시를 쓸 때도 동료 아동들이 가지고 있는 다양한 생각을 이용하여 자신의 시를 보다 정교하게 다듬고 발전시킬 수 있다.

협동 시쓰기와 개별 시쓰기는 협동학습을 시쓰기에 이용한다는 공통된 출발점을 가지고 있다. 그러나 협동 시쓰기는 시쓰기 초기 단계에 이용될 수 있고 개별 시쓰기는 그 이후에 적용될 수 있기 때문에 지도상의 다른 절차를 따른다. 협동 시쓰기와 개별 시쓰기의 차이점은 <표 2>와 같다.

협동 시쓰기와 개별 시쓰기의 가장 두드러진 특징은 교사 및 동료 아동들의 역할이다. 시쓰기의 초기 단계인 협동 시쓰기에서는 교사 및 동료 아동들의 평가가 자기 평가에 의한 조정하기와 동일한 양이나 혹은 더 많은 양을 차지하는 반면, 개별 시쓰기에서는 자기 평가에 의한 조정하기가 시쓰기 과정에서 중심 역할을 담당하고, 교사나 동료의 도움은 다듬기나 출판의 문법 교정 이외에는 아동들이 선택적으로 이용할 수 있다. 즉, 아동들이 스스로 시쓰기에 어려움을 느끼지 않는다면 시쓰기 全 과정을 홀로 진행하여도 된다. 그러나 자신이 미처 발견하지 못한 것을 동료들이 지적할 수도 있으므로 다듬기 단계에서 자신의 시를 다른 아동들과 공유하여 고쳐나가는 것이 바람직하다.

〈표 2〉 협동 시쓰기와 개별 시쓰기의 차이점

단 계 \ 종 류	협동시쓰기	개별시쓰기
준비	시와 친화적인 분위기 조성 모둠의 서기 지명	시쓰기 활동에 대한 두려움 제거
발상 및 구상	모둠원들과의 공동 발상 및 구상	개인별 발상 및 구상
시쓰기	모둠원들의 시를 모아 협동시 완성	개인이 홀로 개인시 완성
다듬기	모둠원들의 평가	모둠원들의 평가
출판	모둠원들과의 협의	모둠원들과의 협의
교사 및 동료의 역할	시쓰기 전 과정에서 교사 및 동료와의 협의	교사 및 동료와의 협의 최소화

i) 협동 시쓰기 지도

협동 시쓰기는 아동들이 모둠을 구성한 후 시쓰기 全 과정에서 모둠원들이 함께 의견을 나누고 역할을 분담하여 한 편의 모둠시를 만드는 과정이다. 그러므로 협동 시쓰기 활동을 위해서는 먼저 효율적인 활동을 위한 모둠의 인원수를 결정해야한다. 협동 시쓰기 활동을 위한 모둠은 남녀를 모두 포함하여 시쓰기 능력이 다른 아동들로 이루어진 집단으로 구성하는 것이 바람직하다. 남과 여는 서로 도우며 함께 살아가고 있으며, 남녀 평등의 시대적 흐름을 반영하여 남녀 혼성으로 모둠을 구성하는 것이 바람직하다. 또한 시쓰기 능력이 각각 다른 아동들로 집단을 구성함으로써 능력이 우수하지 못한 아동은 능력이 우수한 아동의 시쓰기 과정을 지켜보면서 자신의 아이디어를 생성할 수 있다. 능력이 우수한 아동들은 자신의 생각이나 표현을 동료들에게 정확하고 효과적으로 전달하기 위해 보다 섬세하게 자신의 아이디어를 점검할 수 있다. 모둠의 인원수는 4명이나 6명 정도로 한다. 모둠의 인원수가 지나치게 늘어나면 상호간의 원활한 의견 교환이 이루어지기 어렵고 개인별 발언의 기회가 줄어들며, 모둠원들의 의견이 일치되기가 쉽지 않다. 그러므로 짝 활동이 유리한 4명이나 6명 정도의 인원으로 융통성 있게 모둠을 구성하는 것이 바람직하다. 협동 시쓰기 활동에서 가장 핵심적인 역할을 해야할 사람은 서기이다. 서기는 협동 시쓰기 전 과정을 이끌어 갈 수 있는 사람으로, 모둠원들이 생산한 아이디어를 마인드 맵으로 정리할 수 있는 능력이 있는 아동으로 선발한다. 또한 서기는 모둠원들의 발언 순서를 정하고 모두가 자신의 의견을 자유롭게 표현할 수 있는 분위기를 제공해 주어야한다. 또한 시쓰기 활동이 더 이상 진전되지 않고 어려움에 부딪히면 자신의 아이디어를 제공하여 아이디어의 흐름을 촉진시킬 수 있어야 한다. 그러나 협동 시쓰기가 지나치게 서기 중심으로 진행되는 것을 경계해야 한다.

또한 4~6명으로 구성된 협동 시쓰기 활동을 통해 아동들의 시쓰기에 대한 흥미가 높아지고 시쓰기 과정이 어느 정도 숙달되면, 개인의 사고를 활발히 제공하고 적극적으로 수업에 참여할 수 있는 2명의 짝 활동을 통해 협동 시쓰기 활동을 하는 것도 바람직하다.

협동 시쓰기 지도의 목적은 아동들이 시쓰기에 흥미를 가지고, 가능한 자신이 생산할 수 있는 최고의 작품을 만들어내도록 하는 것이다. 그러므로 교사는 협동학습을 활용한 시쓰기 활동을 통해 아동들이 자신의 능력 안에서 최대한 발전하도록 도울 수 있어야 한다.

협동 시쓰기는 모둠으로 조직된 아동들이 하나의 소재를 선택하여 단체 브레인스토밍 과정을 거쳐 아이디어를 생산·조직한 후, 모둠원이 모두 참여하여 시를 쓴다. 그리고 생산된 시는 체크리스트를 이용한 다듬기 과정을 통해 내용의 수정과 문법상의 교정 작업을 마친 후 하나의 완성된 작품으로 출판된다.

협동 시쓰기 지도를 위해서는 먼저 시와 친화적인 환경을 조성하는 일이 중요하다. 그러므로 생활 속에서 시를 쉽게 접할 수 있도록 학급 환경을 구성한다. 애송시집을 복사하여 돌려 읽게 하거나 시 읽기 코너를 마련해 두어 항상 아동들이 시를 접할 수 있는 환경을 마련해 둔다. 교사는 시 읽기 코너에 아동들에게 권장하는 시집이나 아동들의 흥미를 끌 수 있는 시집을 많이 보관해두고 그들이 자유롭게 이용할 수 있도록 하는 것이 좋다. 이러한 환경은 아동들이 자율 학습, 쉬는 시간, 또는 방과 후 여가 시간에 시를 쉽게 접할 수 있는 기회를 마련하여 시쓰기 지도에 부정적인 반응을 나타낼 가능성을 상당부분 줄일 수 있다.

둘째, 아동들이 적극적으로 시 감상 활동을 할 수 있는 시 교수-학습 활동을 구안한다. 천편일률적인 작품 분석이나 형식과 내용에 대한 단순한 질문 중심의 수업에서 벗어나, 시를 읽고 느낀 감정이나 생각을 신체적 활동이나 그림 등을 통해 다양하게 표현해봄으로써 적극적으로 작품을 감상할 수 있는 기회를 제공한다. 시 감상을 위한 비언어적 표현 활동으로는 시를 읽고 나서 떠오르는 생각이나 이미지 등을 그림으로 그리거나 찰흙으로 만들고 연극을 통하여 표현하는 활동들이 이용될 수 있다(Linda Flower, 1998 : 175-187). 이러한 활동을 통해 아동들이 자신의 느낌을 자유롭게 표현할 기회를 주도록 한다. 이로 인해 아동들은 스스로의 생각과 감정을 존중하고 다른 아동들에게 인정받을 수 있다는 자신감을 가지게 된다.

발상 및 구상에서는 브레인스토밍의 활성화를 위해 모둠원들 모두 순서대로 자신의 의견을 개진하여 발상 활동에 참여하도록 한다. 그리고 떠오른 생각들을 모아 마인드 맵을 작성함으로써 떠올린 발상을 마무리한다. 구상하기에서는 마인드 맵으로 정리된 아이디어에서 주제를 선정하고 주제를 표현하기에 적합한 주요 내용들을 뽑아 글을 조직화한다. 이것은 여러 사람이 하나의 작품을 만들 때 생길 수 있는 주제의 불일치를 해소하고 글의 산만함을 최소화하는 방법이 될 수 있다. 브레인스토밍은 생각을 모으는 중요한 단계로 모둠별로 진행된다. 모둠원들이 모두 자기의 의견을 발표할 수 있도록 순번제로 기회를 주는 것이 바람직하다. 모둠원의 서기는 소재에 관한 브레인스토밍 내용을 마인드 맵핑으로 정리한다. 마인드 맵핑을 할 때는 소재에 관한 중심 생각이나 이미지 등이 조화롭게 드러나게 하고 지나치게 산만해지지 않도록 유의한다. 모둠원들은 함께 주제를 정하고 이와 관련된 부주제들을 기록하면서 시의 내용이 될만한 것을 모은다. 작성된 마인드 맵은 구상을 위한 좋은 자료가 된다. 왜냐하면 마인드 맵에는 시의 주제와 주제를 가장 효과적으로 표현하기에 적합한 주요 내용이 포함되어 있기 때문이다.

토의를 통해 만들어진 개념 구조도는 모둠원들의 공동의 생각을 토대로 한 것이므로 여러 사람이 한 편의 시를 구성하기 때문에 자칫 같은 소재를 가지고 쓰지만 하나의 주제를 향해 가지 못하고, 동떨어진 표현들을 엮어 놓는 식의 구성이 되는 것을 지양할 수 있다. 또한 개념 구조도를 함께 작성함으로써 시쓰기에 필요한 아이디어가 부족한 아동들에게 다른 모둠원들 생각의 도움을 받아 쓸거리를 상기시켜 주기도 한다. 그러므로 협동하여 한 편의 시를 만들기 위해서는 무엇보다도 쓰기 전에 아이디어들을 한 방향으로 모으는 개념 구조도 작성이 무척 중요하다. 개념 구조도를 작성할 때는 충분한 토의가 이루어져야 한다. 그러나 토론이 진행되는 동안 학업 성적이나 말하기 능력이 우수한 아이들이 발언을 지나치게 주도하지 않도록 하며, 순환제로 발표하여 모든 아동들이 참여하도록 이끈다. 특히, 교사는 시적 표현력이 우수하지 못한 아동들이나 시쓰기에 흥미를 느끼지 못하고 있는 아동들에게 긍정적인 발언을 해 줄 필요가 있다. 교사의 격려나 칭찬은 소외되고 자신감이 없는 아동들에게 시를 쓰는 활동에 참여하고자 하는 자발성을 기르는 좋은 기회를 제공해 줄 수 있기 때문이다. 개념 구조도를 작성하는 동안이나 작성 후에도 언제든지 자기 평가에 의해 그 내용을 수정할 있으며, 교사의 조언이나 동료와의 협의를 통해서 조정해 나갈 수 있다.

시를 쓰는 단계에서 서기는 모둠원들이 작성한 내용을 엮어 한 편의 시로 만든다. 시를 쓰면서 생각이 떠오르지 않거나 적절한 표현을 찾지 못할 때는 언제든지 동료나 교사와 상의하여 이를 해결할 수 있다.

다듬기는 초고로 작성된 시의 내용을 다듬어 내용상 출판하기에 손색이 없는 완성 작품을 만드는 과정이다. 협동시는 개인별로 쓴 부분을 모아 한 편의 시로 엮었기 때문에 주제를 중심으로 작성한 개념 구조도를 참고로 하여 협동시의 전반적인 내용이 주제에서 벗어나지 않았는지를 살피도록 한다. 서기는 모둠원들의 의견을 모아 작성한 협동시(協同詩)의 전반적인 내용을 고친다. 시의 내용적인 요소를 점검하여 수정할 부분이 발견된다면 언제든지 초고로 작성된 시를 협의하여 지속적으로 고치도록 한다.

출판을 위한 마지막 점검 단계 역시 자기 평가 후 모둠원과 교사의 평가를 통해 다듬기 단계에서 완성된 협동시를 다시 조정하고, 조정하기를 통해 내용면과 형식면에서 완성품으로 합의된 시를 모둠원들과 협의하여 가장 적합한 출판 방법을 결정한다.

ii) 개별 시쓰기 지도

협동 시쓰기를 통해 시쓰기에 어느 정도 자신감이 생기면 개별적으로 시를 쓰도록 한다. 개별적으로 시를 쓰는 단계는 협동시보다 교사나 모둠원들의 역할이 상당히 축소된다. 자신의 자유로운 발상을 개념 구조도로 정리하거나 자신이 쓴 초고를 내용면이나 형식면에서 다듬을 때, 또는 출판의 방법을 선택할 때에 자기 평가를 거친 후 교사나 동료 아동들의 도움을 요청할 수 있다.

개별 시쓰기 과정은 협동 시쓰기의 후속 활동으로, 협동 시쓰기의 과정과 유사하다. 그러나 협동 시쓰기에서는 발상 및 구상의 단계에서 출판의 단계에 이르기까지 자기 평가 이외에도 끊임없는 교사나 동료 아동들과의 협의를 통해 시쓰기가 진행되는 반면, 개별 시쓰기에서는 아동들의 자기 평가를 통해 시쓰기가 이루어지며 동료나 교사와의 도움은 줄어든다. 물론 아동의 능력이나 선택에 따라 동료나 교사와의 협의에 의한 조정하기 과정의 양이 달라질 수 있다. 시는 본질상 주관적 성격이 강한 문학이므로 아동들이 동료나 교사의 도움 없이 되도록 자기 평가에 의한 조정하기 과정을 통하여 시를 완성시키도록 유도하는 것이 바람직하다. 이는 아동 개개인이 자신의 문학 창작력과 문화 생산 능력을 향상시키는 방법이기도 하다.

협동 시쓰기를 통해 시 학습에 긍정적인 태도를 형성한 아동들은 스스로 자신의 생활 속에서 자유롭게 소재를 선택하고, 소재에 관한 생각이나 느낌을 떠올려 내용을 구상한다. 이 때 반복적인 읽기를 통해 자기 평가를 하고 필요한 경우에는 모둠원이나 교사와 협의하여도 된다. 조직된 내용을 가지고 시를 쓰는 과정 중에도 다시 읽기를 통하여 지속적인 자기 평가를 실시하여 그 내용을 고쳐나간다. 다듬기와 출판의 단계에서도 교사나 동료의 도움을 선택적으로 이용할 수 있으며, 아동 개인 작품의 내용이 부족한 경우에는 협동 시쓰기를 다시 함으로써 보다 발전된 개별 시쓰기로 유도할 수 있다.

개별 시쓰기 단계의 주요 내용을 살펴보면 다음과 같다. 발상 단계는 소재와 관련된 내용을 개별적으로 브레인스토밍하고 이를 마인드 맵으로 작성한다. 협동 시쓰기 과정에서는 마인드 맵의 기록을 서기가 담당하였으나, 개별 시쓰기에서는 아동들 각자가 자신의 마인드 맵을 작성한다. 마인드 맵을 기초로 개념구조도를 스스로 만든다. 이 때 개인적인 능력의 차이가 있으므로 아동의 요청이 있을 때 교사는 언제든지 도와줄 수 있어야 하며, 아동들의 생각이나 말에 부정적인 반응을 보이지 않아 자유롭게 생각을 전개할 수 있도록 도와주어야 한다.

개별 시쓰기 단계의 아동들은 적극적이고 다양한 시 감상 활동과 협동 시쓰기 학습을 통해 시쓰기에 적극성과 자신감을 가진 아동들이므로, 개인적으로 시를 쓸 때 자신의 독특한 표현력을 보여줄 수 있도록 한다. 협동 시쓰기에서는 여러 모둠원이 함께 협동시를 쓰는 것이므로 자신의 감정을 온전히 표현할 수 없다. 그러므로 개별 시쓰기에서는 아동 자신이 평소 즐겨 쓰거나 생각했던 말로 자신의 꾸밈없는 마음이나 느낌을 표현하도록 한다. 자신의 표현이 서툴고 볼품없어 보일지라도 다듬기와 출판하기 단계를 거쳐 완성될 것이므로 마음의 부담감을 최소화하는 것이 필요하다.

다듬기와 출판은 자기 평가와 동료 평가 혹은 교사의 도움을 받아 진행하도록 한다. 특히, 출판을 위한 시의 형식면을 점검할 때는 개인차가 있을 수 있으나 아동들의 능력 범위 내에서 이루어지게 하는 것이 바람직하다. 개별 시쓰기 지도에서도 출판은 매우 중요하다. 자신의 작품을 모든 아동들에게 발표하는 기회를 가짐으로써 자신의 글에 대한 자신감과 자기 성취감을 느낄 수 있도록 해주며 아동들의 심리적 기대감을 충족시킨다. 아동들은 자신의 글에 대한 어떤 반응을 기대하는데 이 반응이 주어지지 않으면 그들의 시쓰기 의욕은 저하된다. 즉, 자신의 작품이 정말 잘되었는지, 또는 고칠 부분은 어디인지 등에 대한 반응을 얻지 못하면 시쓰기를 지속하고 싶은 마음을 갖기 어려워진다. 그러므로 출판을 통한 자기 글의 발표와 교사나 동료 아동들의 긍정적인 반응은 시쓰기에 매우 긍정적인 영향을 주게 된다. 그러므로 시쓰기 지도에서는 자신의 글이 출판되어 독자의 반응을 얻을 수 있는 기회를 반드시 주어야 한다.

다. 시쓰기 지도 방책

시쓰기 지도는 즐거운 마음으로, 자신을 감동시킨 내용을 솔직하게 쓰도록 하는 것이다. 이러한 시쓰기도 훈련을 통하여 보다 향상될 수 있다. 그러나 실제 학교 현장의 詩창작 교육에서 시쓰기의 지도 절차나 각 단계별 지도 방법에 대한 체계적인 연구가 많지 않다. 그래서 대부분의 현장 교사들은 단지 소재를 던져 주거나 자유롭게 소재를 선택하도록 한 후, 소재에 대해 생각할 기회를 주는 것으로 발상 지도를 마친다. 그리고 아동들이 개별적으로 시를 작성하도록 하게 하고 교사는 아동들이 작성한 시를 모아 평가하는 것으로 시쓰기 지도를 마무리한다. 그러므로 교사는 아동들의 시쓰기 능력이 발전할 기회를 거의 제공하지 못하고 있는 셈이다. 따라서 여기에서는 협동학습을 통한 시쓰기 지도를 할 때 그 효율성을 극대화하기 위한 각 단계별 주요 방책을 마련하였다. 각 단계별 주요 방책은 <표 3>과 같다.

〈표 3〉 시쓰기 지도의 주요 방책

시쓰기 지도를 위한 환경 조성
- 시와 친화적인 교실 환경 구성하기
- 적극적인 시 감상 활동을 위한 교수-학습 지도안 마련하기

발상 및 구상 지도
- 시의 소재는 친근하거나 잘 알고 있는 내용 중에서 선택하도록 하기
- 브레인스토밍하기
- 표현하고자 하는 대상을 의인화하여 생각하도록 하기
- 아이디어 조직하기
  - 주제 정하기
  - 개념 구조도 작성하기

시쓰기 지도
- 즐겨 사용하거나 자주 쓰는 말로 글 전개하도록 하기
- 주제에 초점을 맞추어 글 써 내려가도록 하기
- 반복어나 불필요한 낱말 생략하기
- 맞춤법, 띄어쓰기 등의 문법적 요소에 신경 쓰지 않도록 하기
- 빨리 써내려 가게 하기
- 앞부분을 다시 읽어가며 글 써 내려가도록 하기

다듬기 지도
- 개방적 태도 갖게 하기
- 묵독이나 낭독으로 글 다시 읽어보기
- 자기 평가 후 스스로 고치기
  - 주제가 분명히 드러나는가?
  - 글의 흐름이 자연스러운가?
  - 글에서 빼어도 될 부분은 있는가?
  - 글에 덧붙일 내용이 있는가?
  - 적절한 낱말을 사용하였는가?
  - 마음에 드는 시어는 무엇인가?
  - 글을 읽을 때 운율이 느껴지는가?
- 교사나 동료 평가 후 글 고치기

출판 지도
- 맞춤법, 띄어쓰기, 행과 연의 구분, 구두점 등 문법적 요소 자세히 살피도록 하기
- 자기 평가 후 교정하기
- 교사나 동료와 협의하여 교정하기
- 음성 언어나 문자 언어로 출판하기

ⅰ) 시쓰기 지도를 위한 환경 조성 방책

시쓰기 지도를 위해서는 우선 시와 친화적인 환경을 조성할 필요가 있다. 즉, 시를 생활에서 가까이 할 수 있는 기회와 장소를 많이 제공하여 생활 속에서 자연스럽게 시를 접할 수 있도록 한다. 애송시집을 복사하여 돌려읽게 하거나 시 읽기 코너를 마련해 두어 항상 아동들이 시를 접할 수 있는 환경을 마련해 둔다. 교사는 시 읽기 코너에 아동들에게 권장하는 시집이나 아동들의 흥미를 끌 수 있는 시집을 많이 보관해두고 그들이 자유롭게 이용할 수 있도록 하는 것이 좋다. 이러한 환경은 아동들이 자율 학습, 쉬는 시간, 또는 방과후 여가 시간에 시를 쉽게 접할 수 있는 기회를 마련하여 시쓰기 지도에 부정적인 반응을 나타낼 가능성을 상당 부분 줄일 수 있다.

둘째, 아동들이 적극적으로 시 감상 활동을 할 수 있는 시 교수-학습 활동을 구안한다. 천편일률적인 작품 분석이나 형식과 내용에 대한 단순한 질문 중심의 수업에서 벗어나, 시를 읽고 느낀 감정이나 생각을 신체적 활동이나 그림 등을 통해 다양하게 표현해봄으로써 적극적으로 작품을 감상할 수 있는 기회를 제공한다. 시 감상을 위한 비언어적 표현 활동으로는 시를 읽고 나서 떠오르는 생각이나 이미지 등을 그림으로 그리거나 찰흙으로 만들고 연극을 통하여 표현하는 활동들이 이용될 수 있다 (Linda Flower, 1998 : 175-187). 이러한 활동을 통해 아동들이 자신의 느낌을 자유롭게 표현할 기회를 주도록 한다. 이로 인해 아동들은 스스로의 생각과 감정을 존중하고 다른 아동들에게 인정받을 수 있다는 자신감을 가지게 된다.

ⅱ) 발상 및 구상 지도 방책

발상 및 구상은 시의 소재를 선택하고, 선택한 소재에 관한 브레인스토밍을 한 후, 이를 그 중심 이미지나 생각들을 묶어 마인드 맵으로 정리하는 절차를 따른다. 이 때 아이디어 생산을 활성화시키기 위해 관련 소재에 관한 지식이나 감정, 느낌 등이 풍부한 대상을 소재로 선택하는 것이 좋다. 시는 구체적으로 써서 이미지가 쉽게 떠오르도록 해야 하는데, 표현하고자 하는 대상에 관한 지식이 풍부할수록 내용 구성이 쉬워지기 때문이다. 또한 시를 통해 표현하고자 하는 대상에 관한 자신의 감정이 풍부해야 한다. 아무리 잘 알고 있는 대상이더라도 자신에게 특별한 감흥이나 감정을 불러일으키지 못하는 것이면 시의 훌륭한 소재가 될 수 없기 때문이다. 전혀 모르거나 평상시에 관심이 없는 대상에 대하여 글을 쓰는 것은 무에서 유를 창조하는 어려운 작업이다. 그러므로 가능하면 쓸거리를 많이 제공할 수 있는 소재를 선택하는 것이 좋다.

　선택한 소재에 관한 자신의 아이디어를 자유롭게 끌어내는 데는 구체적인 아이디어 생성 방책의 제시가 필요하다. 브레인스토밍은 아이디어 생성 방책을 연구하는 거의 모든 학자에 의하여 효과적인 방책으로 소개되어 왔다. 브레인스토밍 과정에 의해 생성된 아이디어들은 실제 내용이나 내용의 구성에 주요한 정보가 된다. 만일 아동들이 브레인스토밍에 친숙하지 않다면, 교사가 시범을 보이거나 아동들의 활동에 도움을 줄 수 있는 구체적인 조언을 해야 한다. 이 시범은 아동들에게 브레인스토밍의 기술이 어떠한 것인지를 이해시키는 데 효과적이다. 시범 활동에 아동들을 참여시켜도 좋다. 이러한 아동 참여 활동은 교사의 활동에서 아동의 활동으로 브레인스토밍 기술을 전이시키는 데 도움이 된다. 학습이 교사에 의해 주도된다면 학생들의 흥미가 곧 사라지게 되므로 브레인스토밍을 위한 시범 시간은 5분 이상을 넘기지 않는다. 브레인스토밍을 교사가 시범으로 보여주는 절차는 다음과 같다. 수업 전에 몇 가지 소재를 칠판에 써 둔다. 교사는 소재 하나를 선택하면서 선택한 이유를 큰 소리로 말한다. 그리고 나서 교사는 자신이 선택한 소재에 대한 아이디어를 큰 소리로 브레인스토밍한다. 교사는 브레인스토밍에 의해 생성된 아이디어를 칠판이나 OHP에 아이디어를 재빨리 기록해 두고, 각각의 아이디어들이 어떤 의미가 있는지를 아동들에게 설명한다. 그리고 아동들에게 교사가 브레인스토밍하고 있는 소재에 대한 아이디어를 제안해 보게 하고 그것들을 칠판에 기록해 둔다.

브레인스토밍은 개인적으로도 아주 유용하지만 모둠을 이루어할 때 효과가 크다. 모둠원의 브레인스토밍에서 한 아동의 아이디어 생성은 다른 아동의 아이디어 산출에 자극제가 될 수 있기 때문이다. 이 때 학급 규모는 중요한 요인이 된다. 25명 이상의 규모가 큰 학급에서는 모든 아동들이 브레인스토밍에 참여할 수 있는 기회를 보장하기 위해 4명에서 6명 정도의 소모둠으로 학생들을 구성하는 것이 바람직하다. 소모둠의 브레인스토밍의 절차는 다음과 같다. 개인별로 1-2분간 조용히 아이디어를 생성하는 시간을 갖는다. 그리고 나서 모둠원들이 각자의 아이디어들을 비교하여 정리해 둔다.

소재에 대하여 가능한 한 많은 아이디어를 생성하기 위해서는 브레인스토밍을 할 때 아이디어의 생성이 방해받지 않아야 된다. 관례적이고 보편적인 아이디어뿐만 아니라 신기하고, 이상하며, 보편적이지 않은 아이디어도 전혀 억압받지 않아야 한다. 즉, 브레인스토밍은 자유롭고, 구조화되지 않고 무비판적이어야 하는 것이다. 브레인스토밍을 하는 동안에는 아이디어를 구조화하거나 평가하는 활동을 금지해야 한다. 이것은 브레인스토밍이 목표로 하는 창조성과 생산성을 제한하지 않기 위해서이다. 그러므로 브레인스토밍을 할 때 지켜야 할 점을 정리하면 다음과 같다. 첫째, 서로의 생각에 대해 비판하지 않는다. 둘째, 자유 분방하게 토의하는 분위기를 조성한다. 셋째, 아이디어의 결합과 개선을 지속적으로 시도한다(박미희, 1994 : 46-47). 이를 위해 협동학습을 주도하는 서기는 아이디어를 자유롭게 생성해 낼 수 있도록 긍정적인 분위기를 조성하고, 모둠원들이 아이디어를 모두 표현할 수 있는 기회를 고르게 준다. 또한 필요에 따라서는 자신의 아이디어를 제시하여 아이디어가 지속적으로 생성, 결합, 개선되도록 한다.

아이디어가 떠오르지 않을 때에는 표현하고자 하는 소재가 되어 보거나, 그것을 의인화하여 생각해 보도록 하는 것이 좋다. 무생물을 의인화하여 생각하면 다른 각도에서 아이디어가 나타날 수 있기 때문이다. 예를 들어 자동차에 관한 시를 쓸 때 자신이 자동차가 되어 인간 세상이나 자동차간의 사건을 소재를 중심으로 시를 써 나갈 때 색다른 시가 될 수 있다. 신선한 아이디어를 생성하거나 발상에 어려움을 겪을 때는 기존의 시각과 다른 각도에서 대상을 바라보며 입장을 바꾸어 사고의 방향을 전환시키는 것이 필요하다.

모둠원들은 브레인스토밍을 하여 생성한 아이디어를 마인드맵으로 간단하고 체계적으로 기록하면서 계속해서 사고를 확장시켜 나갈 수 있다. 마인드맵은 핵심 단어와 이미지의 연결로 사고를 넓혀나가는 학습 방법이다. 생각의 핵심이 되는 내용은 항상 중심 이미지에 놓이고, 중심 이미지와 관련된 주요 내용은 사람의 몸에 붙어 있는 팔처럼 연결하여 표현한다. 그리고 이러한 가지들의 연결은 핵심 이미지와 핵심 단어를 통해 뻗어나간다. 계속 이어지는 부(副)주제들은 나뭇가지의 마디마디가 서로 연결되어 있는 듯한 구조를 취한다(한국부잔센터, 1994 : 74-77). 이러한 마인드맵은 개인적으로 생성된 아이디어의 기록이 되는 동시에 보다 많은 아이디어 생성을 돕게 되므로 발상 단계를 마무리하는 좋은 방법이 된다.

구상은 발상 단계에서 소재와 관련하여 떠올린 많은 아이디어들에서 하나의 특정 아이디어를 중심으로 다른 아이디어를 조직하는 과정이다. 즉, 주제를 정하고 주제를 표현하기에 알맞은 구조로 아이디어를 배열하는 것이다. 그러므로 이 단계에서는 효과적으로 주제를 표현할 수 있는 아이디어의 배열에 관한 방책이 필요하다.

대다수의 아동들은 쓸 내용을 조직하고 계획할 때 정보 배열을 왜 그렇게 결정하는지에 대해 생각하지 않으며 자신의 계획이 시쓰기 작업에 적합한지에 관해 평가하지도 않는다. 대부분 아동들은 소재에 관한 기억을 나열하는데 그치기 때문에 글 내용의 흐름이 자연스럽지 못하거나 산만해진다. 그러므로 제재와 관련해서 떠올린 아이디어들을 다시 한 번 생각하여 선별하는 것은 흐름이 자연스러운 시를 쓰는 데 필수적이다. 또 이러한 아이디어의 조직을 통해 주제를 명료화시킬 수 있다.

개념 구조도를 작성하여 아이디어의 논리적 연관성에 주목하며 가장 자연스럽고 효과적인 글의 구조로 정리할 수 있다. 개념 구조도의 작성은 한 번의 작업으로 끝날 수 있는 일이 아니다. 그러므로 자기 평가나 교사 및 동료 협의를 통해 수 차례 그 내용을 수정해야만 한다.

iii) 시쓰기 지도 방책

시쓰기는 조직된 아이디어를 바탕으로 직접 글을 써내려 가는 실제 창작 단계이다. 정직한 표현이 최고의 감흥을 불러오므로 아동들이 꾸밈없이 정직하게 표현하도록 한다. 또한 이것은 아동들이 쉽게 시쓰기에 접근할 수 있는 방법이기도 하다. 시쓰기 단계에서는 시적 표현의 기교를 부리려 애쓰기보다는 자신의 생각을 자연스럽게 펼칠 수 있는 분위기를 만든다. 특히, 시인들의 시적 표현을 표절하여 옮기는 것보다 덜 성숙되었더라도 자신의 생각을 자신의 언어로 표현하는 것이 가치로움을 알게 한다.

시쓰기에서 늘 염두에 두어야 할 사항은 주제에 초점을 맞추어 글을 써 내려가야 한다는 것이다. 글을 쓰는 과정 중에 반복하여 자기 글을 읽으면서 작성된 자신의 글이 주제에서 벗어나지 않는지 살피고 개념 구조도에 간략하게 표시된 중심 내용을 적절하게 표현했는지를 살핀다. 그리고 시어는 아동들이 평소 즐겨 사용하는 말로 자연스럽게 표현하도록 한다. 이것은 아동들이 시쓰기에 부담감을 갖지 않고 자발적으로 즐겁게 참여할 수 있도록 만드는 가장 중요한 요소이기 때문이다.

시의 가장 두드러진 특징 중의 하나는 산문에 비해 압축미와 운율미를 갖는 것이다. 그러나 이러한 시에 관한 고정 관념은 시를 겉만 그럴듯하고 내용은 부실한 볼품없는 모습으로 만들기도 한다. 그러므로 아동들에게 압축미와 운율미를 지나치게 강조하지 않는 범위 내에서 반복되거나 불필요한 단어들의 생략을 통해 자연스럽게 시의 운율을 만들어 낼 수 있도록 한다.

초고를 작성할 때는 맞춤법이나 띄어쓰기 등의 문법적 요소에 신경을 쓰지 않는 것이 좋다. 문법적 요소에 대한 우려가 자칫 아동들의 시쓰기의 즐거움을 저해하거나 글의 자연스러운 흐름을 방해하기 때문이다. 그러므로 문법적 요소에 대한 점검은 글의 내용이 완성된 후인 출판 단계로 미룬다. 또한 초고의 작성은 빠를수록 좋다. 이는 사고의 흐름이 방해받지 않도록 하기 위함이다. 글 내용의 완성을 위한 초고의 수정은 다듬기 단계에서 상세히 이루어진다. 또한 글에서 연결할 내용이 떠오르지 않을 때 앞서 쓴 내용을 반복하여 읽는 것도 뒤에 연결될 내용을 떠올리는 좋은 방법이 된다.

iv) 다듬기 지도 방책

아동들은 대부분 글은 한번 씀으로써 완성된다고 생각하기 때문에 자신의 초고를 고치려하지 않는다. 시쓰기 뿐만 아니라 모든 글쓰기 단계에서 매우 중요한 작업이므로 반드시 다루어야 한다.

다듬기 단계에서 이루어지는 자기 평가와 동료 협의를 통한 고치기는 개방적인 태도를 필요로 한다. 자신의 글이 가지고 있는 결함을 스스로 솔직히 인정하고 다른 아동들부터의 비판을 겸허하게 수용해야만 다듬기 과정이 바르게 이루어질 수 있다. 즉, 자기와 다른 의견을 제시하는 동료의 의도를 파악할 때까지는 그들의 비판에 개방적이어야 자신의 사고가 발전할 수 있고, 자신의 작품이 보다 정교하게 다듬어질 수 있다. 이 단계에서 사용할 수 있는 다듬기 항목은 시의 긍정적인 면을 평가하는 것을 근간으로 하되 발전적인 시쓰기 학습을 위해 고칠 부분에 대한 평가도 이루어지도록 한다. 그러나 아동들이 자신의 시쓰기에 자신감을 갖고 고치기 단계에도 즐겁게 참여할 수 있도록 긍정적인 평가를 강조할 필요가 있다.

아동들은 묵독이나 낭독을 통하여 자신의 초고를 다시 읽으면서 체크리스트 형식으로 제시된 점검표를 작성한다. 자기 평가가 끝난 후에는 평가한 내용을 참고로 초고의 내용을 고치는 '조정하기(feedback)'가 이루어지고, 수정된 글은 다시 교사나 동료들의 점검하기 과정을 거쳐 다듬어지게 된다.

〈표 4〉는 다듬기 단계의 점검표이다.

〈표 4〉 다듬기 항목

항목 평가	자기 평가	독자 평가
재미있거나 감동을 주는 시어는 어떤 것들인가?		
시의 운율이 느껴지는가?		
시의 주제가 분명히 드러나는가?		
글의 흐름이 자연스러운가? 만일 그렇지 않다면 어느 부분을 고치는 것이 좋은가?		
시를 이해하기 위해 덧붙일 내용이 있는가?		

시에서 빼도 될 부분이 있는가? 있다면 무엇인가?		
사용된 시어들 중에서 고칠 시어가 있는가? 있다면 무엇인가?		

ⅴ) 출판 지도 방책

출판하기 단계는 문자 언어나 음성 언어를 통해 여러 사람에게 시를 소개하기 위한 마무리 작업인 편집과 발표 단계이다. 출판을 통해 아동들은 자신감과 성취감을 얻을 수 있고, 이것은 지속적으로 시쓰기에 참여할 수 있게 하는 계기를 마련해 주게 된다.

편집은 출판을 위한 마지막 점검 과정이다. 이 과정에서는 다듬기를 통해 내용 점검이 이루어진 상태이므로 형식면이나 문법적인 측면에서 점검이 이루어지도록 한다. 편집을 할 때 점검할 사항은 다음과 같다.

- 행과 연의 구분은 바른가?
- 맞춤법이 틀린 부분은 없는가?
- 띄어쓰기가 잘못된 부분은 없는가?
- 구두점은 바르게 사용하였는가?

편집 과정은 우선 스스로 자신의 글을 점검한 후 고치도록 한다. 그러나 대부분 자신의 오류를 발견하기 어려우므로 동료와의 협의를 통해 편집하는 과정이 반드시 이루어져야 한다. 자기 평가와 동료 평가를 거쳐 편집 과정이 마무리된다. 그리고 출판 방법은 음성이나 문자 중 출판 상황에 맞추어 융통성 있게 선택하는 것이 바람직하다.

3. 협동학습을 적용한 시 창작 지도 사례

1) 지도 대상 및 기간

가. 지도 대상

이 글에서 협동 시쓰기와 협동학습을 활용한 개별 시쓰기의 지도 모형과 방책을 개발하여 이를 실제 시수업에 적용함으로써, 초등 시 교육의 목표인 생활 속에서 자연스럽게 시를 즐기고 시를 쓰고자 하는 마음을 육성하고자 한다. 따라서 실제 아동들을 대상으로 시쓰기 모형을 지도하는 절차와 그 결과물들을 함께 제시하고자 한다.

지도 대상은 서울 면중 초등학교 6학년 1반 아동들이다. 대상 학급의 아동들은 시쓰기에 대한 단계적인 훈련을 받은 적이 없어 고학년임에도 불구하고 시쓰기를 어려워하였다. 그래서 연구자는 시쓰기의 첫 단계 지도 모형인 협동 시쓰기 지도 모형을 1학기초에 적용하였고, 이보다 발전적인 단계인 개별 시쓰기 지도 모형을 1학기말에 적용하였다. 대상 학급은 총 44명(남자 22명, 여자 22명)으로 구성되어 있으며, 소모둠의 구성은 4인 1모둠으로 하여 모두 열 한 모둠으로 이루었다. 소모둠의 구성은 4-6명 정도가 가장 적합한데 시쓰기 수업의 단계에서 원활한 의사 소통과 적극적인 학습 참여를 위해 4명이 한 조를 이루게 한다. 그리고 쓰기 능력이 우수한 아동으로 서기를 정한다.

나. 지도 기간

1999년 4월 11일에서 16일까지 국어교과서의 시단원에 사용할 수 있는 6차시 중 3차시는 비언어적 표현 활동[11]을 통한 시 감상 활동에 사용하고

---

11) 비언어적 표현 활동은 언어를 사용하지 않고 자신의 생각이나 감정을 표현하는 활동을 말

3차시는 협동 시쓰기 지도에 이용하였다. 그리고 6월 27일에서 7월 2일까지 협동학습을 이용한 개별 시쓰기를 한 후 모둠이 협동하여 쓴 협동시와 개별시를 모아 학급 문집을 만들었다. 학급 문집은 이주일간의 편집과 삽화 작업을 거쳐 '우리들의 시마을'이라는 이름으로 탄생하였다.

2) 실제 수업 절차

교육과정의 시 단원 수업 시수는 한 학기당 6시간이다. 본 연구는 수업 시간에 이루어질 수 있는 시쓰기 지도 방안으로 현장 교사들이 실질적으로 이용할 수 있는 방안 제시를 목적으로 했기 때문에 6시간으로 구성된 한 단원의 시 수업에서 3시간은 시 감상 활동으로 3시간은 시쓰기 활동으로 구성하였다.

시교육에서 교과서에 제시되어 있는 모든 시를 지도하면서 시쓰기 수업을 지도하기에는 시간이 상당히 부족하다. 그러므로 본 연구자는 교과서 시 단원 중 하나의 제재를 대상으로 적극적인 감상 활동을 한 후 시쓰기 수업에 들어가기를 권한다. 이는 아동들에게 여러 시를 분석적으로 표현 기교를 가르치는 방식으로 수업을 진행시키기보다는, 하나의 제재시 감상을 통해 시의 맛을 느끼고 이를 바탕으로 시 창작에 의욕적으로 임하도록 하는 것이 본고의 초등(初等) 시 교육의 목표에 근접하는 시수업 방법이기 때문이다. 연구자는 6학년 1학기의 시단원인 '6. 노래하는 마음으로' 단원에 실린 '말의 빛'이란 제목의 시를 이용하여 아동 주도적이고 적극적인 시 감상 활동을 유도하였다. 시 감상 활동의 첫 부분에서는 배정원(1998)의 시집에 수록된 시를 5-6편 골라 읽어주며 그 진솔함과 생생한 생활 경험을 느끼게 하고, 표현 기교적인 면에 치우치지 않고 자신들의 일상 용어를 사용하여 친근하게 표현했음을 알 수 있도록 해 주었다. 그

한다. 즉, 만들기나 그리기 무언극 등을 통하여 자신의 생각을 표현하는 활동이다.

리고 감상 활동의 마무리 부분에서는 다음에 이어질 협동 시쓰기 지도를 위해 기본 개념(브레인스토밍, 개념 구조도 등)의 설명과 간단한 예시를 제공하고 브레인스토밍과 개념 구조도 작성을 간단하게 연습을 할 수 있는 시간을 가졌다.

<표 5>은 시 감상 활동 3차시 분량의 교수-학습 활동안이다. 1차시는 다른 사람의 시를 감상하면서 좋은 시의 요건을 찾아보는 활동이 목표가 되며, 2-3차시는 비언어적 표현 활동을 통해 시 감상에 적극적으로 참여하고 시쓰기에 필요한 기본 개념(브레인스토밍과 마인드 맵, 가지 그림)을 익히는 연속 수업으로 진행되었다.

시 감상과 시쓰기는 소비자에서 생산자로 바뀌는 상당히 다른 활동이므로 시쓰기에 필요한 사전 지도가 반드시 필요하다. 또한 '개념 구조도'란 용어는 아동들에게 생소한 용어이므로 '가지 그림'이라는 친숙한 말로 바꾸어 지도하도록 한다.

시쓰기는 아동들이 큰 부담 없이 자신의 생각과 느낌을 표현할 수 있는 활동으로, 자신이 속한 사회의 문화를 자신의 언어로 작품화하는 매우 의미 있는 활동이다. 그리고 아동들이 만든 작품은 자신이 속한 사회의 다른 아동들이 향유할 수 있는 새로운 문화를 제공해 주게 되어, 문화의 변화를 유도하게 된다. 그러므로 아동들이 적극적으로 자신들의 문화 생산에 참여할 수 있도록 시쓰기 지도를 활성화할 필요가 있다.

〈표 5〉 시 감상 활동 교수-학습 지도안

단　원	6. 노래하는 마음으로
제　재	말의 빛
학습 목표	·좋은 시가 갖추어야 할 요건을 알아본다. ·다양한 이미지 표현 활동을 통해 적극적으로 시를 이해하려는 태도를 가진다

수업 단계	주요 활동	활동 내용		시간	준비물 유의 사항
		교사	아동		
시와의 첫 대면	효과적으로 표현한 부분 찾아 보기	여러 편의 시를 제시하여 마음에 드는 부분을 골라 보게 한다.	시를 읽고나서 마음에 드는 시어나 표현을 찾아 그 이유를 들어 발표한다.	40분	OHP
		좋은 시의 요건을 찾아보게 한다.	친구들의 발표와 자신의 생각을 종합하여 좋은 시가 지녀야할 내용을 발표한다.		
시적 상황을 파악하면서 시적 화자가 되어 보기	시 텍스트와 친숙해지기 작가의 의도 파악해 보기	'사랑합니다'를 들으며 떠오르는 색깔과 모양을 도화지에 표현하도록 한다.	자유스럽게 자신의 생각을 표현해 보고 그 이유를 써서 발표한다.	80분	음악 테이프 도화지 파스텔
		'고맙습니다'라고 말했던 상황을 떠올려 보게 한다. 그 때 가장 큰 도움을 준 사람을 만들게 한다.	찰흙이나 지점토로 그 상황에서 자신의 마음을 떠올리며 찰흙으로 만들고 발표한다.		찰흙 실물 화상기 프로젝션 TV
		'용서하세요'라는 말을 해야할 여러 가지 구체적인 상황을 제시해 주고 아동들로 하여금 '용서하세요'라는 말을 하도록 한다.	상황에 어울리는 어조와 표정으로 말한다.		
시 쓰기에 필요한 기본 개념 익히기	브레인스토밍하기	브레인스토밍의 개념과 의의를 설명하고, 예를 제시하면서 시범을 보인다.	모둠별로 브레인스토밍을 한다.		큰 도화지
	가지 그림 그리기	예시 자료를 제공하여 가지 그림 작성법을 설명한다.	모둠별로 가지 그림을 작성한다.		

가. 협동 시쓰기 지도 절차

시쓰기 활동에서는 긍정적이고 서로 용기를 북돋워주는 분위기 조성이 가장 먼저 이루어져야 한다. 이것은 아동들이 즐거운 마음으로 시쓰기에 참여하고 성취감을 맛보도록 하는 가장 기본적인 요소이기 때문이다. 그러므로 가급적 비판이나 부정적인 용어의 사용은 절제하도록 한다. 협동 시쓰기 절차는 〈표 6〉과 같다.

〈표 6〉 협동 시쓰기 절차

<blockquote>

1) 발상 및 구상
  - 마인드 맵 그리기
  - 가지 그림 그리기
2) 시쓰기
3) 다듬기
4) 출판

</blockquote>

i) 발상 및 구상[12]

4인 1모둠으로 구성된 모둠에서 서기는 시쓰기의 진행자의 역할을 맡고 모둠원들이 모두 자신의 생각이나 의견을 발표할 수 있도록 기회를 균등하게 주면서, 활발한 토론 진행을 위해 적극적으로 자신의 의견을 개진한다. 서기는 모둠원이 브레인스토밍한 내용을 마인드 맵으로 정리한다. 단, 서기의 역할이 많기 때문에 자칫 서기 중심의 협의로 흐르는 것을 방

---

12) 협동 시쓰기 지도의 결과물로 제시된 작품은 수집된 작품 중 中上 수준에 해당되며, 다음에 제시되는 개별 시쓰기 작품의 예시 자료는 협동 시쓰기에 속한 그룹의 아동 중에서 상당히 시를 좋아하고 잘 쓰는 아동의 것이다. 본 연구에서는 협동 시쓰기가 개별 시쓰기 전에 이루어지는 단계로서 시쓰기 초기 단계보다 후속 단계의 발전된 모습을 보여주기 위해 위와 같이 작품을 선택하여 제시한다.

지하도록 유의한다. 협동 시쓰기의 소재는 아동들의 자유로운 사고를 위해 소재의 제한을 두지 않는다.

〈표 7〉 협동 시쓰기의 브레인스토밍 예시 자료

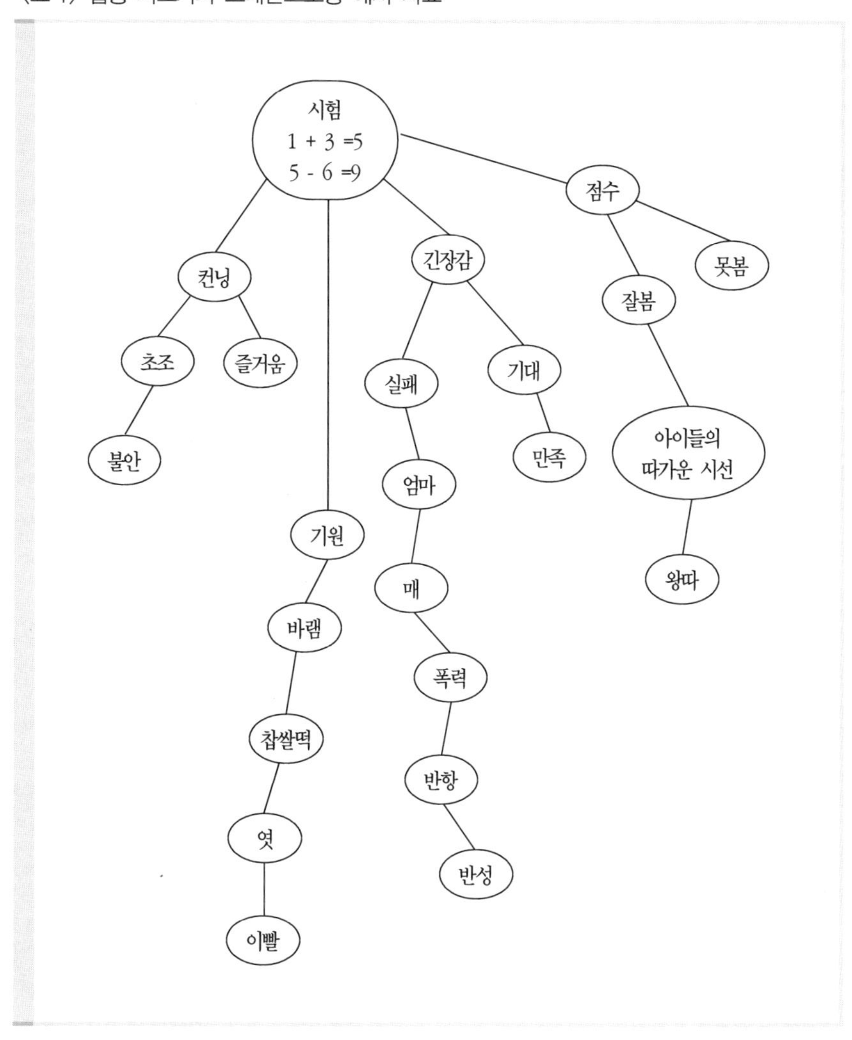

　　구상 단계에서는 마인드 맵 위에 제시된 소재와 관련된 여러 가지 주
요 내용 중에 하나를 선택하여 가지 그림13)을 그리는 단계이다. 선택된
하나의 중심 내용은 시의 주제가 되고 그 아래 가지는 연의 중심 내용이
된다.

〈표 8〉 협동 시쓰기의 가지 그림 예시 자료

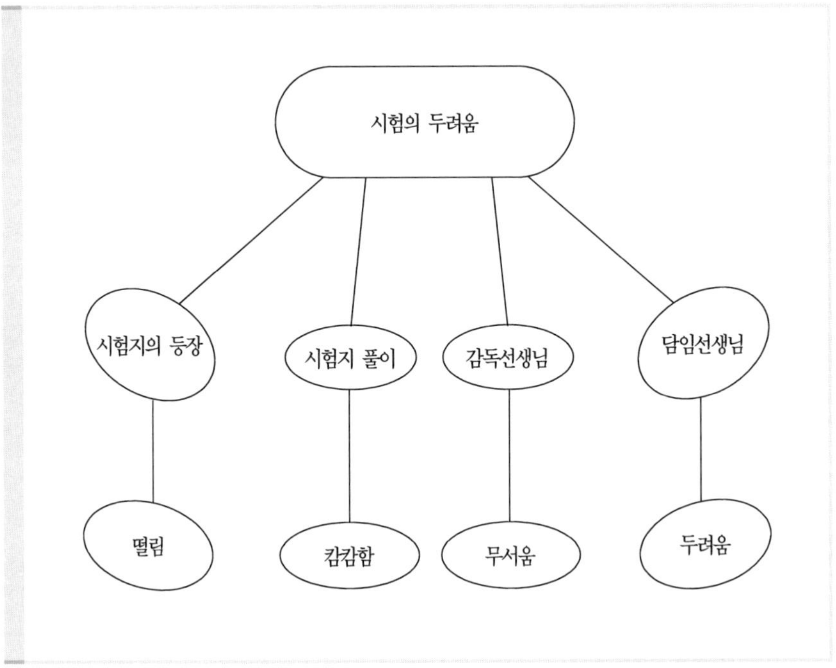

---

13) 가지 그림은 발상 단계의 개념 구조도를 뜻하는 것으로 아동들의 이해를 돕기 위해 이 용
어를 선택하여 제시해 준다.

ii) 시쓰기

모둠원들은 자신이 평소에 사용하던 말을 이용하여 한 연씩 맡아 시를 쓴다. 시상 단계에서 만든 가지 그림을 이용하면 시의 주제에서 벗어나지 않으면서 각 연이 자연스럽게 연결되도록 시를 쓸 수 있다. 시의 운율을 살리기 위해 불필요하거나 반복되는 낱말들은 적절하게 빼내도록 한다. 시쓰기 단계에서는 무엇보다 아동의 진솔한 마음 표현이 중요함을 알도록 하여 시쓰기에 부담감을 최소화하고 즐거운 마음으로 참여하도록 한다.

〈표 9〉 협동시의 예시 자료

시 험

2교시 수학 시험이다.
선생님께서 시험지를 갖고 오신다.

문제는 왜 이렇게 어렵지?
옆으로 눈 돌리고 앞으로도 살짝.

선생님의 감시 눈초리
무서워

시험 끝난 다음 선생님께
맞으면 어떡하지?

iii) 다듬기

모둠원이 완성한 시를 체크리스트를 통해 자기 평가를 한 후 내용을 고치고, 모둠원의 동료들과 함께 독자 평가를 한 내용을 모아 협동시를 고친다.

〈표 10〉 협동 시쓰기의 '다듬기 항목' 상호 평가 예시 자료

항목	자기 평가·독자 평가
재미나 감동을 주는 마음에 드는 시어는 어떤 것이 있는가?	· 옆으로 눈 돌리고 앞으로도 살짝 · 무서워
시의 운율이 느껴지는가?	· 산문같이 딱딱하다. · 전체적으로 운율을 넣어주었으면...
시의 주제가 분명히 드러나는가?	· 시험보는 것에 관한 이야기가 다 쓰여있는 것 같다. · 주제가 대충 드러난다. · 주제가 명확하지 않다.
글의 흐름이 자연스러운가? 만일 그렇지 않다면 어느 부분을 고치는 것이 좋은가?	· 자연스럽지만 왠지 감정이 없는 것 같다. · 친구들이 개성적으로 쓴 글을 이어주기 위해 노력은 많이 들었지만 조금 더 자연스럽게 만들었으면 한다.
시를 이해하기 위해 덧붙일 내용이 있는가?	· 감정을 표현할 수 있는 여러 가지 말을 덧붙여야 할 것 같다. · 컨닝하는 모습 · 시험지를 갖고 오시는 선생님의 모습
빼도 될 부분이 있는가? 있다면 무엇인가?	· 시가 짧기 때문에 없다.
시어들 중에서 고칠 시어가 있는가? 있다면 무엇인가?	· '감시 눈초리'는 다른 말로?

다듬기 항목을 기준으로 자기 평가와 독자 평가가 이루어진 후 초고를 고친다.

〈표 11〉 다듬어진 협동시의 예시 자료

시 험

땡땡땡
2교시 수학 시험
선생님께서
돌돌말린 시험지를 갖고 오신다.

'문제는 왜 이렇게
어려운 거지?
짝꿍 것도
앞에 있는 아이것도
보지만 내 답과는
다른걸?'

시험본 후
선생님께서
부르시는
내 이름
세글자가
오늘따라
두려워진다.

iv) 출판하기

출판하기 단계에서는 형식적인 면의 수정과 출판을 위한 준비가 이루어진다. 형식면에서는 시의 연과 행의 구분, 맞춤법, 띄어쓰기 항목을 평가하여 고친다.

P1 : 문장 부호를 덧붙여야 할 것 같다 ; 수학 시험!
P2 : 띄어쓰기가 잘못된 부분이 있다 ; 돌돌말린, 아이것도, 시험본 후,

세글자

P3 : 행이 잘못되었다.

〈표 12〉 출판된 협동시의 예시 자료

시 험

땡땡땡
2교시 수학 시험!
선생님께서
돌돌 말린 시험지를
갖고 오신다.

'문제는 왜 이렇게
어려운 거지?
짝꿍 것도
앞에 있는 아이 것도
보지만
내 답과는
다른걸?'

시험 본 후
선생님께서
부르시는
내 이름
세 글자가
오늘따라
두려워진다.

나. 개별 시 쓰기 지도 절차

이 단계는 협동 시쓰기를 통해 시쓰기에 친근해진 아동들이 개인적으로 한 편의 완성된 시를 쓰는 단계이다. 자유롭게 소재를 선택하면서 시쓰기에서는 모둠과 토의로 내용을 조정하거나 자기 혼자 작품을 만들 수도 있다. 그러나 다듬기나 출판 단계에서는 가급적 모둠원들과의 협의를 통하여 자신이 발견하지 못한 잘못된 부분들을 수정하는 기회를 갖도록 해 준다. 다음은 개별 시쓰기 단계의 활동 내용들이다.

ⅰ) 발상 및 구상

아동들 각자 시의 소재를 선택하고 브레인스토밍을 하면서 마인드맵을 스스로 작성한다.

〈표 13〉 개별 시쓰기 브레인스토밍 예시 자료

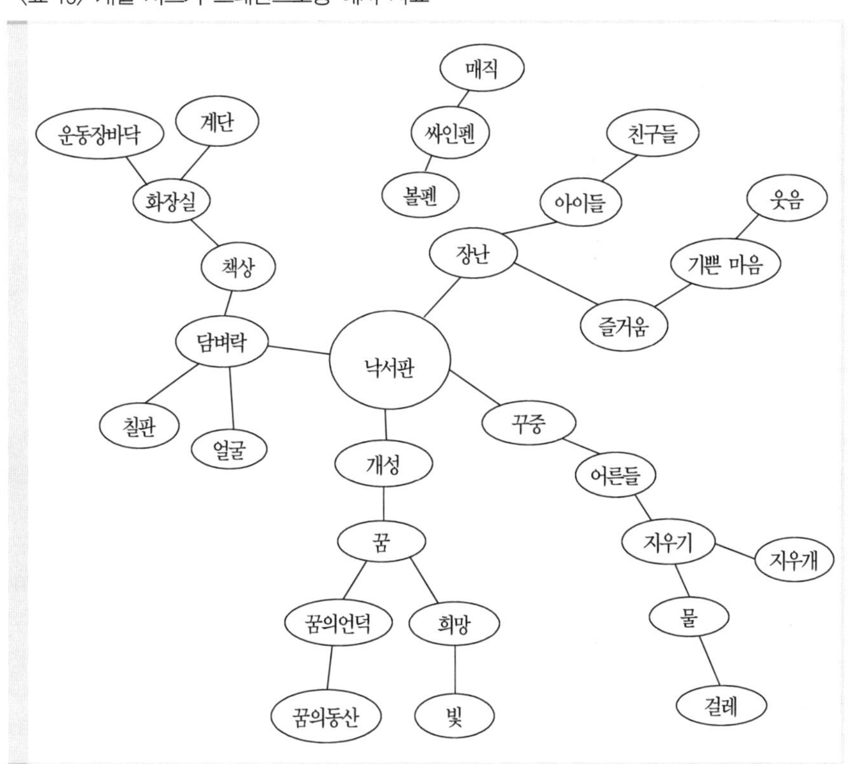

마인드 맵을 보면서 가지 그림을 그려 나간다.

〈표 14〉 개별 시쓰기의 가지 그림 예시 자료

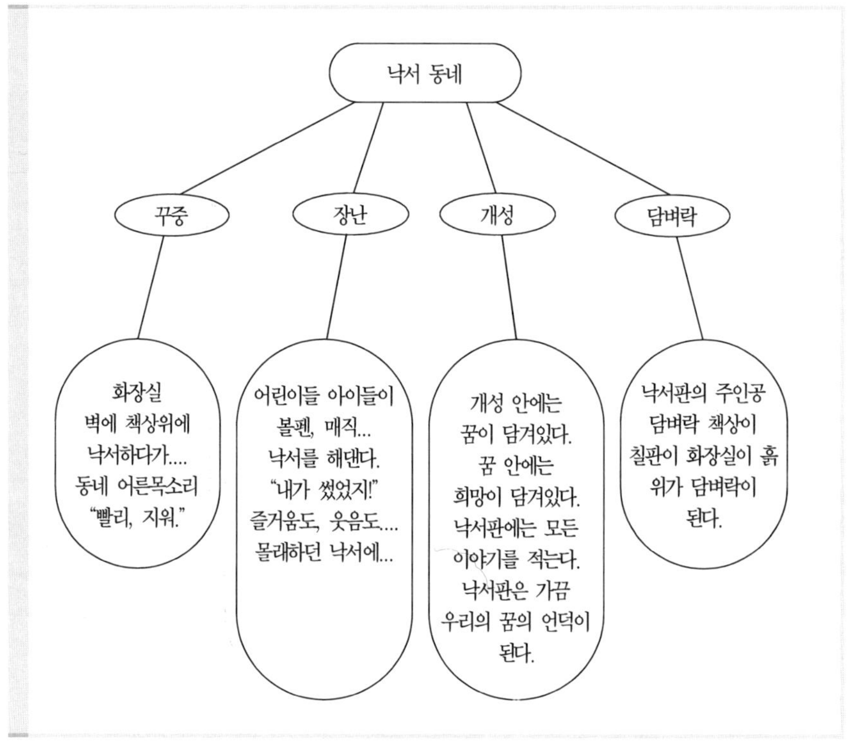

ii) **시쓰기**

가지 그림을 참고로 자신의 솔직한 감정이 드러나도록 쓰며 자신이 평소 즐겨 사용하는 용어를 이용하여 써 나간다. 되도록 빨리 작성하고 다듬기 단계에서의 수정을 여러 차례 반복한다.

〈표 15〉개별시의 예시 자료

낙서 동네

- 이정민

우리들의
Best of Best
담벼락 선생님
책상도 칠판도
화장실 학생도
엉망진창 낙서장

친구들과 우르르
동네를 낙서 시장으로
물들이고
아, 내가 썼었지!
웃음짓는건
몰래하던 낙서가 생각나서야.

옆집 벽 속 낙서에
대머리 옆집 아저씨
"아니, 못된 녀석들"
쪼르륵...
도망가는 장난기 어린
꼬맹이들.

낙서장의 표정은
우리의 꿈의 언덕이 된다.

iii) 다듬기

체크리스트를 보면서 자기 평가와 동료 평가를 통하여 수정한다.

〈표 16〉 개별 시쓰기의 '다듬기 항목' 상호 평가 예시 자료

항목	자기 평가 · 독자 평가
당신에게 재미나 감동을 주는 마음에 드는 시어는 어떤 것이 있는가?	우리의 꿈의 언덕이 된다.
시의 운율이 느껴지는가?	의성어나 글이 줄여졌으므로(축약어) 운율이 느껴진다. 담벼락, 책상, 칠판, 화장실을 선생님과 제자로 표현한 것이 운율로 느껴진다.
시의 주제가 분명히 드러나는가?	그렇다. 아이들이 낙서를 많이 하는 곳이 잘 드러나 있기 때문에 대체적으로 잘 드러나 있는 것 같다.
글의 흐름이 자연스러운가? 만일 그렇지 않다면 어느 부분을 고치는 것이 좋은가?	자연스럽다. 1연의 내용을 이해하기가 어려울 수도 있다.
시를 이해하기 위해 덧붙일 내용이 있는가?	없다. 이유는 꾸중을 들었을 때의 모습을 충분히 나타내었다고 생각한다. 충분히 이해가 간다.
시에서 빼도 될 부분이 있는가? 있다면 무엇인가?	없다고 생각한다.
사용된 시어들 중에서 고칠 시어가 있는가? 있다면 무엇인가?	없다고 생각한다.

iv) 출판하기

편집 과정을 거친 후 시낭송을 통해 작품을 발표한다. 이 학생은 자신의 시에 대해 내용과 형식면에서 모두 만족스럽다고 여기며, 동료 아동들도 잘 썼다고 칭찬하였기 때문에 초고시를 그대로 출판한다.

제 2 장

장르 중심의 시 창작 교육

1. 장르 중심의 시 창작 지도의 성격

1) 장르 중심 글쓰기의 의의

쓰기 교육은 학생들의 '쓰기 능력의 신장'에 있다. 글쓰기의 교육 목표나 교육 내용, 교육 방법 등은 쓰기를 바라보는 관점에 따라 다른데, 지금까지 논의된 '글쓰기'의 정의들을 살펴보면 다음과 같다(이삼형 외 : 2000).

① 체험, 상상, 사유한 바를 주제에 맞추어 논리적 문장으로 질서화하는 행위
② 작자가 독자에게 메시지를 전달하기 위해 관습화된 문자 체계를 사용하는 의사 소통 행위
③ 생각과 느낌을 글로 표현하는 단순한 행위가 아니고, 상당히 많은 요인을 고려해야 하는 고등 정신 활동
④ 텍스트를 통해 의미를 구성하는 행위

이들은 모두 표현된 텍스트를 중시하면서도 그 텍스트를 바라보는 관점에서 차이가 있다. ①에서 필자는 글을 써 나가는 과정에서 생각을 바

꾸기도 하고, 정교하게 다듬기도 하며, 새로운 생각을 떠올리기도 한다. 뿐만 아니라 필자는 글쓰기를 통하여 의미를 새롭게 깨닫기도 하고 명확하게 정리하기도 한다. ②는 텍스트의 기능, 즉 의사 전달 기능에 초점을 맞춘다. 이 관점에 따르면 쓰기란 작자가 문화적인 맥락을 고려하고 관습적인 문화 체계를 사용하여 유의미한 메시지를 생산해 내는 의사소통 행위라고 할 수 있다. ②와 관련하여 볼 때, 쓰기는 독자를 전제로 한다. 그러나 독자는 글을 그대로 받아들이지 않는다. 읽으면서 자기 나름대로 거부하기도 하고 무시하기도 한다. 어떤 내용을 강화하여 받아들이기도 하고, 글에 없는 내용을 스스로 만들어 내기도 한다. 독자는 글을 그대로 받아들이지 않고 재구성하는 것이다. ③과 ④는 텍스트의 표현 행위, 즉 필자의 의미 구성 과정에 초점을 맞춘다. 의미를 구성한다는 것은 작자가 관습적인 문자체계를 사용하여 유의미한 텍스트를 만들어 내는 사고 과정을 말한다. 이 과정에서 필자 개인의 지식이나 기억과 같은 기본적 사고 능력과 통찰력이나 창조력과 같은 고등 사고 능력이 작용한다.

이상의 논의로 볼 때, '텍스트, 의미 구성, 의사 소통' 세 개념을 모두 이용하여야 글쓰기를 바르게 이해할 수 있으며, 글쓰기 능력을 신장시키기 위해서는 이 세 가지를 이루는 요인, 즉 '언어 요인, 문화 요인, 개인 요인'을 신장시켜야 가능한 것으로 이해할 수 있다. 이삼형 외(2000 : 197-199)에서는 이를 '표현 능력의 구성 요소'로 보고 다음과 같이 정의한다.

> (1) 언어적 요인(텍스트적 요인)
>   ① 음성과 문자를 다룰 수 있는 능력
>   ② 언어 규범이나 장르별 관습, 문체를 고려하는 능력
> (2) 사회·문화적 요인(맥락)
>   ③ 청자나 독자를 고려하는 능력
>   ④ 사회적 가치, 문화적 배경을 고려하는 능력

 (3) 개인적 심리 요인(인지적 요인)
  ⑤ 지식, 기억, 연상 등 기본적인 사고 능력
  ⑥ 분석, 조직, 통찰, 창조 등의 고등 사고 능력

 이와 같은 쓰기 능력들은 성숙한 필자들이 체득하고 있는 것으로서 글쓰기 교육의 목표가 된다. 성숙한 필자는 문자를 생산해내는 기교적 기능(technical skill), 계획하기나 수정하기와 같은 고차원적인 기능, 상황적 형식과 기능에 대한 이해가 성숙되어 있다. 글쓰기 교육 목적을 미숙한 필자를 성숙한 필자로 발전시키는 것이라고 본다면, 위에서 언급한 능력들을 충분히 체득해야 한다.

 그러나 그간 글쓰기 교육은 결과 중심 쓰기와 과정 중심 쓰기로 편중된 경향을 보인 것이 사실이다. 결과 중심 쓰기는 학생들의 글쓰기 과정을 고려하기보다는 교사가 제시하는 어법, 문체, 내용 조직 방법, 맞춤법 등에 관한 지도에 충실하였다. 그러나 글을 쓰는 필자 내부에서 작문의 과정을 바라 본 것이 아니라 관찰하는 교사의 입장에서 보았다. 따라서 학습자들이 글을 쓸 때, 실제로 어떤 일을 하는지에 대해서는 전혀 설명하지 못했다.

 반면, 과정 중심 쓰기는 쓰기의 관점을 필자 내부에서 바라보아야 한다는 입장을 가지고 있다고 할 수 있다. 사고하기, 조직하기, 작문하기, 고쳐쓰기의 모든 단계가 작문의 과정에서 상호작용적이며 역동적이어야 한다는 것이다. 초기 과정 중심 쓰기는 인지 구성주의를 바탕으로 쓰기의 과정이 개인의 인지 과정이라는 관점을 가졌다. 그러나 글쓰기를 개인의 문제로만 한정시키는가 하면 글쓰기의 결과물인 글 자체에 대한 관심은 소홀하게 취급하는 문제점을 낳았다. 따라서 후기 과정 중심 쓰기는 사회인지 구성주의를 바탕으로 발전하게 된다. 쓰기를 사회 구성원들간의 상호작용 결과라고 보면서 쓰기의 '사회적 · 대화적 특성'을 설명하였다. 그러나 텍스트적 요인을 고려하지 못하는 문제점은 여전히 남는다.

결과 중심 쓰기와 과정 중심 쓰기에 편중되지 않은 통합적인 쓰기 지도 방법을 가능하게 한 것이 장르 중심 쓰기이다. 장르 중심 접근법은 글쓰기의 내용과 방법을 결과 중심 대 과정 중심으로 구분하여, 쓰기 과정만을 중시하고 텍스트를 소홀하게 취급하였던 문제점을 극복할 수 있는 이론적 기반을 마련하였다.

가. 장르 중심 글쓰기

최근 활발하게 연구되고 있는 장르 이론은 텍스트에 대한 논의를 대표하는 것이다. 장르가 바로 텍스트 유형이기 때문이다. 장르를 보는 관점에 따라서 이 텍스트의 층위는 매우 다양한 것이 사실이다. 가장 전통적인 장르론은 문학 연구의 고전들에서 발견된다. 인간이 언어를 통해 자신을 표현하는 데는 서정, 서사, 극이라는 세 양식이 있고, 이는 인류 보편적 속성임을 강조하는 논의가 대표적인데, 이런 논의에서는 어떤 텍스트가 어떤 기본 장르에 귀속되는 가에만 관심을 가지게 된다. 또한 이 기본 장르들은 인간 사유의 '변치 않는' 속성이 되어 신비화되곤 한다. 문학 교육에서 장르론은 이런 분류를 위한 의미와 작품의 구조에 국한된 논의였다고 할 수 있다(우한용, 1997 : 182).

이러한 관점은 텍스트 및 텍스트 유형에 대한 매우 편협한 시각을 고정시키게 되며[1] 이미 많은 논자들에 의해 비판되었다. 현대적 장르 이론에서는 이렇게 덩어리 크고 추상적인 층위의 장르들, 텍스트 유형들을 다루지 않는다. 반면에 언어가 위치한 사회적이고 문화적인 맥락에 대한 이해와 함께 텍스트 유형이 출현된다고 본다. 기존의 장르론이 분류를 위한

---

1) 폐쇄적 장르관에 의하면 장르는 첫째, 주로 문학 분야에서, 둘째, 텍스트의 형식과 내용의 규칙성에 의해 전적으로 규정되며, 셋째, 고정되어 불변하고, 넷째, 상호 배타적인 범주와 하위 범주를 갖는다.

것이었다면, 현재 대두되는 장르론은 텍스트 유형에 대한 보다 폭넓은 이해와 해석을 위한 것이다.

장르를 사회적 상황 맥락과 관련지어 파악하고자 하는 새로운 연구 경향은 수사학과 언어학 분야를 중심으로 이루어지고 있다(박태호, 2000 : 84). 이들을 북미 수사학파(North American Rhetoric),[2] 시드니 학파(Sydney School)[3]라고 부른다.

북미 수사학파와 시드니 학파는 장르의 사회적 속성을 강조했다는 점에서는 공통점을 지닌다. 그러나 장르 연구 방식과 교육적 적용 방안은 서로 차이를 보인다. 시드니 학파는 기본적으로 언어학의 입장에서 장르를 연구하였고, 북미 수사학파는 수사학의 입장에서 장르를 연구하였다. 때문에 시드니 학파에서 중시한 텍스트는 '텍스트의 언어적 속성' 즉, 문법을 지칭하는 것이며, 북미 수사학파에서 중시한 맥락은 텍스트 구성과 관련된 외적인 상황 맥락 즉, 텍스트 생산과 관련된 사회 문화적 상황 유형을 지칭하는 것이다.

장르의 개념을 보다 구체적으로 살펴보기 위해 Martin의 장르 모형(박태호, 2000 : 92에서 재인용)을 제시한다. Martin의 장르 모형은 장르 유형이 어떤 상황에서 결정되는지 보여주고 있다.

<그림 1>의 장르 모형에 의하면 장르 유형은 문화 맥락에 의해서 결

---

2) 북미 수사학파의 장르 이론가들은 사회 구성주의 작문 이론을 기반으로 '의미의 사회적 구성'을 '장르의 사회적 구성'이라는 개념으로 치환하였다. 장르 지식의 사회적 구성을 강조할 경우, 작가의 작문 목적, 텍스트의 형식 등에 장르적 관점이 들어올 수 있는 여지가 생긴다. 왜냐하면 작가가 글을 쓴다는 것은 곧 공동체 구성원들과 의사 소통 행위를 한다는 것이며, 이 경우 장르 지식은 담화 공동체 구성원들 간의 의사 소통을 실현시키는 도구로 사용되기 때문이다. 대표적인 사람으로 Freedman & Medway, Miller, Bakhtin, Swales 등이 있다.
3) 시드니 학파 장르 이론의 학문적 기반을 제공한 사람 중의 하나로 Halliday를 들 수 있다. Halliday의 사회 기호학적 언어 이론이 발표된 이후, 그 동안 홀대받았던 텍스트의 언어적 형식이 작문 교육의 중심부로 들어올 수 있는 계기가 마련되었다. 시드니 학파가 주장하는 기능 문법 교육은 문법의 규칙과 문장 구조를 중시하던 전통적인 문법 교육가들과는 달리, 맥락 속에서 이루어지는 텍스트의 의미를 중시한다.

정이 되며, 의미 영역(register)4)의 유형은 상황 맥락(context of situation)에 의해
서 결정된다. 이 때 텍스트 차원에서 존재하는 언어는 상황 맥락과 문화
맥락의 상호 작용 유형에 의해서 사회적으로 결정된다. 언어 교육의 중요
한 목표 중의 하나는 의사 소통 능력의 향상에 있다. 여기서 의미하는 의
사소통 능력은 간단한 대화를 통한 의사소통을 넘어선 문학적 의사소통을
의미한다. 문학을 읽고 쓰는 사회문화구성원으로서 그 역할을 다하기 위해
서는 사회문화 구성원들 간의 의사소통 도구인 장르를 익혀야 한다.

〈그림 1〉 Martin의 장르 모형

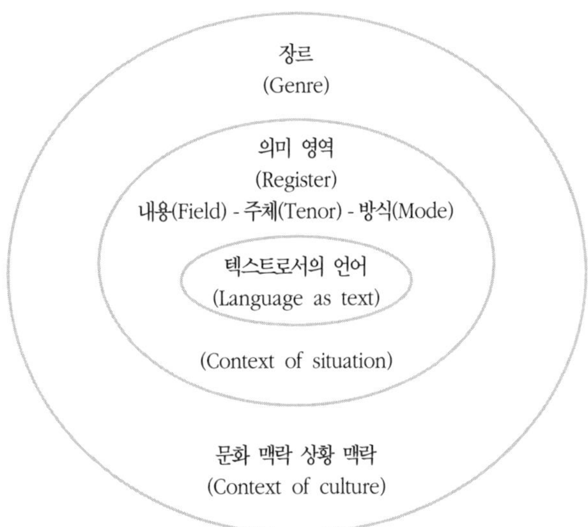

　상황 맥락은 텍스트의 임의적인 환경이다. 임의적 환경으로 인해 상황
맥락은 매 상황마다 다르게 나타난다. 이에 비해 문화 맥락은 문화적인

---

4) 박영목・한철우・윤희원(1995 : 235)은 Register를 '사용역'으로 번역하고 있다. 그러나 이 글
　에서는 창작 교육의 특성을 고려하여 의미 영역이라는 용어를 쓰고자 한다.

측면에서 전형적인 특성을 지니며 나타난다.

장르의 사회적 속성은 사회 문화 구성원들 간의 사회적 상호 작용과 밀접한 관계가 있다. 장르는 담화 공동체 구성원들 간의 의사소통 매체로 활용된다는 점에서 사회적이라고 할 수 있다. 따라서 장르에는 공동체 구성원들이 가지고 있는 가치나 신념 및 태도 등이 반영되어 있다. 이것이 바로 문화 맥락이라고 할 수 있으며 문화적 측면에서 전형적인 특성을 지니며 나타난다.

의미 영역의 유형을 결정하는 상황 맥락은 텍스트가 실제 기능을 하고 있는 임의적인 환경을 말한다. 말하고, 듣고, 읽고, 쓰는 모든 언어 사용은 상황 맥락을 가지고 있다. 독자와 청자는 상황 맥락에 의지해서 담화 내용을 예측하게 되며, 언어 사용 상황에서 이러한 예측 능력은 매우 중요한 역할을 한다. 만약 독자와 청자가 상황 맥락을 통해 텍스트의 내용을 적절히 추론하지 못한다면, 텍스트에 담겨있는 중요한 내용들을 파악하지 못하는 경우가 일어날 수 있다.

상황 맥락과 텍스트는 변증법적 관계를 가진다. 상황 맥락이 텍스트를 만들어 내고 텍스트가 상황 맥락을 만들어 내므로 의미는 상황 맥락과 텍스트간의 변증법적 상호 작용을 통해서 만들어진다고 할 수 있다.

텍스트는 상황 맥락 내에 위치해 있으며, 상황 맥락은 다시 장르 수준에서 존재하는 문화적 맥락 내에 위치해 있다. 여기서 맥락은 텍스트의 의미를 구성하는 비언어적 환경으로서 텍스트 의미 구성의 결정적 요인으로 작용한다.

나. 지도 의의와 한계

장르 이론을 바탕으로 한 장르 중심 글쓰기는 맥락과 텍스트의 관계를 통하여 텍스트가 생산되는 메커니즘을 밝히려고 하였다. 즉 맥락에 따라 텍스트의 내용과 형식이 달라질 수 있으며, 문법도 맥락에 따라 변화한다.

맥락이 특정 텍스트의 형식적 구조와 내용을 결정하게 되므로 텍스트의 형식과 내용은 장르에 의해 통합된다고 할 수 있다. 따라서 장르 지식은 내용스키마와 형식스키마에 의해 결정된다. 이러한 관점은 텍스트를 소홀히 다루고 있는 과정 중심 글쓰기의 문제점을 극복할 수 있다는 데 큰 의의를 가지고 있다.

장르 중심 글쓰기는 탈맥락적인 관점에서 이루어진 전통적인 문종 중심 글쓰기와는 차이점을 보인다. 문종 중심 글쓰기는 정전(正典)의 특징을 밝혀 그 구성 요소나 구성 방식을 추출하여 그것을 교육 내용으로 삼았다. 그러나 장르 중심 글쓰기는 상황 맥락을 중시하여 텍스트 구성의 방식, 내용, 주체를 선정하도록 하였다.

장르는 고정적이고 폐쇄적인 것이 아니라 사회 문화의 추이에 따라 변하는 개방적이고 역동적인 실체라고 할 수 있다. 장르는 반복되는 상황에 대한 수사학적 반응이다. 텍스트의 형식과 내용상의 규칙성이 사회적 행위의 유사성에서 발생되는 것이다. 따라서 장르 지식을 습득하기 위해서는 문화화의 과정을 거쳐야 한다. 이러한 문학의 문화화는 감상과 창작에 의해서 가능하다. 또한 학습자들이 주체적으로 문학의 장에 참여하기 위해서는 무엇보다도 창작 활동이 중요하고 나아가 창작의 결과물을 다른 사람과 공유할 수 있는 기회를 가져야 한다. 즉 문화생산적 입장에서 창작 교육이 이루어져야 한다.

시 창작 지도에서도 시에 대한 장르 지식을 넓혀 주는 입장에서 이루어져야 한다. 시 창작에서의 맥락은 시를 쓰고자 하는 분위기를 설정하는 그 자체라고 할 수 있다. 시의 언어적 특성이나 구조 등에 대한 내용 스키마와 형식스키마는 창작에 대한 지속적인 경험을 통하여 장르 지식으로 자리 잡게 된다.

그러나 장르 중심 글쓰기는 학습자의 인지 과정을 고려하지 못한 한계점을 가지고 있다. 학습자의 인지 과정을 고려한다는 의미는 글쓰기의 과정에서 학습자가 방책을 활용할 수 있는 방법적, 절차적 지식을 고려하지 못하였다는 것이다. 따라서 창작 지도 방법의 구안에서는 이러한 인지 과정도 포함하는 모형이 구안되어야할 것이다.

2) 시 창작 현상의 장르적 성격

일반적인 의미에서 창작은 글쓰기 행위에 국한되는 개념이 아니다. 창작은 영화 무용, 연극, 그림, 음악, 조각 등의 다양한 예술 장르에서 인간의 내면 세계를 표출하고 새롭게 재현해 내는 과정으로 일컬어진다. 그러나 글쓰기에서의 창작이 이들 예술 장르와 다른 점은 일상적으로 사용하는 언어로 표현된다는 점이다. 즉 문자를 습득하고 그를 통해 자신의 생각을 표현할 수 있는 사람이라면 누구나 창작에 참여할 수 있다.

그러나, 자발적인 표현 욕구에 의하여 내면 세계를 표현한다는 의미에서 창작은 이전에 형성된 경험과 지식을 바탕으로 상상력을 통해 세계를 구성해 나가는 확산적 글쓰기이다. 즉 창작은 창조성5)을 지녀야 한다.

창조성은 처음에는 신의 영역에 속하는 것이었다. 그러나 인간적인 차원에서 인간의 모든 활동에 창조성이 개입된다는 것을 인정하기 시작한 것은 20세기 이후이다. 현대에 이르러 창조성은 무에서 유를 창조한다는 개념이라기보다는 어떤 것을 기반으로 자유롭고 창조적인 사고로 변형해 나타낸다는 의미가 강하다(유영희, 1999 : 15). 따라서 의식적이든 무의식적이든 자신이 외부로부터 받아들인 질료들을 새로운 기법과 새로운 도구로 변형하여 새로운 형식과 내용을 산출하는 것이 창조적 활동이라 할 수 있다. 즉 이러한 문화적 맥락을 바탕으로 필자의 장르 의식은 구체화된다고 할 수 있다.

---

5) 이와 비슷한 개념으로 창의성을 들 수 있다. 이들 모두 영어로는 'creativity'라 한다. 그러나 창조성은 예술과 관련된 개념으로, 창의성은 교육적 국면에서 신장 가능한 능력과 관련된 개념으로 사용되는 경우가 많다. 여기서는 두 용어의 개념을 구별하여 사용하지 않는다.

필자는 장르 의식을 바탕에 두고 작품을 쓴다. 그것은 필자 자신이 시의 기본 문법을 알고 있어야 하며 내용 전개 방식이나 소재를 선정하는 방식 등을 미리 알고 시 창작을 한다는 것이다. 이러한 조건들을 정확히 알지 못한다 하더라도 시에 대한 최소한의 기본적인 인식을 가지고 글을 쓰는 것이다. 따라서 시 창작 행위는 언어 문화 공동체의 문화 문법에 입문하여 새로운 문화를 창조하는 것이라고 할 수 있다.

그렇다면 시를 교육 내용으로 삼을 경우 시에 대한 장르적 특성을 규정하고 이를 전제로 창작의 교육 과정을 설계해야 하는가? 앞에서 밝힌 바와 같이 장르는 일반적인 규범에 의해 정의될 수 있는 것이 아니다. 특정 장르에 대한 실체적 해명이 불가능한 것은 장르 자체가 상황 맥락에 의하여 변화를 거듭하기 때문이다. 개별 텍스트에 의해 장르는 무한히 변화될 수 있다. 즉 장르 개념은 변화 속에서 드러나는 역동적인 것이다.

시 창작 과정 전반에 장르 의식은 중요한 영향력을 행사한다. 첫째, 장르가 쓰기의 목적과 기능을 결정한다는 점에서 '내용 생성하기'와 결합될 수 있고 둘째, 텍스트의 구조와 유형을 결정한다는 점에서 '내용 조직하기'와 결합 될 수 있으며 셋째, 텍스트의 구성과 관련된 언어적 특성을 제시한다는 점에서 '초고 쓰기', '교정하기'와 결합된다고 할 수 있다. 따라서 장르는 텍스트의 유형을 산출해 내는 하나의 과정이라고 할 수 있다.

2. 장르 중심의 시 창작 지도 방법

1) 장르 중심 시 창작 지도 모형

글쓰기의 과정은 외부인의 관점이 아니라 필자의 내부에서 바라보아야 하며 글쓰기의 과정에서 일어나는 모든 단계는 상호작용적이며 역동적이라는 점, 텍스트적 요인도 중요시하여야 한다는 점은 창작이 쓰기 교육 안에서 논리적으로 자리 잡을 수 있는 가능성으로 연결된다. 따라서 창작 지도 방법을 구안하는데 장르 중심 작문 교수-학습 모형(박태호, 2000 : 222)을 근간으로 삼고자 한다. 장르 중심 작문 교수-학습 모형은 <그림 2>와 같다.

〈그림 2〉 장르 중심 작문 교수-학습 모형

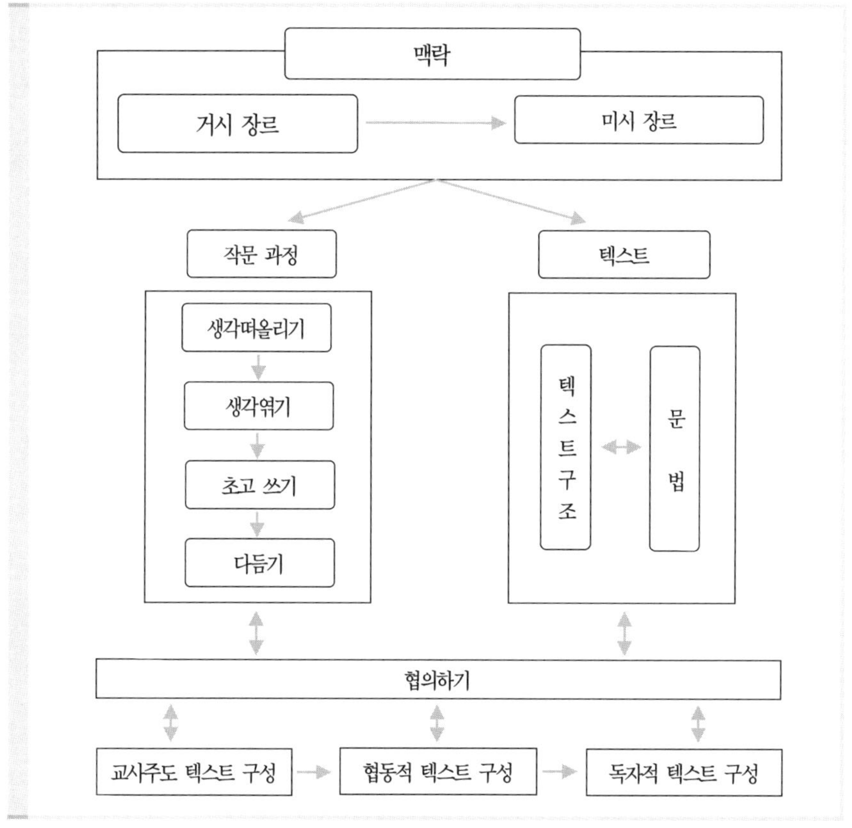

위에 나타난 장르 중심 교수-학습 모형은 사회 인지적 구성주의 작문 이론을 바탕으로 구안한 것으로 작문과정에서 맥락과 텍스트, 인지 요인

의 통합을 시도한 것이다. 그러나 위의 모형을 그대로 장르 중심 창작 지도 모형으로 삼기에는 합리적이지 못한 부분이 존재하여 앞에서 전개한 장르 중심 창작 지도의 원리에 부합하는 장르 중심 창작 지도 모형을 새롭게 구안해 보고자 한다.

시 창작의 과정을 다음과 같은 그림으로 설명할 수 있는데, 이는 시 창작의 성격을 파악하는데 도움이 된다. 요시다미즈호의 '어린이시 지도 이론(요시다미즈호, 1984 : 157-156)에 의하면, 시를 쓰는데 있어 아동의 개성과 대상이 접촉하여 대상에 어떻게 반응하는지 보여주고 있다. 또한 시적 감동의 발생과 이러한 시적 감동이 문자화되려면 어떤 경로를 밟아야 하는가를 다음과 같이 나타내고 있다.

〈그림 3〉 시 창작의 과정

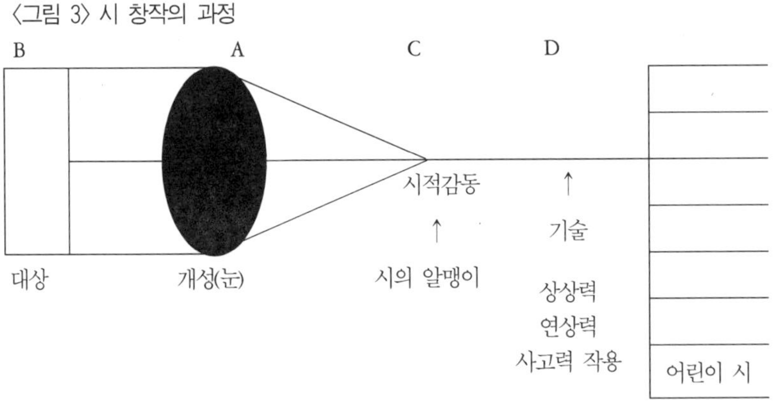

위의 그림을 자세히 살펴보면 학생 작가(A)의 대상(B)에 대한 반응이 시적 감동(C)에 초점화 되고, 학습 작가는 기존의 스키마와 상상력과 연상력 및 사고력을 바탕으로 하나의 어린이시로 형상화한다. 어린이가 개성을 가진 눈으로 시적 대상물을 관찰하여 순간 포착되는 시적 감동은 다양하게 나타난다. 이 시적 감동을 상상력과 연상력, 사고력을 구사하여 기술함으로써 어린이시 작품이 이루어진다는 것이다.

여기서 언급된 시 쓰기의 과정은 쓰기에 앞서 문제 상황이 전제가 되는 경우와는 좀 다른 양상을 보인다. 창작 시간에 이미 교사에 의해 통제된 문제 상황이 제시되는 것은 쓰기 교수-학습 활동에 참여하는 교사와 학생간의 불평등한 관계를 고착시킬 수 있다. 일반적으로 쓰기의 화제나 주제는 수업의 도입 단계에서부터 교사에 의해 미리 제시되거나 혹은 설정된다. 의사소통적 상황을 전제할 때 미리 결정된 쓰기 목적, 예상 독자, 필자 자신의 입장과 의도 등은 문제 상황을 제한하는 역할을 수행하게 된다. 따라서 쓰기 과정은 문제 상황을 발견해 내거나 혹은 문제 해결 수단을 창안해 내기보다는 주어진 문제 상황을 해결하는 최적의 사고 과정으로 파악하고 이를 정확히 표현하거나 전달하는 데 초점을 두게 된다. 이것은 '과제 제시-오류 점검형' 이라는 전통적인 학습 방법은 물론 이거니와 문제해결을 중시하는 작문 이론에서도 보이는 문제점이다.

그러나 실제 글쓰기 과정에서는 의도와 표현, 송신자와 수신자, 문제와 문제 의식이 반드시 일치하지는 않음을 보여 준다. 필자와 독자의 관계, 화제의 심리적 부담 정도, 독자의 간섭과 선별 문제 같은 쓰기의 상황 여건으로 인해 긴장이 유발되는 경우에 필자의 전달 의도와 표현 사이에는 불가불 간극이 발생하게 된다(최지현, 1998). 이 같은 상황은 표현과 이해의 과정이 선조적으로 이루어진다기 보다는 다중적이며 회귀적으로 이루어진다는 가설을 강력하게 뒷받침한다. 또한 같은 근거에서 쓰기의 절차나 규약은 복수적으로 존재할 수 있음이 인정된다. 그렇다면 창작 교육은 쓰기에 앞서 설정되는 단일한 문제 상황만을 문제 삼는 것이 아니라 문제 상황의 설정 자체를 문제 삼는데서 출발하여야 한다.

창작은 <그림 3>에서 보여주는 것과 같이 개성을 가진 필자로부터 시작되어야 하며 필자가 쓰고 싶은 기분이 들 때 글을 쓰는 경험을 가지도록 해야 한다. 학생들은 바로 자신의 글 속에서, 자신의 내면을 표현한 글 속에서, 계속 글을 쓰고 싶은 마음과 글솜씨를 성장시킬 수 있는 요인을 발견하기 때문에 자신이 쓴 글로서 학생들을 자극하고 그 글에 능동적으로 반응하도록 하여야 한다. 예상 독자와 문제 상황보다는 필자 자신의 자기 충족적 표현에 충실하여 글을 쓰는 것은 창작이 가지는 중요한 특징이라 할 수 있다.

따라서, 창작을 시작하는 첫 관문은 자신이 원하는 것을 자신이 원하는 때에 원하는 대로 쓰도록 하는 것이다. 무엇인가 할 말이 있을 때, 글이나 그림으로 표현하고 싶은 욕구를 느낄 때, 자신의 마음속에 끓어오르는 것을 쓰는 것이다. 전통적인 표현 형식의 틀이나 논리적인 구성을 배제하고 쓰고 싶은 충동에 충실하여 글쓰기를 하여야 한다.

이러한 창작 방법은 읽기 교육에서 적용되는 무방향 읽기와 유사한 것으로 '무방향 쓰기'라고 할 수 있다. 무방향 쓰기는 텍스트를 쓰기 전에 어떤 방향의 제시나 단서의 제공 없이 통합적으로 창작을 해 보는 방법이다. 그러나 이러한 과정이 전통적인 작문 지도법 유형인 '방임형'과 다른 것은 글을 쓴 후 학급 인원들과 간단한 워크숍을 진행한다는 데 있다. 무방향 쓰기에 관여하는 창작 능력은 문제 발견 능력과 비평 능력이라고 할 수 있으며 그 과정을 간략하게 나타내면 다음과 같은 활동으로 정리할 수 있다.

〈표 1〉 무방향 쓰기의 지도 과정

	무방향 쓰기	
활동의 흐름 ↓	자유롭게 표현하기	조정 하기
	텍스트 발표하기	
	텍스트 선정하기	
	텍스트에 대한 미니 워트숍하기	

미니 워크숍에서는 주로 학습자가 그 글을 쓰게 된 맥락이 무엇인지 살펴보고 창작 과정에서 이루어진 필자의 활동 내용에 대한 논의를 할 수 있다. 이와 더불어 작품 자체에 대한 평가도 할 수 있는데, 표현의 적절성

이나 유희성에 대하여 이야기한다.

'자유롭게 표현하기'의 단계에서 쓰인 글은 이전에 배운 글쓰기 방법에 의존하여 씌어진 경우가 많은데 자신이 쓰고자 하는 욕구에 의하여 쓰였기 때문에 다양한 토론 쟁점을 불러일으킬 수 있는 내용을 담고 있다. 또한 학급 안에서 하나의 작품을 선정하여 서로의 의견을 나누는 사이 학습자들의 글쓰기에 대한 관심을 모을 수 있다. 학습자들 사이에 일종의 모방 심리가 발동하게 되는 것이다.

동료의 작품을 평가하고 감상하는 과정은 흔히 쓰기 수업의 마지막 단계에서 이루어지는 것이 보통이다. 이러한 과정은 학생들의 학습 결과를 확인하고 정리함으로써 새로운 학습에 대한 계획을 세우는 데 의의가 있다고 하겠다. 그러나 창작 수업에서 무방향 쓰기를 가장 첫 단계로 설정한 이유는 앞에서 밝힌 바와 같이 창작은 자기 표현의 글쓰기이므로 자발적인 창작 경험이 중요하기 때문이다.

이러한 무방향 쓰기에 대한 워크숍이 끝나면 학습자의 인지를 중심으로 창작의 방책을 배우면서, 창작이 이루어지는 맥락과 텍스트의 언어적 요인이 서로 관계가 있음을 배우게 된다.

이 단계는 '과제제시-오류 점검형'과 같은 작문 지도 방법처럼 주제를 주고 학생들에게 글을 쓰게 하는 방식을 취하지 않는다. 학생들의 다양한 쓰기 활동을 유도하고 창작에 보다 쉽게 다가갈 수 있는 방책을 중심으로 지도하며 학습자들 역시 방책을 통해 창작 결과물을 획득하게 된다. 시 창작의 방책을 학습하고 활용함으로써 자신의 생각과 감동을 보다 효과적으로 표현할 수 있는 방법을 배울 수 있으며 나아가 하나의 시작품으로도 형상화하여 결과물을 낼 수 있는 수준으로 발전할 수 있다. 또한 이 단계는 학습자들에게 시에 대한 장르 의식을 보다 적극적으로 넓혀 주는 역할을 한다.

시 창작지도의 최종 목표는 학습자가 자기 주도적으로 시 창작에 임할 수 있도록 하는데 있다. '자율적인 창작 단계'에 이른 학습자는 스스로 학습 활동을 계획하고 선택하며 진행하고 완성하는 자기주도적인 학습 활동을 하게 된다. 학습 자료 선택, 학습 방법 선택, 학습 과제 선택, 학습 순서 선택을 학습자 스스로 모색하는 것이다. 나아가 자신이 쓴 작품을 정리하고 학습자 자신의 학습 과정과 결과를 스스로 평가하고 검토하는 과정도 거치게 된다. 학습의 과정을 모형화 하여 나타내면 다음과 같다.

〈그림 4〉 장르 중심 시 창작 교수-학습 모형

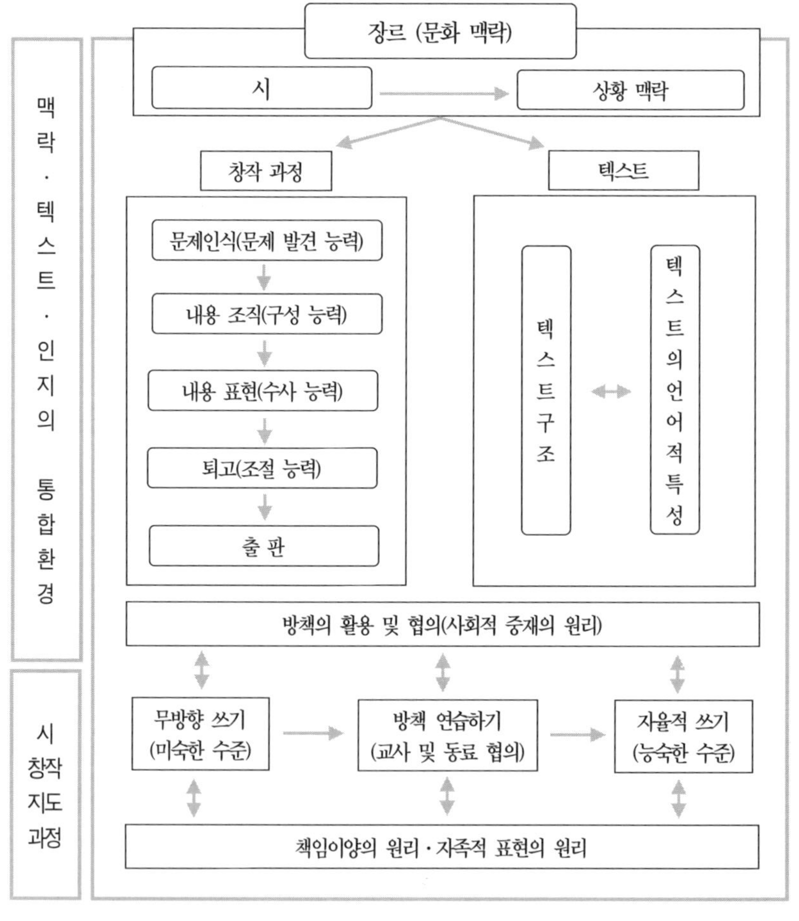

<그림 4>에서 제시한 장르 중심 시 창작 교수-학습 모형은 제2부 제2장 <표 8>에서 제시한 '맥락과 텍스트 결합을 통한 창작 교육의 내용 체계 구성 원리'를 바탕으로 맥락·텍스트·인지의 통합 환경을 제시하였다.

시 창작의 지도 과정은 장르 중심 시 창작 지도 원리 중 사회적 중재의 원리, 책임 이양의 원리, 자족적 표현의 원리를 유지하면서 무방향 쓰기-방책 연습하기-자율적 쓰기의 세 단계로 이루어질 수 있도록 하였다. 각 단계에서 학생 작가들은 방책을 활용하며 교사 및 동료와의 협의도 가능하다. 이러한 쓰기 활동 단계는 시 창작에 대한 흥미를 유지하면서 자율적으로 시를 창작하는 단계를 최종 목표로 삼았다. 무방향 쓰기, 방책 연습하기, 자율적 쓰기 단계 모두 학습자의 창작 과정을 포함한다.

2) 장르 중심 시 창작 지도 방책

이 부분에서는 학습자에게 시에 대한 장르적 의식을 높여 주고 시 창작 과정에 관여하는 인지 능력 향상을 위한 방책들을 살펴보고 한다.

가. 문제 발견 능력 향상을 위한 방책

i) 이미지 점검표 만들기

이미지는 어떤 대상에 대하여 시인이 느끼는 감각적인 형상이다. 이러한 감각적인 형상은 상상력을 동원함으로써 가능한데, 상상력의 동원을 돕기 위해서 쓰일 수 있는 것이 이미지 점검표이다.

이미지 점검표는 자신이 주목한 물건이나 생각에 대하여 자신의 생각을 간단하게 기록하는 것이다. 자신이 주목한 물건이나 느낌, 생각 등에 대하여 직접적으로 느낄 수 없는 것이라 할지라도 자신의 상상 속에서 그것을 느껴보고 언어로 나타내 보는 것이다. 이미지 점검표의 내용은 색깔,

소리, 맛, 냄새, 모양, 움직임의 구체적인 언어로 기술하도록 유도한다. 또한 '- 같은 소리' 등의 직유법을 사용하여 간접적으로 나타내거나 '기쁨은 붉은 색'과 같이 은유적으로 표현하는 방법도 함께 지도할 수 있다. 이미지 점검표는 다음과 같이 구성할 수 있으며 학습자들의 생각을 강요하기보다는 생각나는 대로 쓰되 생각이 잘 나지 않는 것에 대해서는 굳이 칸을 채우는데 고민하지 않도록 하여 빈칸도 인정한다.

〈표 2〉 이미지 점검표

이미지 점검표		
이미지 / 내가 주목한 것		
색깔	무슨 색깔인가? 무엇과 같은 색깔인가?	
온도	차가운가? 뜨거운가? 따뜻한가? 무엇과 같이 차가운가? 무엇과 같이 따뜻한가?	
모양	무슨 모양인가? 무엇과 같은 모양인가?	
소리	무슨 소리를 내는가? 무엇과 같은 소리를 내는가?	
냄새	무슨 냄새가 나는가? 무엇과 같은 냄새가 나는가?	
촉감	매끄러운가? 거칠거칠한가? 울퉁불퉁한가? 무엇과 같이 매끄러운가? 무엇과 같이 거칠거칠한가?	
움직임	어떻게 움직이는가? 무엇처럼 움직이는가?	

위와 같은 이미지 검검표는 시의 발상이나 구상을 위한 기초 자료가
될 수 있으며 학습자들이 만들어낸 언어들을 나열하여 시 한편으로 엮을
수도 있다. 이렇게 만들어진 시는 묘사시와 유사하다.

묘사시는 '언어로 그림을 그리는 시'라고 할 수 있으며, 가장 일반적인
시의 형태로 언어를 비유적으로 써서 사물의 감각성을 그대로 드러내는
시이다(김승태, 2001 : 41).

ii) 인쇄물 이용하기

인쇄물 이용하기는 다양한 인쇄물에 쓰여 있는 내용을 오려서 재배열
하여 시를 창작해 보는 것이다. 이렇게 쓴 것을 조합시라고도 하는데 조
합시 쓰기는 인쇄된 단어들의 형태를 취해서 자르고 재배열함으로써 어
떤 새로운 의미를 창조하는 방법이다. 학생들에게 오래된 신문이나 잡지,
그리고 카탈로그 뭉치를 준비하게 하여 원래의 인쇄물이 담고 있는 것과
는 다소 다른 새로운 의미를 만들 때까지 자르고 붙이게 한다.

혹은 칠판에 가득 판서를 한 다음 판서 내용 중의 일부를 어떤 모양으
로 지우든지 아니면 일정한 형식에 구애받지 말고 지운다. 남아 있는 부
분을 보고 새롭거나 놀라운 방식으로 함께 어울리고 있는지 살펴보도록
한다. 학생들은 단어나 구절, 문장 등을 재배열함으로서 시로 재조합할 수
있다.

iii) 가정하기

'가정하기'는 자기 자신이 어떤 사물이나 사람이 되었다고 가정하거나
보이지 않는 감정이나 느낌들이 되었다고 상상하는 것이다. 초등학교 학
생들이 흔히 생각하는 것은 동물로 변하거나 만화 영화에 나오는 로봇 등
으로 변신하였다고 상상하는 경우가 많은데, 이는 아이들이 하는 다양한

놀이 속에서도 나타난다.

이러한 아이들의 자연스러운 습성은 시인이 세계를 바라보는 시각과도 일치하는 면이 있다. 시적 자아는 시를 쓰기 위해 세계와의 합일과 친화의 관계를 가지면서 일체감을 이루는 것과도 같다. 자신이 어떤 것이 되었다고 가정하여 그 입장에서 세상을 바라보고 욕망을 드러낸다는 것은 합리적이고 보편적인 사고의 틀을 벗어나 사물이나 사실을 낯설게 본다는 것이다.

시인이 의식적으로 자아와 세계의 동일성을 추구하는 데는 두 가지 방법이 있다. 동화(assilmilation)와 투사(projection)가 그것이다(김준오, 1997 : 39). 동화는 시인이 세계를 내부로 끌어 들여서 그것을 내적 인격화하는 소위 '세계의 자아화'인데, 말하자면 세계를 자아의 욕망, 가치관, 감정에 적합한 것으로 받아들여 동일성을 이루는 방법이다. 그리고 투사는 자신을 세계에 투사하는 것, 곧 감정 이입을 통하여 자아와 세계가 일체감을 이루는 것을 의미한다. 서정시의 경우 서정적 자아가 세계와 합일, 친화의 관계로 일체감을 이루는 것과 같다.

이는 러시아 형식주의자들에 의하여 언급된 '낯설게 하기'와 같은 방식을 취하는데, 이른바 지각의 자동화 현상을 거부할 때 사물은 낯설게 다가와 새로운 의미 부여가 가능하다는 것이다. 그리고 이러한 방책은 시의 본질과도 닿아 있다.

구체적으로 '가정하기'에 몰입하지 못하는 학습자들에게는 '내가 만약 ○○라면'이라거나 '내 안에 어떤 동물이 살고 있다면?' 등으로 과제를 제시하여 쉽게 접근하도록 할 수도 있다.

이 밖에도 나 자신의 변신에 대하여 가정하는 것에서 벗어나 우리가 흔히 당연한 것으로 받아들이는 것들에 대한 새로운 가정을 할 수도 있다. 예를 들어 '하늘이 노랑빛이라면?' 이라든지 '아빠가 아기를 낳는다면?'이라든지 상식을 바꾸는 이러한 질문들로 학습자들의 '가정하기'의 폭을 넓혀 줄 수 있으며 흥미를 유발하여 적극적으로 시 창작에 임하게 할 수 있다.

iv) 모작하기

■ 텍스트 따라 쓰기

텍스트 따라 쓰기는 환골탈태법(換骨奪胎法)을 말한다. 흔히 용사라 하여 시가 아닌 산문 텍스트를 모방하는 방법이 있었으나 이것은 시텍스트 자체를 모방의 대상으로 삼는 것이다. 환골법은 특정 작품의 시상을 그대로 두고 다른 어휘를 사용하는 방법이며 탈태법은 시상 자체만을 빌려오는 것이다. 둘다 특정 작품의 시상을 차용하는 것은 같지만 환골법이 문자상의 가공과 개작에 중점을 둔 것이라면, 탈태법은 문의상의 가공과 개작에 중점을 둔 것이다(김준오, 1996 : 298). 따라서 여러 개의 시를 제시하고 그 중 자기가 모작하고 싶은 시를 골라 모작하게 하되 같은 제목으로 하거나 같은 형식을 갖출 것을 제시하면 보다 구체적인 활동으로 이끌 수 있을 것이다. 즉 같은 형식으로 쓰거나 같은 제목으로 글을 쓰도록 유도할 수도 있다.

■ 반대로 생각하기

텍스트의 내용을 반대로 상정하여 보고 모작을 하는 활동이다. 주제를 반대로 생각할 수 있고 특정 시구를 반대로 할 수 있다. 또한 어떤 대상을 바라보는 관점을 달리하여 쓸 수도 있다.

■ 신토피칼 독서를 활용한 모작하기

신토피칼 독서(syntopical reading)는 동일 주제에 대한 여러 종류의 책 혹은 글을 읽는 것을 말한다. 'syntopical'은 '함께', '비슷한' 등의 뜻을 갖는 접

두사 'syn-'과 '화제의', '문제의'라는 뜻을 지닌 'topical'이 결합된 낱말이
다. 신토피칼 독서는 일정한 목적을 가지고 동일한 주제의 여러 글을 종
합적으로 파악하여 자기 스스로 취사 선택하고 수용하는 읽기로서 가장
높은 수준의 독서를 말한다.

신토피칼 독서는 준비 단계와 본 단계로 나누어지는데, 준비단계에서는
먼저 도서 목록을 보거나 전문가의 조언을 듣거나 참고 문헌을 보고 관심
분야에 대한 잠정적인 목록을 작성한다. 이러한 독서 방법은 논문과 같은
논리적인 쓰기에서 사용되는 경우가 많으나 그 제재를 시로 바꾸어 자신
이 좋아하는 시들을 찾아보거나 전문가에게 의견을 구하는 활동은 매우
의미 있는 것으로 여겨진다. 이러한 활동 이후에 자신이 좋아하는 표현을
활용하는 것이 신토피칼 독서를 활용한 모작하기라고 할 수 있다.

나. 구성 능력 향상을 위한 방책

ⅰ) 말로 표현하기

시를 쓰기 전에 자신이 쓰려고 하는 사물이나 사실, 사건, 의견, 느낌,
생각 등에 대하여 자연스럽게 말로 표현해 보도록 하는 것이다. 아이들은
중얼거리면서 글을 쓰는 경우가 많은데, 이것을 못하게 하면 쓰기에 어려
움을 겪게 된다(Clay, 1986. 이재승, 2002 : 375에서 재인용).

비고츠키에 의하면 중얼거림은 학습의 초기 단계에서 공통적으로 나타
나는 현상이다. 중얼거림은 일종의 사회적 행위로 나아가기 위한 활동으
로, 아동이 다른 사람들과 대화를 하고 있다는 점을 반영하고 있는 것이
다. 중얼거림이 점차 더 이상 중얼거리지 않는 상태인 내적 언어에 이르
게 된다.

자연스럽게 하는 말하기와는 대조적으로 쓰기는 완전히 인공적이다(월
터 J. 옹 2000 : 129). 즉 말해진 언어를 문자로 환치하는 과정은 의식적으로

작용하는 정연한 규칙에 의해 지배를 받게 된다. 이러한 과정 속에서 작가는 스스로 표현하고자 했던 것으로부터 멀어진 문자로 기록하거나 쓰기의 형식에 얽매어 재구조화된 어떤 의식을 써 내려갈 수도 있다는 것이다. 또한 신체적으로나 생리적으로 이상이 없는 사람이라면 누구나 말을 할 수 있으므로 글에 거부감 없이 자신의 생각을 표현할 수 있는 구술 언어는 표현 도구인 것이다.

제6차 교육과정이나 제7차 교육과정의 내용에서도 산문으로 먼저 글을 짓고 그것을 시처럼 짧게 줄여 시로 만드는 창작법이 등장하는데, 이는 길이만 줄이면 시가 될 수 있다는 기능주의적 관점의 결과물이라고 하겠다. 설명하는 관념어로 이루어진 산문을 아무리 줄인다 해도 설명은 이미지로 형상화 될 수 없다. 그러나 자기도 모르게 무심코 내뱉는 감탄사나 혼잣말들은 무엇인가를 되살려 내고 또 그 때 번개처럼 머리 속에 떠오르는 이미지를 잡을 때 진정한 시 창작으로 이어질 수 있다(김녹촌, 1999).

어떤 사물에 대한 느낌이나 생각을 글로 쓰기 전에 말로 표현해 보는 활동은 자연스러운 분위기 속에서 중얼거리면서 시를 쓰도록 유도하며 학습자들에게 투입할 수 있다. 또한 틀에 박힌 어투를 가지고 발표를 하는 것을 지양하고 자신의 의견을 스스로에게 말해 보거나 학급 동료들 앞에서 표현하게 할 수도 있을 것이다.

ii) 형식 정하기

형식을 정하여 시를 창작하는 것은 시의 형식을 정하여 그에 맞는 시를 지어보는 활동이다. 3행시, 4행시 등 일정한 행수를 정하거나 행별로 들어갈 내용을 정하여 시를 써 볼 수도 있다. 교사는 학생들이 따라할 만한 내용을 만들어 제시하고 이에 따라 시를 써 보도록 할 수 있다.

이러한 정형시 쓰기에는 시조와 하이쿠의 창작도 포함된다. 3장 6구 45

자 내외의 형식을 갖춘 시조는 우리말의 형식에 바탕을 둔 정형성을 가지고 있으므로 시 창작 연습을 위한 좋은 과정이 될 수 있다. 또한 하이쿠는 일본의 전통적인 시 쓰기 방식이다. 하이쿠는 일본어의 특성에서 나오는 것이므로 하이쿠가 가지는 전문적인 형태를 말하기는 어려우나 가운데 부분이 줄표나 쌍점으로 나뉠 수 있는 3행으로 쓰인 하나의 문장이라고 간단히 정의할 수 있다.

정형시 창작은 그 기본 형식에 의해 창작된 시를 보여주어 귀납적으로 경험할 수 있는 것이 좋다.

이러한 방법은 시 쓰기에 어려움을 느끼는 학생들이 용기를 잃지 않고 시작품을 창작할 수 있도록 하는 데 의의가 크다고 하겠다.

iii) 전보문 형식 활용하기

전보문은 최대한 적은 수의 단어를 사용하여 최대한 원래의 의미를 전달하기 위한 쓰기이다. 먼저 학생들이 전보로 바꿀 수 있는 긴 문장을 제시하거나 스스로 찾도록 한다. 제시된 글이나 스스로 찾을 글을 읽고 그 내용을 가장 적은 단어로 가장 적합하게 표현할 수 있는 메시지를 구성하도록 한다.

이러한 구성 방법은 의미를 전달하는데 성공한 전보나 실패한 전보는 어떤 것인지 판단할 수 있도록 하여 시가 가지는 함축성을 이해하고 의미를 담아내기 위해 필요한 필수적인 단어는 무엇인지 고민할 수 있는 기회를 제공한다.

다. 수사 능력 향상을 위한 방책

i) 행과 연 가르기

연은 절이라고도 하는데, 줄글에서의 문단과도 같은 것이다. 연은 시간적 변화에 따라 중간을 생략함으로 해서, 시에 긴장감과 함축미를 줄뿐만 아니라, 상상과 이미지를 유발시켜 시적 감동을 더욱 높이는 표현 기법의 하나이다.

연은 1행인 것에서 10행 정도까지 여러 행으로 이루어지는 경우도 있는데, 흔히 시간적 경과에 의해 이루어진다. 산문에서 하는 문단 나누기와 마찬가지로 시간과 장소의 변화, 사건의 진행, 의식과 감정의 흐름, 사고의 발전에 따라 이루어지기도 한다.

우리나라의 시조나 서양의 소네트 같은 정형시는 연의 구성이 정해져 있지만, 자유시의 경우는 연의 구성을 자유롭게 할 수 있다.

연과 연 사이의 공백은 연의 의미를 강하게 나타낼 수 있기 때문에 연 사이의 공간은 비어 있는 부분이 아니라 글자는 없지만 글자가 많이 쓰여 있는 것이나 다름이 없다.

교사는 시간의 흐름이나, 의식과 감정의 흐름, 사고의 발전 등으로 연 가르기 한 시를 예로 들거나 연 구분이 되어 있지 않은 시를 제시하고 연 가르기를 하도록 유도할 수 있다.

시를 쓸 때 행을 가르는 이유는 짧은 말로 내용을 깊고 완전하게 표현해야 하는 시의 본질적인 성격 때문이다. 인간은 감동했을 때나 흥분했을 때 말을 짧게 해서 표현하는 경향이 있다. 이는 감정과 언어 표현의 어쩔 수 없는 생리적 법칙이다(김녹촌, 1999 : 144). 감정적인 표현인 이상 그 말은 짧아지게 마련이고 장황하게 설명할 수는 없다. 시를 짧은 말로 표현한다는 것은 시를 만들기 위해 인위적으로 그렇게 하는 것이 아니라 자신의 감정에 따라 쓰기 때문에 필연적으로 그렇게 된다는 것이 중요하다. 어린이들은 시를 쓸 때는 으레 행을 바꾸어 쓴다는 것을 알고 있고 이 점이 산문과 다른 가장 큰 차이점이라는 것을 이미 알고 있다. 그러나 어디서 줄을 바꾸어 써야 하는지 알지는 못하고 남들이 하니까 흉내를 내는 정도이다.

행 가르기를 할 때에는 한 숨 쉴 동안에 말할 수 있는 말을 행 가르기로 하는 것이 좋다. 사람들이 말을 할 때 '아!'하고 놀랠 때가 많은데, 이 말을 하고 난후 곧바로 다른 말을 하기보다는 잠깐 동안의 쉼이 있은 후에 말을 이어서 하게 된다. 이렇게 자연스럽게 말하는 것에서 행 가르기를 지도하면 학습자들의 이해도 쉽게 유도할 수 있을 것이다.

ii) 빈칸 채우기

시는 정교한 언어 예술이기 때문에 작은 언어의 차이가 의미의 차이로 연결되고 때로는 시 전체의 의미를 바꾸어 놓기도 한다. 시를 창작하는 과정에서 빈칸 메우기를 하는 것은 기존의 시에 있는 동일한 시어를 선택하느냐에 관심을 두는 것이 아니다. 시의 빈칸을 메우는 활동 속에서 학습자들이 다양한 반응을 하고 적절한 단어를 찾아봄으로써 시적 상상력과 시적인 표현력을 기르는데 중점을 둔다.

빈칸 메우기는 처음에는 가장 중심이 되는 한 단어로부터 시작하여 점차 난이도를 높여 가야 할 것이다. 시의 제목을 비워 두거나 시의 행을 비워 둘 수도 있고 한 연 자체를 비워 둘 수도 있다. 때로는 시속에 하나 이상의 빈칸을 설정한다면 보다 다양한 반응을 유도할 수 있을 것이다. 학습자가 보다 쉽게 다양한 단어를 찾게 하기 위해서는 단서를 제시해 주거나 어휘의 제한을 주는 것이 좋다.

iii) 후렴과 반복 사용하기

시를 쓸 때 반복이나 후렴을 사용하는 것은 시의 균형과 구조를 맞추어 줄뿐만 아니라 주제를 강조하는 기능을 한다. 반복되는 말의 사용은 의성어나 의태어 등의 재미있는 말을 사용한 시에서 많이 보인다. 흔히 말놀이 형태를 띠는 경우도 있다.

그러나 의성어, 의태어 수준에서의 반복뿐만 아니라 자신이 주목한 사물을 반복적으로 표현하거나 일정한 문장 구조를 반복하는 것도 시상 전개를 위해 유용한 방법이 될 수 있다.

예시가 될 수 있는 통사 구조를 미리 제시하여 주거나 자신들만의 문체를 사용하도록 하는 것도 쉬운 접근 방법이 될 수 있다.

iv) 단어를 그림처럼 나타내기

단어를 그림처럼 나타내 보는 활동은 구체시를 쓰는 과정이라고 할 수 있다. 구체시는 종이 위에 그림 형태로 단어들을 배열함으로써 쓰는 시를 말한다. 시의 실제적 소리보다는 시각적 충격을 중요시하는 것이다. 때로는 한 단어만을 사용할 수도 있고, 똑같은 단어를 특별할 형태로 배열할 수도 있다. 구체시 쓰기의 지도는 말을 가지고 여러 가지로 즐길 수 있으며 시에 대한 형식을 넓혀 줄 수 있다는 데 의의가 있다.

v) 시어의 크기나 배열 조절하기

시어의 크기나 배열을 조절하는 활동은 시어의 크기를 크게 해 보거나 주제에 따라 시어를 재배열해 보는 활동이다. 이미 창작된 시를 사용할 수도 있고 자신이 쓴 시를 사용하여 활동할 수도 있다. 이러한 활동은 활자시를 쓰는 과정인데, 활자시는 단어를 해체하고 재조립하는 방식으로 주의를 끄는 방법으로, 시의 단어들을 독특하게 열거하거나 글씨의 크기 등을 조절하여 쓸 수 있는 시이다. 또한 시의 주된 소재를 이용하여 행을 자유롭게 배열할 수도 있다.

라. 조절 능력 향상을 위한 방책

조절 능력이란 자신이 쓴 글에 대하여 스스로 되돌아보고 퇴고할 수 있는 능력을 말한다. 여기서는 자기 평가와 동료 협의를 통한 평가가 이루어질 수 있다.

장르 중심 시 창작 지도에선 교수-학습 과정 어디어서든지 협의가 가능하다. 그러나 협의 과정에서 주의해야 할 것은 자신의 글이 가지고 있는 결함을 솔직히 인정하고 타인의 비판을 겸허하게 받아들이는 것이다. 또한 자신의 의도를 명확히 표현하거나 동료의 의도를 파악하도록 노력해야 한다. 자기 평가를 위한 방책 중 손쉽게 사용할 수 있는 것은 체크리스트 형식으로 작성된 자기 점검표이다.

마. 출판 능력 향상을 위한 방책

'출판하기'는 여러 사람에게 자신이 창작한 시를 소개하는 발표 단계이다. 문집을 만들거나 시화를 그려 게시할 수 도 있다. 학습 문집은 책의 형태로 작성할 수도 있으나 CD로 제작할 수도 있을 것이다. 또한 음성으로 발표를 할 수도 있다. 여기서는 여러 사람 앞에서 낭독하거나 낭독 테이프를 만들 수도 있을 것이다.

'출판하기'는 쓰기 수업 과정에서 부수적인 활동으로 받아들여지는 경우가 많다. 시간이 남으면 하고 그렇지 않으면 아예 시도조차 하지 않는 경우가 대부분이다. 그러나 출판하기는 '창작'에 대한 의욕과 흥미를 높여 줄 수 있는 방책으로서 창작 수업에서 반드시 행해져야 할 활동이다.

3. 장르 중심의 시 창작 지도 사례

1) 장르 중심 시 창작 교수-학습 적용

가. 지도 대상 및 실험 절차

장르 중심 시 창작 지도 모형에 따른 실제 적용은 서울특별시 송파구에 위치한 서울 잠전 초등학교 6학년 3반 42명을 대상으로 2001년 9월 7일부터 2002년 2월 9일까지 한 학기 동안 실시하였다. 첫 주에는 실험 집단으로 선정된 학생들의 시와 시 창작에 대한 흥미와 관심 및 태도를 알아보기 위하여 설문6)을 하였고, 설문의 결과를 가지고 학생별7)로 상담을 가졌다.

〈표 3〉 장르 중심 시 창작 지도 절차

	실시 일자
실험대상 학생에 대한 사전 설문	2001. 9. 7
설문을 바탕으로 한 개별 상담	2001. 9 10 - 2001. 9. 15
장르 중심 시 창작 교수·학습 방법 적용	2001. 9. 21 - 2002. 2. 8
실험대상 학생에 대한 사후 설문	2002. 2. 9

이 프로그램에 참여한 학생들은 지도 과정 중에 창작 일지를 작성하였고 창작한 작품들은 포트폴리오하였다. 창작 일지의 내용은 자신의 창작 결과를 비평하도록 하여 시 창작 과정에서 자기 조절 능력을 발휘할 수

---

6) 설문의 내용은 부록에서 제시할 것이다.
7) 개별 상담은 직접 상담과 E-Mail을 통한 상담이 이루어졌다.

있도록 하였다. 또한 실험이 끝난 후에도 간단한 설문조사로서 이들의 변화를 살펴보고 학생들이 스스로 만든 시 중 가장 마음에 드는 것을 골라 문집으로 제작하였다.

나. 학습 과제

교수-학습 과정은 총 17차시에 걸쳐 구성하였다. 한 차시 분을 40분으로 구성하였다. 구체적인 지도 내용은 다음과 같다.

〈표 4〉 장르 중심 시 창작 지도 내용

주	학습 과제		학습 활동
1	무방향쓰기	자유롭게 표현하기	·형식이나 내용에 구애받지 자유롭게 쓰기 ·자신이 쓰고 싶은 글쓰기
2		텍스트 발표하기	·자신이 원하는 다양한 방법으로 발표하기 (낭독하기, 녹음한 테이프로 들려주기, 친구가 대신 읽어 주기, 게시판에 작품 게시하기 등)
3		텍스트 선정하기	·텍스트 중에서 잘 된 작품 선정하기
4		선정된 텍스트에 대한 미니 워크숍	·텍스트에 대해서 잘된 점 말하기 ·텍스트에 대서 부족한 점 말하기 ·텍스트를 읽고 난 감상이나 의견 말하기 ·학생들의 다양한 의견을 수렴하기 ·선택된 텍스트 모작하기
5	방책연습하기	가정하기를 통한 창작	·자신이 무엇이 되었다고 가정하여 보기 ·그 사물이나 사람의 마음을 상상하여 보기 ·상상한 내용을 그대로 적어 보기 ·내용을 점검하여 시로 창작하기 ·완성된 시 발표하고 평가하기
6		이미지 점검표 만들기	·교실 안에서 한 가지 물건에 주목하기 ·주목한 물건에 대한 이미지 점검표 만들기 ·이미지 점검표의 내용을 바탕으로 시 창작하기 ·완성된 시 발표하고 평가하기

7	방책연습하기	시어의 크기나 배열 조절하기	·활자 시의 예 살펴보기 ·활자 시로 형상화 할 수 있는 소재 찾기 ·소재를 중심으로 간단한 문장 쓰기 ·자신이 강조하고 싶은 곳을 찾아 강조하거나 시행 배열의 변화 주기 ·완성된 시 발표하고 평가하기
8		인쇄물 이용하기	·조합시의 예 살펴보기 ·신문이나 잡지, 전단지 등을 활용하여 조합시 창작하기 ·완성된 시 발표하고 평가하기
9		전보문 형식을 활용하기	·교사에 의해 주어진 글이나 자신이 선택한 글읽기 ·글의 내용을 바탕으로 전보문을 만들어 보기 ·만들어진 전보문 발표하고 평가하기
10		정형시 쓰기	·교사에 의해 주어진 형식에 맞추어 쓰기 ·시조 쓰기 ·하이쿠 쓰기 ·완성된 작품 발표하고 평가하기
11		말로 표현하기	·주제에 대하여 생각나는 대로 말로 표현하기 ·경험한 것을 말로 표현하기 ·표현한 말들을 바로 적기 ·적은 글을 보고 시로 형상화하기 ·완성된 작품 발표하고 평가하기
12	방책연습하기	텍스트 따라 쓰기/ 반대로 생각하기	·주어진 텍스트 읽기 ·마음에 드는 텍스트 선정하기 ·형식 따라 쓰기 ·제목 따라 쓰기 ·내용 따라 쓰기 ·반대로 생각하기 ·생각한 내용을 바탕으로 시 창작하기 ·완성된 작품 발표하고 평가하기
13		단어를 그림처럼 나타내기	·재미있는 구체시의 예 살펴보기 ·자신이 주목한 단어에 이용하여 구체시로 나타내어 보기 ·완성된 시 발표하고 평가하기
14/15		신토피칼독서를 활용한 시 창작 하기	·주어진 주제 확인하기 ·주제와 관련된 다양한 텍스트 읽기 ·참고할 수 있는 내용을 바탕으로 시창작하기 ·완성된 작품 발표하고 평가하기

16	자율적인 쓰기	방책을 활용하여 시 창작하기	·학습 목표 확인하기 ·자신이 사용할 수 있고 흥미를 느끼는 방책 선택하기 ·방책을 활용하여 시 창작하기 ·창작한 내용을 발표하기 ·발표한 작품에 대하여 서로 이야기하기 ·자신이 쓴 작품 퇴고하기
17	출판하기	출판하기	·자신이 쓴 작품 중 몇 개를 골라 낭독해 보기 ·자신의 작품을 인터넷 홈페이지에 발표하기 ·발표한 내용을 읽고 자신의 의견 올리기 ·학생들의 작품을 골라 CD로 제작하기

수업에 참여한 학생들 모두 학습 활동 과정에서 창작된 시 작품과 간단한 평을 적게 하였고 방책 연습 단계와 자율적인 창작 단계에서는 자신이 활용할 수 있고 활용한 방책에 대하여 적도록 하였다.

총 17차시에 이르는 교수-학습의 실제를 각 차시별로 자세히 살펴보는 것이 바람직할 것이나, 여기서는 네 가지 주제의 수업 지도안을 제시한다.

〈표 5〉 수업 지도안 1 (무방향쓰기와 워크숍)

수업주제	무방한 쓰기와 토의		
학습 목표	·무방향 쓰기를 통하여 자신의 생각을 자유롭게 나타낼 수 있다. ·시를 읽고 자신의 생각을 말할 수 있다.	시간	4차시분량(160분)
		자료	동시집, 싸인펜, 색연필 등
학습 단계	교수-학습 활동		
도입	·한자리 모임- 흥미 유발 자료 활용 ·창작에 대한 경험 말하기(즐거웠던 일) ·학습 목표 확인하기 ·걱정 버리기 - 맞춤법에 대한 걱정 버리기 - 깔끔하게 하기 위하여 노력하지 않기 -(초고쓰기 한 자료가 시로 완성되기까지 과정 이야기하기)		

도입	- 지우는 것에 대한 걱정 버리기 - 운율에 대한 걱정 버리기
전개	· 무방향 쓰기에 대한 안내 - 자신이 떠오르는 생각을 생각나는 대로 쓰기 - 일정한 형식을 갖추지 않고 자유롭게 쓰기 - 학교에서 마무리하지 못한 것은 과제로 하기 · 무방향 쓰기 결과 발표하기 · 잘된 작품에 대한 워크숍 하기 - 작품에서 인상 깊게 받아들인 내용 이야기하기
정리	· 잘된 작품을 따라 써 보기 · 조별로 잘 된 작품 선정하기 · 무방향 쓰기에 대한 자신의 평을 적고 시 창작 포트폴리오에 저장하기

〈표 6〉 수업 지도안 2 (이미지 점검표를 활용한 시쓰기)

수업주제	이미지 점검표를 활용하여 시쓰기		
학습 목표	· 자신이 주목한 사물에 대한 이미지 점검표를 만들 수 있다. · 이미지 점검표를 바탕으로 한편의 시를 완성할 수 있다.	시간	1차시(40분)
		자료	동시집, 이미지점검표, 싸인펜, 색연필 등
학습 단계	교수-학습 활동		
도입	· 한자리 모임 ; 흥미 유발 자료 활용 · 이미지 점검표 소개하기 · 학습 목표 확인하기		
전개	· 한 가지 물건에 주목하기 - 구체적으로 만질 수 있는 물건을 교실 안에서 정하기 - 정한 물건에 대한 생각 발표하기 (색깔, 모양, 냄새 등에 대한 내용) - 구체적으로 만질 수는 없지만 자신이 좋아하는 감정이나 사물 등을 정하기 - 주목한 것에 대한 생각 발표하기 ('우정'이나 '가을' 등 반 친구들에게 익숙한 감정이나 사물 등을 정하고 그에 대한 생각을 발표하도록 한다.)		

전개	・개별적으로 이미지 점검표 만들기 ・이미지 점검표의 내용을 연결하여 시로 완성하기 - 질문 부분을 제외하고 자신이 작성한 내용을 그대로 연결한다. - 맛이나 모양에 대한 부분을 한 행으로 삼으면 시행이 자연스럽게 구별된다.
정리	・완성된 시 발표하고 평가하기 ・조별로 잘 된 작품 선정하기 ・자신의 시작품을 이용하여 간단한 시화 그리기 ・완성된 시에 대한 자신의 평을 적고 시 창작 포트폴리오에 저장하기

〈표 7〉 수업 지도안 3 (인쇄물을 이용한 시쓰기)

수업주제	인쇄물을 이용한 시쓰기		
학습 목표	・인쇄물을 이용하여 시를 창작할 수 있다. ・완성된 시를 평가하고 비평할 수 있다.	소요시간	40분
		자료	동시집, 다양한 인쇄물, 싸인펜, 색연필 등
학습 단계	교수-학습 활동		
도입	・한자리 모임 　마음 열기 - 음악 감상하기 ・재미있는 시 소개하기 　시에 대한 느낌 말하기 ・학습 목표 확인하기		
전개	・칠판에 판서한 내용 이용하기 - 칠판에 빈틈없이 판서를 하기(판서의 내용을 자유롭게 정할 수 있으나 쉽게 읽혀질 수 있는 짧은 내용이 좋다). - 칠판지우개로 부분적으로 지우기 - 남은 부분을 이용하여 시 완성하기 ・인쇄물 이용하기 - 다양하게 준비된 인쇄물을 대강 읽어보기 - 인쇄물에 나타난 활자를 이용하여 시로 완성하기 - 길이에 구애받지 말고 짧은 내용이라도 자신이 나타내려고 하는 것에 충실하도록 하기		

정리	·완성된 시 발표하고 평가하기 (짝끼리 바꾸어 읽어보고 느낌을 써 주기) ·조별로 잘 된 작품 선정하기 ·자신의 시 작품을 이용하여 간단한 시화 그리기 ·완성된 시에 대한 자신의 생각을 적고 시 창작 포트폴리오에 저장하기

〈표 8〉 수업 지도안 4 (텍스트 바꾸어 쓰기)

수업주제	시를 따라서 쓰기		
학습 목표	·주어진 시를 읽고 시의 내용을 바꾸어 쓸 수 있다. ·일부분이 미완성된 시를 자신의 시로 완성할 수 있다.	소요시간	40분
		자료	동시집, 예시 자료, 싸인펜, 색연필 등
학습 단계	**교수-학습 활동**		

도입	·한자리 모임
	  마음 열기 ; 음악 감상하기
	·단심가와 하여가 읽어보기
	  시에 대한 느낌 말하기, 서로 비슷한 부분을 찾아보기
	·학습 목표 확인하기		

전개	·주어진 시를 바꾸어 써 보기
	-사고 기술법을 이용한 시 읽기(시를 읽으면서 생각난 내용을 그때 그때 옆에 메모하면서 읽는다.)
	-감상한 내용 이야기하기
	-자신의 생각을 살려 시를 바꾸어 써 보기
	·미완성된 시 활용하기
	-미리 쓴 1연의 시를 제시하기
	  예시 자료 : 눈 밭에 한 아이
	            걸어 갔다.
	-시의 뒷부분을 상상해 보기
	-자신의 생각을 시로 나타내어 보기		

정리	·완성된 시 발표하고 평가하기 ·조별로 잘 된 작품 선정하기 ·자신의 시작품을 이용하여 간단한 시화 그리기 ·완성된 시에 대한 자신의 생각을 적고 시창작 포트폴리오에 저장하기		

2) 교수-학습의 결과 및 해석

가. 결과 분석 방법

이 연구의 목적은 초등학교 현장에 적용 가능한 시 창작 방법을 구안하고 적용하는데 있다. 따라서 장르 중심 시 창작 지도 방법의 적용 효과를 알아보기 위해 학습자의 변화에 대해 다양하고 풍부한 정보를 줄 수 있는 질적인 방법을 사용하여 분석을 시도하였다.

쓰기 과정 중에 작성한 창작 일지와 설문 조사는 시 창작에 대한 태도 변화를 확인하는데 사용하였으며 학습자들이 작성한 포트폴리오는 발달적인 관점에서 작품의 질을 확인하면서 진전의 정도를 살펴보았다. 실험 연구에 참여한 42명의 학생 중 포트폴리오 자료가 빈약한 학생들을 제외하고 38명의 포트폴리오를 분석하였다.

특히 처음 설문 조사에서 시 창작에 관심과 흥미를 많이 가지고 있다고 했던 학습자(최종욱), 시 창작에 대하여 무관심했던 학습자(박소영), 시 창작에 대하여 거부 반응을 보였던 학습자(최규환)를 대상으로 실험 결과를 분석하였다.

문화기술법의 방법 중 참여 관찰, 심층 면담, 설문지 조사, 일지 쓰기 등을 주로 활용하였다. 또한 3명의 학습자들이 창작한 작품이나 일지의 내용을 중심으로 창작 능력의 신장 정도를 알아 보았다.

나. 결과 및 해석

i) 설문지 및 일지 분석

먼저 학습자의 시 창작에 대한 태도 변화를 살펴보고자 한다. 시 창작에 대한 태도 변화는 학습자들이 사전 설문지와 사후 설문지에서 나타낸 반응을 중심으로 정리하였다.

〈표 9〉 학습자의 시창작에 대한 태도 변화

반응	사전 설문지		사후 설문지	
	사례 수(명)	비율(%)	사례 수(명)	비율(%)
좋아 한다	4	9.5	19	45.2
보통이다	20	47.6	18	42.8
싫어 한다	18	42.8	5	11.9

위의 표에서 알 수 있듯이 시 창작에 대하여 좋아하는 학생들이 프로 그램 적용의 초기에는 9.5%에 머물러 있었으나 프로그램 적용 후에는 45.2%로 증가하게 되었고 더욱 중요한 것은 시 창작을 싫어하던 학습자 가 42.8%로 학급 인원의 거의 반수에 달하였으나 프로그램이 끝난 시기 에는 11.9%로 현저하게 줄어들었다는 것이다.

다음은 분석 대상으로 선정된 학생들의 사후 설문지와 그에 대한 해석 이다. 먼저 최종욱에 대하여 살펴본다. 최종욱은 학급의 회장으로서 활동 하고 있으며, 수학(修學) 능력이 우수한 학생이다. 어려서부터 책을 많이 읽어 문학적인 소양을 갖추고 있으며 백과사전적인 지식을 겸비하고 있 다. 글을 쓸 때에도 비유적인 표현을 적절히 활용하면서 주제에 대한 집 중력을 잃지 않아 완결성 높은 글을 쓰는 편이다.

최종욱의 작품은 '무방향 쓰기'에서 워크숍 텍스트로 선정되었다. 시의 내용은 다음과 같다.

일기장

밤마다 나를 찾아와 하루 얘기 듣고 간다
군것질도 같이하고 친구랑 화해도 하고
내 마음 비밀들 안고 나와 함께 잠든다

시조부에서 시조 짓기를 공부한 적이 있는 최종욱은 시조 형식을 글을 썼다. 일기장에 대한 공감할 만한 생각이 많아서 인지 학급 인원들 중 다수가 이 시를 워크숍 텍스트로 선정하였다.

이렇게 글쓰기에 흥미와 소질을 보였던 최종욱은 개선해야 할 글쓰기 습관을 가지고 있었는데, 그것은 퇴고를 하지 않는다는 것이었다. 그러나 사후 설문 조사에서 자신이 밝히고 있듯이 스스로 퇴고하는 능력을 갖추게 된 것으로 보인다.

<표 10> 개별 학습자의 태도 변화 1(아동명 : 최종욱)

질문내용	답변 내용
·시 창작 수업에서 가장 인상에 남거나 재미있었던 것은 무엇입니까?	선생님과 수업했던 모든 시쓰기 공부가 재미있었다. 그중에서 가장 인상에 남는 것은 무생물을 생물로 가정하거나 사람들이 동물로 되었다고 가정하는 것이 재미있었다. 특히 내 작품이 뽑혔을 때가 가장 기억에 남는다.
·시 창작 수업에서 가장 어려웠던 점은 무엇입니까?	시 창작은 자신의 생각을 솔직하게, 내용의 길이에 관계없이 표현하는 것이므로 어려웠던 점은 없다.
·시 창작 수업을 한 수 자신에게 생긴 변화는 무엇입니까?	내가 쓴 시를 다시 읽어보거나 꼼꼼하게 체크하지 못했는데, 이제는 글을 다 쓰고 나서 다시 살펴보지 않으면 불안하다. 시에 대한 자신감이 늘었고 국어에 대한 흥미도 생긴 것 같다. 또 시집에 손이 자주 가게 된 것 같다. 홈페이지를 관리하고 CD를 구워 문집을 만드는 일이 힘들기는 했지만 재미있었다.

다음은 박소영에 대한 관찰 결과이다. 박소영은 시 창작에 별로 관심이 없다. 그러나 인터넷 사이트에 글을 발표하는 것은 매우 즐긴다. 박소영은 연예인을 좋아하는 팬클럽사람들과 어울려 자신이 좋아하는 연예인을 주인공으로 하는 판타지 쓰기를 자주 하고 있었다.8) 박소영의 설문 내용은 다음과 같다.

〈표 11〉 개별 학습자의 태도 변화 2(아동명 : 박소영)

질문내용	답변 내용
·시 창작 수업에서 가장 인상에 남거나 재미있었던 것은 무엇입니까?	이미지 점검표를 만들어 색깔, 냄새, 모양으로 자기가 정한 주제를 표현한 것이 재미있었다. 다른 사람이 쓴 시를 읽는 것은 재미있는데, 내가 쓴 시를 다른 사람이 읽는 것은 좀 싫다. 그리고 우리 반 아이들이 만든 문집 CD는 좋은 졸업선물이 된 것 같다.
·시 창작 수업에서 가장 어려웠던 점은 무엇입니까?	주제를 나타낼 말이 생각이 잘 나지 않는다. 내용은 그런 대로 완성이 되었는데, 제목을 붙이려면 잘 떠오르지 않는다.
·시 창작 수업을 한 수 자신에게 생긴 변화는 무엇입니까?	예전에는 그냥 시를 썼는데, 시 창작 수업을 한 후에는 시를 쓰는 방법을 알게 된 것 같다. 그리고 자신이 정한 주제도 다양한 방법으로 시를 쓸 수 있다는 것을 알게 되었다.

박소영은 시 창작 수업을 진행하면서 후반기에 적극성을 보여 준 학생이다. 이 학생의 경우 시를 쓰는 여러 가지 방책들을 익히게 된 것이 큰 성과라고 할 수 있다. 시에 대한 장르적 인식이 높아진 것을 알 수 있었다.

다음은 최규환의 설문지 내용이다. 최규환은 시창작은 물론이고 글쓰기 자체를 싫어하는 아동이다. 맞춤법이나 단락 구분 능력, 글의 완결성, 뒷받침 문장의 구성 등 미숙한 점이 많은 아동이다. 그러나 솔직한 성격을 가지고 있다. 또한 비록 빗나간 답변이지만 교사의 발문에 활발하게 반응하는 적극성도 보인다. 하지만 쓰기 활동에 접어들기만 하면 집중을 하지 못하고, 다른 친구들을 방해하기 일수이다.

이 학생의 경우 문제발견 단계에서는 매우 활발한 활동이 이루어지지만 이러한 생각들을 짜내는 구성능력과 수사능력이 부족하였다. 따라서

---

8) 자신들의 우상인 연예인을 주인공으로 하여 연예인의 팬들이 연속극처럼 이야기를 만들어 가는 것이다. 박소영과 진행한 심층 면담의 내용은 다음 절에 제시하였다.

글로 완결되지 못하므로 당연히 글쓰기에 대한 흥미를 잃고 있었다.

최규환의 변화는 자신이 쓴 작품을 학급 친구들 앞에서 발표하면서부터 일어났다. 그날 최규환이 쓴 일지의 내용은 다음과 같다.

> '내가 쓴 글을 읽으려니 가슴이 떨렸다. 그리고 쑥스러워 웃음이 나오기도했다. 나를 쳐다보는 친구들이 뭐라고 할 것 같아서....
> 선생님께서 잘 썼다면서 칭찬해 주셨다. 난 지난 수학시간에 혼이 난 것이 생각나서 써 본 것인데(이하 생략)
>
> 2001년 10월 26일 최규환의 일지 내용[9]

이날 최규환이 지은 작품은 '수학책'[10]이라는 3행시이다. 수학 공부를 싫어하는 최규환의 행동이 솔직하게 드러나 있다.

최규환의 설문지 답변에서 알 수 있듯이 글쓰기를 할 때 맞춤법에 대한 걱정을 많이 하고 있었다. 그래서 더욱 다른 친구들 앞에서 자신의 글을 발표하기를 꺼리고 있었다. 그러나 그러한 걱정을 버리고 시를 쓰다보니 보다 쉽게 시 창작에 접근할 수 있었던 것으로 보인다. 최규환의 설문지 내용은 다음과 같다.

〈표 12〉 개별 학습자의 태도 변화 3(아동명 : 최규환)

질문내용	답변 내용
·시 창작 수업에서 가장 인상에 남거나 재미있었던 것은 무엇입니까?	짝과 함께 이야기를 나눈 것
·시 창작 수업에서 가장 어려웠던 점은 무엇입니까?	그냥 생각나는 대로 쓰면 되는데, 자꾸 어려운 말로 특이한 말로 쓰려고 해서 잘 안 되는 것 같다.

---

9) 실제 일지 내용에서는 맞춤법이 틀린 부분이 있었으나, 연구자가 정서하였다.
10) 최규환이 지은 '수학책'은 부록2에 제시하였다.

·시 창작 수업을 한 수 자신에게 생긴 변화는 무엇입니까?	시를 어떻게 표현하는지 알게 되었다. 시나 시조에 담겨진 뜻도 알 수 있게 된 것 같다. 선생님 말씀대로 자신감이 생긴 것 같다.

ii) 학급 홈페이지 활용 효과 분석

시 창작 수업이 끝난 후에는 매번 잘 된 작품을 선정하여 학급 홈페이지에 게시하였다. 학급 홈페이지는 인터넷 검색 엔진 중 한 곳을 골라 '카페' 형식으로 제작하였다. 시 창작 수업에 관련된 내용 이외에도 학급 운영에 대한 여러 가지 의사소통이 이루어지는 공간이었다. 동시 수업에 대한 자료는 동시 수업 자료방에서 이루어졌다. 카페의 환경은 다음과 같다.

〈그림 5〉 시 창작 수업에서 활용한 홈페이지의 모습

최종욱은 카페의 제작자이자 관리자였다. 하지만 자신의 작품이 실리는 것보다 다른 친구들의 작품이 실리는 것을 더 재미있어 하였다. 박소영은 자신의 작품이 선정되어 이 카페에 기록된 날에는 어김없이 연구자에게 전자메일을 보냈다. 다음은 박소영이 보낸 메일 내용이다.

> 지난 주에 저하고 친한 은진이가 잘된 작품으로 뽑혔을 때 정말 부러 웠어요. 근데 오늘은 제 이름과 작품이 올라와 있어 정말 기뻐요. 이제부 터 더 열심히 시 쓸 거예요...(이하 생략)

자신의 글이 발표된 것을 보고 상당히 기뻐하는 것을 알 수 있다. 즉 시창작 수업에서 출판하기가 무엇보다도 시창작의 흥미를 북돋아 준다는 것을 알 수 있었다. 또한 이 홈페이지는 창작 학습에 대한 지속적인 피드 백(Feedback)을 가능하게 하였다는데 의의가 있다.

iii) 심층 면담

심층 면담은 시 창작 수업이 끝나고 사후 설문지를 작성한 후인 2002 년 2월 9일에 이루어졌다. 연구자와 1 : 1 대화로 진행되었으며 박소영, 최종욱, 최규환이 모두 심층 면담에 참여하였다. 심층면담의 주요 내용은 다음과 같다. 설문지를 통해 얻을 수 있는 정보 이외의 내용을 주로 선정 하였다.

〈표 13〉 심층면담의 주요 질문 내용

1. 무방향 쓰기에 대하여 워크숍을 할 때, 어떤 생각이 들었는가? (무방향 쓰기의 효과에 대한 질문) 2. 시 창작 수업 시간에 친구들과 주로 어떤 것들을 토의하는가? (동료 협의 내용에 대한 질문)

3. 가장 쉽게 이용할 수 있는 시쓰기 방법이 있다면 무엇인가?
   (시 창작 방책의 활용에 대한 질문)
4. 자신이 쓴 시를 발표할 때의 느낌은 어떠한가?
   (출판하기에 대한 학습자의 태도에 대한 질문)
5. 앞으로 스스로 시를 쓸 수 있을까?
   (시 창작 수업 이후 자율적 쓰기에 대한 질문)

여기서는 심층 면담의 사례 중 박소영과의 면담 내용을 제시하였다. 박소영과의 면담 내용에서 시 창작 교수-학습에 대한 시사점을 많이 찾을 수 있었기 때문이다. 면담의 내용은 다음과 같다.[11]

연구자 : 소영아, 선생님이 따로 만나자고 해서 긴장했니?
박소영 : 아니요. 무슨 이야기를 하실까 궁금했어요.
연구자 : 우리 시 창작 수업에 대해서 이야기하고 싶어서 그래. 우리 소영
         이가 너무 열심히 공부를 해서 말이야.
박소영 : 다른 애들도 열심히 하는데...(빙그레 웃는다.)
연구자 : 선생님이 몇 가지 질문을 할 건데, 솔직하게 이야기해 줄 수 있지?
박소영 : 네.
연구자 : 9월에 선생님이랑 무방향 쓰기 한 것 기억하니?
박소영 : 네? 아, 최종욱이 뽑혔던 거요?
연구자 : 그래, 선생님이 일주일 동안 시간을 두고 정말 쓰고 싶은 생각이
         들 때, 글을 써 보라고 했잖아. 그 때 소영이가 글을 써서 냈었나?
박소영 : 아니요.
연구자 : 왜, 쓰고 싶은 생각이 들지 않았니?
박소영 : 쓰긴 썼는데요, 그냥 내지 않았어요.
연구자 : 어떤 내용이었는데?
박소영 : 음. GOD[12]오빠들한테 편지를 썼는데...

---

11) 연구자와 박소영의 대화 내용을 채록하여 그대로 제시하였다.
12) 여학생들에게 인기가 높은 5인조 남자 가수 이름.

연구자 : 그런 글도 괜찮다고 했잖아.

박소영 : 좀 유치한 것 같아서요. 그리고 가장 잘 쓴 글을 뽑는다고 했는
데, 제가 쓴 글이 뽑히지도 않을 것 같았어요.

연구자 : 그 글 말고 쓰고 싶은 것은 더 없었니?

박소영 : 네. 그런데, 다른 친구들이 멋지게 시 쓴 것 같이 읽어보고 이야
기 하니까, 저도 종욱이처럼 시 쓰고 싶었어요. 잘은 안됐지만.

연구자 : 아니야, 우리 소영이도 잘 쓰는 걸. 소영이는 시를 쓸 때 어떤 방
법을 이용하니?

박소영 : 음, 내가 무엇이 되었다고 가정하는 거예요. 선생님이랑 했었잖
아요. 쉽게 쓸 말들이 떠올라서 좋아요.

연구자 : 그래, 그럼 전에도 시를 쓸 때 그런 방법들을 썼었니?

박소영 : 아니요.

연구자 : 그럼 어떻게 썼어?

박소영 : 학교에서는 짓지 못했고요, 그냥 집에 있는 동시집 같은 거 보고
베껴서 냈어요.

연구자 : 소영이가 맘에 드는 시 가지고 바꾸어서 써 보지 그랬어. 반대로
생각해서 쓰거나 말이야.

박소영 : 그런 생각 못했어요. 그리고 별로 쓰고 싶지 않았거든요.

연구자 : 그랬구나. 그럼 시 창작 수업 시간에 친구들하고 주로 무슨 이야
기했니?

박소영 : 시 쓸 때요?

연구자 : 응. 그리고 퇴고 할 때도 협의할 수 있었잖아.

박소영 : 생각이 잘 떠오를 때는 잘 묻지 않고요, 생각이 잘 떠오르지 않거
나 쓰다가 막히면 친구한테 적당한 말이 없겠느냐고 물어봐요

연구자 : 퇴고할 때는?

박소영 : 퇴고할 때는, 처음에는 그냥 '잘 썼다고'하거나 '좀 이상하다'고
말했는데, 나중에는 잘 된 부분에 대해서 이야기하거나 바꿀 말
들을 이야기했던 것 같아요. 그리고 자기가 쓴 글 잘 안 보여주
려고 했던 친구들도 있었는데요, 나중에 수업시간이 끝나고서 교
실밖에 나가서 보여줬어요.

연구자 : 교실 밖에서? 왜?

박소영 : 쑥스러워서 그랬겠죠.

연구자 : 밖에서 이야기하니까 어떻든?

박소영 : 서로가 자기가 쓴 글에 대해서 많이 이야기했던 것 같아요. 비밀
일기를 보는 것 같이 좀 재미있었어요.

연구자 : 그랬구나. 우리 반 애들이 협의 시간을 참 좋아하는 것 같았는데,
남자아이들은 어떠니?

박소영 : 엉뚱한 이야기만 하기는 하는데요, 어떨 땐 그런 말이 더 재미있
을 때도 있어요.

연구자 : 소영이는 친구들한테 어떤 질문했어?

박소영 : 비슷해요. 다른 애들하고. 근데, 선생님 길게 써도 시 맞죠?

연구자 : 그럼, 시는 글의 길이하고는 상관이 없다고 했잖아. 우리 ‘친구랑
다툰 날에 읽는 시’처럼 긴 시도 읽어 봤잖아.

박소영 : 근데, 애들이요 짧아야 시 같다고 하면서 줄이라고 해요. 반복되
는 말들도 넣고 행이랑 연도 구분해 보고했는데…… 또 노래하는
것처럼 읽혀지는 지도 보고했거든요.

연구자 : 그래, 우리 반 애들이 시라면 무조건 짧아야 한다고 생각하는 경
향도 있는 것 같애. 소영아! 친구들 앞에서 시 낭독할 때 느낌이
어떠니?

박소영 : 전 낭독하는 거 싫어요. 그렇게 발표하는 것 보다 그냥 우리 카페
에 올리고 친구들이 또 의견 써 주는 것이 재미있는 것 같아요

연구자 : 낭독하는 것은 왜 싫어?

박소영 : 낭독도 잘 못하겠고요 ………(잠깐 침묵이 흐른다)

연구자 : 그래, 우리 소영이는 이제 수업 시간이 아니어도 시를 쓸까? 선
생님이 시키지 않는다고 해도 말이야.

박소영 : 네, 쓸 것 같아요. 지난번에 GOD홈페이지에 들어가서 GOD오빠
들을 동물하고 비교해서 시를 써 놓았는데요, 다른 사람들이 너무
재미있다고 의견이 많이 써 놓았고요. 조회 수도 진짜 높았어요

연구자 : 그랬어? 기분 좋았겠다. 그래, 오늘 좋은 의견 많이 이야기 해 주
어서 정말 고맙다.

면담 내용을 통해서 시 창작 수업에 대한 여러 가지 시사점을 얻을 수 있었다. 첫째, 무방향 쓰기에 대한 효과이다. 박소영은 실험 전에는 글쓰기에 대한 관심이 많지 않았다. 그리고 편식하듯이 이야기 글에 대한 욕구만 가장 높았다. 그러나 무방한 쓰기에서 이루어진 워크숍을 통하여 시 창작에 대한 모방 심리가 발동한 것을 알 수 있다.

둘째, 시 창작을 위한 방책을 습득함으로써 시 창작에 더욱 쉽게 접근할 수 있었던 것으로 보인다.

셋째, 시의 장르적 성격에 대한 관점이 확대되었다. 시란 막연하게 짧아야 한다는 기존의 생각들이 변화되었으며, 산문과는 다른 운율적 성격이 시의 주요한 특질이라는 것도 어렴풋이 알게 된 것으로 보인다. 그리고 다양하게 표현하는 방법들에서 재미를 느낀 것을 알 수 있다.

넷째, '출판하기'단계가 시 창작 수업에서 매우 중요함을 알 수 있다. 이는 문화 생산 문학 교육의 관점을 뒷받침하는 증거이다. 결과물로 완성하여 발표의 형식을 갖추는 것은 학습자의 시 창작 동기 유발에 좋은 자극제가 된 것으로 보인다.

다섯째, 지속적인 시 창작 지도를 통하여 얻어진 시창작의 경험이 일상 생활에까지 연결되었음을 알 수 있다. 자신이 가장 쉽게 발표할 수 있는 인터넷 공간을 통하여 자신의 작품을 발표하는 박소영의 태도는 문학을 향유하는 작은 실천이라 할 수 있다.

iv) 학습자들의 창작 능력 신장

먼저 최종욱의 경우 앞에서 언급한 바와 같이 퇴고하는 능력이 좀 더 구조화된 것으로 보인다. 다음은 최종욱이 퇴고한 흔적을 볼 수 있는 자료이다. 최종욱의 포트폴리오에서 발췌한 것이다.

〈그림 6〉 최종욱의 퇴고 자료

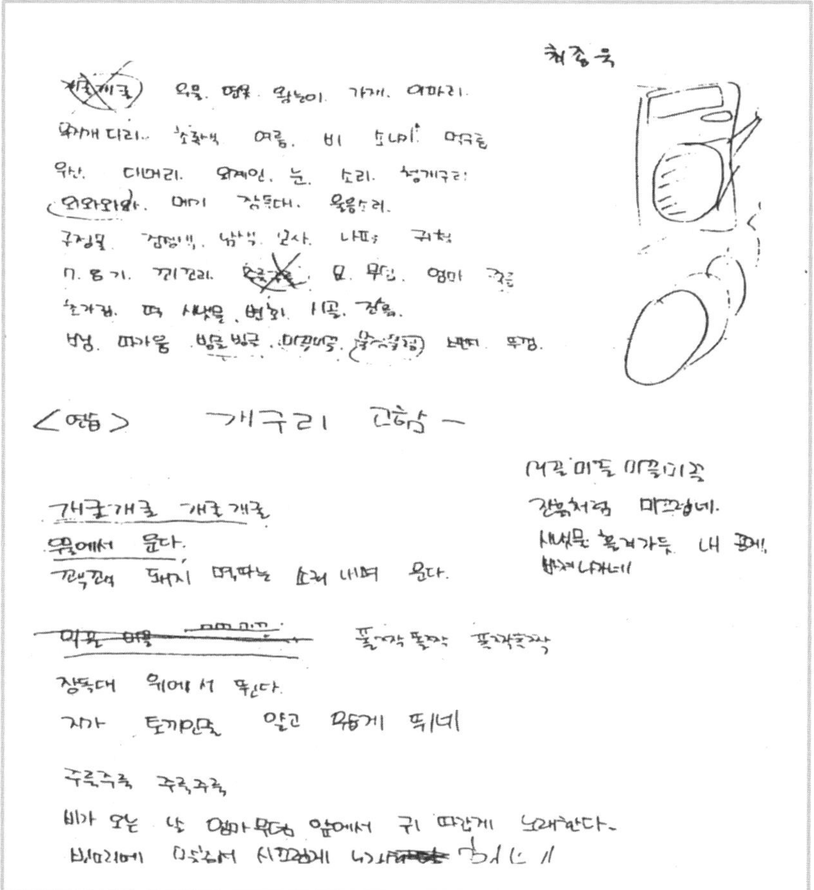

다음은 최규환의 창작 능력 변화이다. 최규환이 실험 초기에 지은 시와 실험의 마무리 될 무렵 작성한 시를 제시하였다. 물론 시의 제재나 형식에는 차이가 있지만 구성능력과 수사 능력 등이 향상되어 있는 것을 알 수 있다.

〈그림 7〉 최규환의 작품(실험 초기)

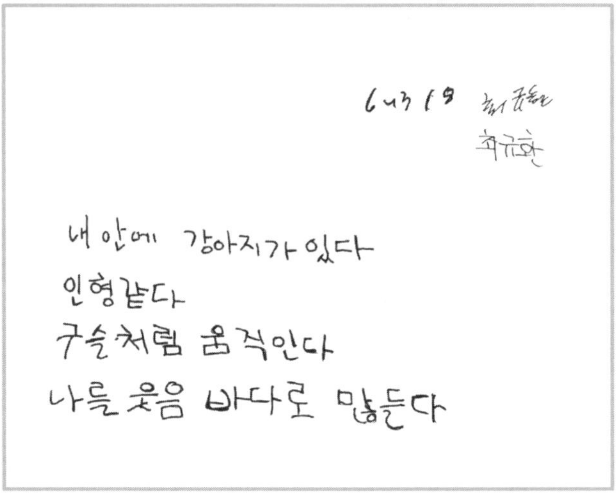

〈그림 8〉 최규환의 작품 (실험 후기)[13]

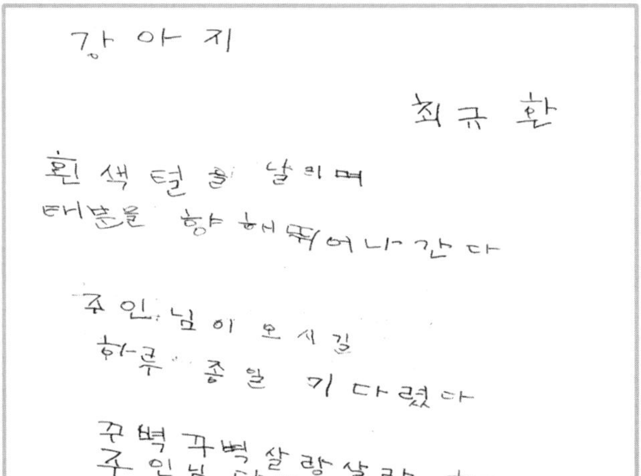

---

13) 최규환의 창작 시는 부록2에서도 제시하였다.

위의 작품을 살펴보면 깨끗하게 정서된 것은 아니지만 자신의 생각을 구성하는 능력이 실험 초기 보다 많이 발전할 것을 알 수 있다. 최규환의 경우 방책에 대한 수업 과정에서 활발하게 의견을 개진하였으나 실제 창작을 하는 과정에서는 글을 완성하지 못하는 경우가 많았다. 그러나 <그림 8>에서 보는 바와 같이 자신의 시상을 전개하는 능력이 향상된 것을 알 수 있다.

제 3 장

포트폴리오를 이용한 시 창작 교육

1. 포트폴리오와 시 창작 지도

1) 포트폴리오의 개념

새로운 대안(代案) 평가의 기법으로 교육자들은 포트폴리오(portfolio)를 들고 있다. 원래의 포트폴리오란 '서류 가방' 또는 '서류철'이라는 뜻이다(박도순, 1999 : 481). 이것은 한 개인의 기술, 아이디어, 흥미, 그리고 성취물을 담아 두는 용기를 말하는 'folio'에서 나온 말이다. 폴리오는 여러 가지 복합적인 매체로 표현한 것을 모아 놓은 것으로 과정포트폴리오(process)와 결과포트폴리오(product)로 구분한다(최호성, 1997). 만약 포트폴리오가 평가의 타당도를 제고하기 위하여 사용된다면, 결과포트폴리오이고, 교수-학습을 개선하고 학습자에게 적절한 피드백을 제공하기 위한 도구로서 활용된다면 과정포트폴리오이다. 그렇지만 이러한 구분은 포트폴리오의 목적이 무엇이냐에 따라 그것의 강조점을 어디에 두느냐에 의한 구분이지, 서로 대립적인 의미로 사용되는 것은 아니다. 다시 말하면 교실 수업에서 이 목적을 모두 고려하여 포트폴리오를 사용할 수도 있다.

이러한 점에 착안하여 시창작 지도 방법으로서의 활용 가능성을 검토

해보고자 한다. Grave & Sunstein(1992)는 포트폴리오의 의미를 "학생의 학습 상태를 스크랩북으로 누가기록철의 형태를 의미한다"라고 하였고, Feuer와 Fulton(1993)은 "장시간에 걸쳐 학생이 수행한 과제의 모음집이다"라고 했다. Shackelford(1996)은 기능 교육의 적용을 위한 '학습자 포트폴리오'에 대한 글에서, 포트폴리오는 "주어진 영역에서의 학습자의 관심, 능력, 진도, 성취를 파악할 수 있는 의도적인 자료 모음집이라고 정의하고, 이 포트폴리오는 효과적인 평가 도구이며 역동적인 수업 방책으로 기여한다"라고 하였다. 교사가 수행하는 수업에서 포트폴리오의 개념은 "교육 과정에서 학생들이 자기 반성과 학습의 자료를 보여 주는 항목의 수집, 항목의 선택 그리고 조직물"이라고 정의하였다.

따라서 포트폴리오는 학습 과정과 발달 및 성취 정도를 누적적(累積的)으로 기록하여 종합적으로 평가하기 위한 도구일 뿐만 아니라, 특정 수업을 위한 방책이다. 포트폴리오는 학습자가 그의 사전(事前) 지식을 응용하고, 자신의 학습을 스스로 평가하며, 교사로 하여금 학습자의 재능과 가치를 개발하도록 하는 장점을 지닌다. 뿐만 아니라 학생들의 개인적인 차이를 적극적으로 수용하여 개별 학생에게 의미 있는 지도를 가능하게 한다. 교사는 포트폴리오를 이용하여 학생이 무엇을 이해하고 실제로 아는지를 점검하며, 학생들의 과거와 현재의 상태와 앞으로의 발전 방향에 대한 조언을 보다 적절하게 할 수 있다. 학습자는 포트폴리오를 만들어가면서 자신에 대한 이해를 증진시킨다. 즉 학습자는 시각적·청각적으로 가시화된 자료들을 통해 자신의 변화 과정, 현재의 능력에서 우수한 부분과 향상이 요구되는 부분, 학습에의 성실성 여부, 잠재 가능성 등을 스스로 인식할 수 있다. 따라서 포트폴리오를 통한 자기 평가는 학생 자신의 목표 설정과 적극적인 학습 활동을 증진시킨다.

또한 교사나 동료들이 제시한 피드백을 토대로 작품을 생산하도록 학생들에게 요구하는 것은 학습에 긍정적인 효과를 낳는다(Cohen 1994, Weizhu

1995). 동료들은 협력자이고, 조언자이며, 촉진자이다. 그리고 때로는 성실한 비판자의 역할을 담당한다. 동료 반응 활동이 활성화되면 자기 자신이 고쳐 쓸 수 있는 기회는 더욱 많아진다. 아울러 자기 성찰과 반성 또한 촉진된다(임천택, 1998 : 23).

포트폴리오는 일정 기간 동안 이루어진 학생의 발달 과정을 보여주는 자료들이다. 그러므로 학생은 자신의 작품을 다시 살펴보며 발달 과정을 점검하고 반성할 수 있다. 그리고 교사는 개별 학습자의 시 창작 발달 과정을 관찰함으로써 학생의 필요와 요구에 맞는 피드백을 제공할 수 있게 된다. 다른 활동과 마찬가지로 시쓰기 활동에서, 학생들은 자신의 활동을 되짚어 봄으로써 더 많이 배우게 된다.

포트폴리오는 학생들의 머릿속을 볼 수 있는 일종의 창이며, 개별 학습자의 수준에 적합한 교육 과정(過程)을 교사나 학생들이 이해할 수 있게 해 주는 수단이 될 수 있다.

그러므로 시쓰기 과정은 복합적인 과정이고, 다양한 학생 활동을 보장하며, 언어 기능의 여러 측면을 반영하는 역동적인 과정이어야 한다. 학생은 자신의 장점과 단점, 필요한 점 등을 동료나 교사와 함께 공유함으로써 적절한 피드백을 제공받을 수 있어야 한다. 학생들이 단순히 시를 쓰고 그것을 모은 것으로 포트폴리오를 이용한 시 창작 지도는 완성되지 않는다. 시 창작 지도는 끊임없는 자기 평가와 동료 반응 활동, 다양한 독자의 설정 등 상호 작용의 연속이다. 따라서 일회적인 활동의 결과로서 성취 정도를 산정하지 않고, 학생의 시쓰기 과정을 장기간에 걸쳐 탐색하게 된다. 이러한 탐색 활동은 사고와 기술(記述), 그리고 분석 및 논평 활동을 포함한다. 이 때 주의해야 할 점은, 성공적인 작품만을 지도 대상으로 삼을 것이 아니라 실패한 작품도 지도 대상에 포함시켜야 한다. 왜냐하면 실패의 과정을 다시 살펴보는 것은, 포트폴리오를 이용한 시 창작 지도에서 매우 의미있는 일이기 때문이다.

2) 포트폴리오의 유형[1]

Shackelford(1996)은 포트폴리오의 유형을 네 가지로 분류하여 제시하고 있다.

첫째, 전시(showcase) 포트폴리오 : 이 포트폴리오는 학습자의 가장 우수한 학습 결과 또는 행동을 자료화하도록 설계되었으며, 학생들의 학습 준비, 학습의 이해, 적용, 통합 등을 나타내 보일 수 있다. 이것들은 학습 활동 동안의 진도를 알려주는 데 이용될 수 있으며, 학습자의 반성적 고찰 또는 교사의 주관적인 의견에 따라 수집된다.

둘째, 기술(descriptive) 포트폴리오 : 이것은 평가하는 데 사용되지 않고, 학습자의 진척도에만 사용된다. 즉 학생들에게는 그들의 학습 과정상의 장·단점을 이해하는 데 도움을 주고, 교사들에게는 학생 이해 수준을 파악하여 개별적인 학습 효과를 증진시키는 데 도움을 준다. 여기에는 완성되었거나 학습 활동 중인 것 모두(기초 계획서, 자료 수집안, 지도 도면, 교사 피드백, 잡지, 완성된 보고서, 활동 단계에서의 비디오나 사진 등)가 포함되지만, 학생들의 학습 활동 경험에 대한 판단이나 반성을 요구하지 않는다. 이 포트폴리오의 중요한 요소는 정기적인 교사와 학생간의 회의나 동료들의 조언이며, 회의는 학습 과정과 실제적인 자기 평가에 학생들이 참여하도록 격려하고, 교사나 학생 간의 친밀함으로 학생의 자아 존중을 형성하는 데 도움을 준다. 보다 중요한 것은 이것들은 교사와 학생에게 진척도를 알려 주고, 개인적 문제를 도와주며, 다학문적인 접근을 도와주고, 요구되는 능력과 기능의 개발과 자료화에 기여한다.

---

1) 포트폴리오의 유형은 포트폴리오의 성과물들을 누구에게 보여 주느냐에 따라 혹은 개인의 취향에 따라 달라질 수 있다. 그 밖의 자신이 보여 주기 원하는 것이 무엇이냐에 따라 포트폴리오 분류 항목 포함 여부가 달라진다. Kmeldorf(1994)는 연구 포트폴리오, 전문가가 되기 위한 포트폴리오, 개인 포트폴리오, 학생 포트폴리오로, Birenbaum과 Dochy(1996)은 전시 포트폴리오, 과정 포트폴리오, 결함 포트폴리오로 구분하고 있다.

셋째, 평가(evaluative) 포트폴리오 : 이 포트폴리오는 학습자의 이해의 정도를 기록하고 측정 가능한 기능과 능력들을 자료화하는 것으로, 학습자에게 반성과 자기 평가의 증거를 마련하는 데 활용된다. 교사들 때로는 동료들은 자료화된 기능과 능력을 평가하고 숙달 정도를 기록한다.

넷째, 구성(composite) 포트폴리오 : 이 포트폴리오는 집단 활동에 강조점을 두고 있다. 즉 집단의 노력, 진척도, 성취 수준의 자료집이며, 집단 간의 협력, 대인 관계, 조직력, 지도력, 관리 능력, 사회적 기술 및 능력 등을 파악하는 데 도움을 준다.

위의 내용과 비슷하게 Valencia는 포트폴리오를 활용 목적에 따라 다음과 같이 나누었다.

〈표 1〉 포트폴리오의 유형(Valencia : 1998 : 29)

구분	전시용 포트폴리오	기록용 포트폴리오	평가용 포트폴리오	과정용 포트폴리오	종합용 포트폴리오
목적	·최고로 의미 있는 작품 ·학생의 자기 주도성 ·학생의 자기 성찰	·성장 기록 (성취/수행) ·지도용 정보	·성취 평가 ·타인에게 보고 ·학생의 자기 성찰	·결과를 생산 하는 과정 기록 ·학생의 자기 성찰 ·학생의 자기 주도성 ·지도용 정보 ·성장 기록	·성장 기록 ·수행과 성취 의 평가 ·학생의 자기 성찰 ·학생의 자기 주도성 ·지도용 정보
수용자	학생, 교사, 부모	교사, 부모	행정가	학생, 교사, 부모	학생, 교사, 부모, 행정가
주 참여자	학생	교사	행정가	학생	학생, 교사
구조	느슨	보통	엄격	다양	보통

실제 시 창작 지도에 있어서 포트폴리오의 활용은 앞에서 말했듯이

진척도를 알려주고, 개인적 문제를 도와주며, 시 창작 능력을 향상시키는 데 기여할 수 있다.

3) 포트폴리오의 장점

포트폴리오는 어떤 분야에서 어떤 목적으로 활용하느냐에 따라서 다소의 개념상의 차이를 가지고 있다. 하지만 특정 상황에 관계없이 포트폴리오는 기본적으로 연대기적이며, 다양한 내용을 포함하고, 자기 주도적이면서 공동으로 구성된다는 특성을 공유하고 있다.

본 연구는 특정 기간 동안 목적을 가지고 선택적으로 표집하고 구조화한 쓰기 자료철인 시쓰기 포트폴리오에 국한하여 얘기하고자 한다. 이는 쓰기가 시쓰기 활동과도 관련이 있기 때문이다.

많은 연구자들은 쓰기 포트폴리오가 다음과 같은 장점을 공유한다고 밝혔다.

첫째, 쓰기 포트폴리오는 특정 기간 동안의 학습자의 쓰기 능력에 대한 변화나 성장 과정을 나타내어 준다(Wolf, 1996). 이것이 단지 한 학년에 끝나지 않고 지속적으로 이루어질 경우 한 개인의 쓰기에 대한 일대기를 보여줄 수 있을 뿐만 아니라 쓰기 발달 연구에도 많은 도움을 줄 수 있다(Kate, 1994).

둘째, 다양한 내용과 형식의 텍스트와 관련 기록물이 있어 쓰기에 대한 풍부한 정보를 제공해 준다는 점이다. 즉 포트폴리오는 가능한 다양한 상황, 내용, 그리고 다양한 영역에서의 자료 수집을 지향하고 있기 때문에 쓰기 교수 학습에 대한 정보는 물론이고 언어 발달 단계나 개인의 흥미 및 태도에 관해서도 많은 시사점을 얻을 수 있게 된다.

셋째, 쓰기 포트폴리오는 자기 주도적이면서도 상호작용이 강조된다. 학습자는 자기 평가나 교사나 동료와의 협의를 통하여 자료를 수집하고,

조직하고, 분석하고, 재구성한다. 이와 관련하여 연구자들은 쓰기 포트폴리오가 필자 자신의 쓰기 과정과 필자로서의 발달에 대하여 탐구하는 고도의 초인지적 사고 기능을 필요로 한다고 주장하였다(Yancy, 1992 ; Lamme et al., 1991 ; Rief, 1990). 이러한 활동은 주로 필자로서의 인식, 텍스트에 대한 분석, 쓰기 과정에 대한 고찰, 쓰기 성장이나 성취도에 대한 자기 평가, 목표 설정과 목표 달성 점검을 통하여 이루어진다. 이러한 활동의 목적은 쓰기에 대한 자기 통찰력을 가지게 함으로써 자신의 쓰기 발달을 조정하거나 통제하고, 필자로서 정체성을 증진시키는데 있는 것이다. 이외에도 쓰기 포트폴리오의 조직은 일정한 논리에 따라 구조화되는데, 필자는 이러한 구조를 통하여 텍스트와 쓰기 과정에 대한 일련의 양상과 관련성을 발견하게 되고 다양한 수사적 상황을 이해함으로써 좀 더 새로운 통찰력을 형성하게 된다.

이와 같이 포트폴리오는 교사가 학생의 성장이나 진보를 확인할 수 있도록 도우며, 평가 과정에서 학생을 교사의 파트너로 재규정해 주는 특성을 지니고 있다. 또한 학생 능력의 개인차에 적응하고 그러한 능력들을 현실 생활의 구체적인 맥락 속에서 확인해 낼 수 있게 한다. 동시에 시 작품은 곧 학생의 삶과 밀접한 관계가 있으므로 교육 내용 자체와 학생 생활과의 적합성은 높아지게 된다.

2. 포트폴리오를 이용한 시 창작 지도 방법

1) 발상과 구상 지도의 포트폴리오

■ 발상의 포트폴리오

발상(發想) 단계는 시의 소재를 선택하고, 선택한 소재에 관한 쓸거리를 떠올리는 단계이다. 따라서 시의 소재를 어떻게 선택할 것인가? 그리고 선택한 소재에 관한 구체적 쓸거리는 어떻게 떠올릴 것인가? 이것이 문제가 된다. 발상 및 구상 단계에서는 아동들의 적극적이고 자발적인 참여가 요구된다. 그러므로 교사는 긍정적인 분위기 속에서 자유롭게 아동들이 자신의 생각과 느낌을 이야기할 수 있도록 상호 존중하는 따뜻한 분위기를 형성해 준다. 아동들에게 막연하게 생각해 보고, 어떤 것을 쓸 것인지를 생각해 보도록 하는 방법은 많은 시간을 허비할 수 있다. 따라서 주제를 정하고 시작하는 것이 좋다. 구체적 질문을 주고 그에 대답하는 것으로 발상을 시작하는 것이 좋다.

발상 단계에서 포토 폴리오를 이용하는 방법으로 ① 브레인스토밍 ② 질문 이용하기 ③ 의인화하기 ④ 감각 이용하기 ⑤ 시각물(視覺物) 이용하기 ⑥ 청각물(聽覺物)이용하기 ⑦ 시청각물 이용하기 등이 있다.

〈브레인스토밍〉

일반적인 브레인스토밍 방법은 혼자서 하는 브레인스토밍 방법과 집단이 함께 하는 집단 브레인스토밍 방법이 있을 수 있다. 개인 브레인스토밍은 개인적이며 개별적이어서 독창적일 수 있다. 그러나 어떤 아동은 브레인스토밍 내용이 풍부할 수 있지만 다른 아동은 그 내용이 빈약할 수 있다. 그래서 이러한 개별 차의 극복이나 아이디어의 풍부함을 위해 집단 브레인스토밍이 유용하다고 알려져 있다. 또한 집단 브레인스토밍은 서로의 생각이 자극제가 될 수 있기 때문에 개인 브레인스토밍보다 유리하다. 그러면서도 개인 브레인스토밍의 특성을 잃지 않는다.

흔히 교사들이 시 창작 지도를 하면서, 초기 단계에서는 협동학습을 활용한 시쓰기 지도를 하다 점차 개별 시쓰기로 진행하는 것을 볼 수 있다. 왜냐하면 발상이나 구상 단계에서는 집단 아이디어를 활용할 수 있지만, 마지막 시쓰기 활동은 개인적인 활동이 될 수밖에 없기 때문이다. 그렇다면 시창작의 초기 단계에서부터 적극적인 개별 활동을 강화할 수 있는 방법을 사용한다면, 시 창작 지도는 훨씬 효과적일 수 있다. 물론 협동적인 시 창작 지도 방법을 병행하여 사용할 수도 있다. 따라서 보다 적극적인 발상과 구상 활동을 돕는 방법으로 포트폴리오를 이용할 수 있다. 왜냐하면 포트폴리오는 개별적인 브레인스토밍 활동뿐만 아니라 집단 브레인스토밍 활동에서도 사용할 수 있도록 제작하여 활용할 수 있기 때문이다. 그리고 포트폴리오를 이용한 브레인스토밍 과정은 흔히 개인 > 짝 >학급으로 진행되며 각 단계에서 아이디어들이 눈덩이처럼 불어나게 된다. 브레인스토밍의 절차는 다음과 같다.

- 활동이 어떻게 진행되는지를 설명한다. 짝과 그룹이 함께 하기 전에 어린이들은 1분 정도 조용히 그들 자신의 아이디어를 쓸 것이라는 것을 설명한다.
- 조용히 1분 정도 개인 브레인스토밍을 한다.
- 2-3분 정도 짝과 함께 브레인스토밍 한 것을 공유한다.
- 네 명으로 짝을 짓고 브레인스토밍을 공유한다.
- 학급 전체 브레인스토밍을 한다.

<표2>는 포트폴리오를 이용한 브레인스토밍의 예이다.

〈표 2〉 포트폴리오를 이용한 브레인스토밍

(   )학년 (   )반 이름(   )
· "봄" 하면 떠오르는 낱말을 써 봅시다.
- 눈, 진달래
· 짝과 함께 브레인스토밍한 것을 얘기하고 써 봅시다.
- 눈, 진달래, 바위, 물, 얼음
· 모둠별로 브레인스토밍한 것을 얘기하고 써 봅시다.
- 눈, 진달래, 바위, 물, 얼음, 꽃샘 추위, 개구리 …
· 학급 전체로 브레인스토밍한 것을 써 봅시다.
- 눈, 진달래, 바위, 물, 얼음, 꽃샘추위, 개구리, 논 갈기, 밭 갈기, 황소, 경운기, 전원 일기, 소방차, 산불…
· 마음에 드는 낱말들에 동그라미를 쳐 봅시다.
- 눈 진달래, 바위, 물, 얼음, 개구리, 논 갈기, 밭 갈기

〈질문 이용하기〉

"자연은 물어 본대로 대답한다"는 말이 있다. 이는 대부분의 경우에 마찬가지이다. 대부분 어린이들이 대답을 못하는 것은 질문이 너무 포괄적일 경우와 질문 내용이 정확하게 무엇인지를 모르기 때문인 경우가 많다. 따라서 정확하게 물어보는 말에는 정확한 답을, 흥미로운 물음에는 흥미로운 답을 할 수 있다. 그러므로 질문하기를 이용하면 어린이들은 쉽게 자신의 생각을 머릿속으로부터 공책으로 끄집어 낼 수가 있다. 질문 이용하기를 이용한 포트폴리오의 예를 몇 가지 들어 보면 다음과 같다.

〈표 3〉 6하 원칙을 이용한 포트폴리오

〈요즘 가장 재미있었던 일은 무엇인가?〉	
언제였는가?	어디서였는가?
누구와의 일인가?	어떻게 일어난 일인가?
왜 생겼는가?	

〈표 4〉 어린이들의 질문을 이용하기 위한 포트폴리오

· 시를 쓰고 싶은 친구의 이름은?(   )
· 친구에게 물어보고 싶은 질문을 만드시오.
① 좋아하는 음식   ② 가장 존경하는 사람과 그 이유
③ 가장 좋아하는 것   ④ 가장 싫어하는 것
⑤ 장점 3가지   ⑥ 단점 3가지
⑦ …

〈표 5〉 개인적 반응의 접근법 포트폴리오

너는 지금 서울의 길거리에 있다.
몇 시인가?
날씨는 어떤가?
무슨 소리를 들을 수 있는가?
지하철로 내려간다.
첫 번 째 너의 반응은 무엇인가?
무슨 소리를 들을 수 있는가?
무슨 냄새가 나는가?
분위기는 어떤가?
너는 한 무리의 군중들을 보고 있다.
그들은 어떻게 움직이고 있는가?
그들은 어디로 가고 있는가?
군중들은 무엇 같아 보이는가?
군중 속에 있는 것에 대해 너는 어떻게 반응하는가?
너는 엘리베이터를 타고 내려간다.
벽은 무엇 같아 보이는가?
너는 어떤 것을 느끼는가?

〈의인화하기〉

무생물에게 혼을 불어넣고, 생물에게 인간과 같은 정신이 있다고 생각
하면, 어린이들은 사물이나 현상을 매우 색다르게 볼 수 있다. 문학을

낮설게 하기라고 했을 때, 색다른 관점에서 대상을 관찰하고, 색다르게 표현하는 일은 매우 중요하다. 색다르게 대상을 관찰하고, 색다르게 표현하기 위해서는 색다르게 생각해야 한다. 색다르게 생각하는 방법으로 의인화의 방법이 있다. 무생물이나 생물들을 인간과 같은 존재로 취급하는 것은 시의 발상을 도와 줄 수 있다. 의인화의 방법은 사물들에게 감각을 주고 생각하는 힘을 부여해 주는 것이다. 다음 <표 6>과 같이 의인화의 방법을 생각해 볼 수 있다.

〈표 6〉 의인화하기 포트폴리오

○○가 볼 수 있다면, 무엇을 보고 있을까?
○○가 들을 수 있다면, 나는 무슨 말을 할 것인가?
○○가 냄새 맡을 수 있다면, 무슨 냄새를 맡고 있을까?
○○가 느낄 수 있다면, 무엇을 느끼고 있을까?
○○가 말할 수 있다면, 무슨 말을 할 것인가?
○○가 생각할 수 있다면, 무슨 생각을 하고 있을까?

〈표 7〉 봄을 소재로 한 포트폴리오

"봄"에 대해

봄이 볼 수 있다면, 무엇을 보고 있을까?
봄은 파아란 하늘을 쳐다보고 있다.
나뭇잎 새로 지나가는 바람을 보고 있다.
가만가만 따사로이 감싸는 바람을 보고 있다.
봄이 들을 수 있다면, 나는 무슨 말을 할 것인가?
봄아 빨리 와 나 추워
네가 빨리 안와서 나는 겨울 내내 방안에만 웅크리고 있었어. 빨리와
봄이 냄새 맡을 수 있다면, 무슨 냄새를 맡고 있을까?
졸졸 바위 틈새로 흐르는 이끼 냄새
푹석푹석 쟁기 틈새로 깨지는 흙 냄새

봄이 느낄 수 있다면, 무엇을 느끼고 있을까?
아 훈훈한 바람, 부드러운 손짓
너무 좋아 너무 좋아
봄이 말할 수 있다면, 무슨 말을 할 것인가?
아이들아 어서어서 나와 내가 왔어
따뜻한 봄이 왔어
움츠리지 말고
어서어서 창문을 열어

봄이 생각할 수 있다면, 무슨 생각을 하고 있을까?
봉당에 자고 있는 강아지를 간질럽혀 줄까?
대청 마루에 졸고 있는 장닭 벼슬을 간지럽혀 줄까?
봄은 살며시 바람을 타고 내려와 앉는다.

〈감각 이용하기〉

어떤 대상에 대해 시를 쓰고자 할 때, 그 대상에 대한 감각이 분명하지 않을 때, 또는 새로운 시각을 갖고 싶을 때 감각을 이용할 수 있다. 감각 이용하기는 〈표 8〉과 같다.

〈표 8〉 감각 이용하기 포트폴리오

시각 – ○○는 어떤 형태인가
청각 – ○○는 어떤 소리가 나는가?
후각 – ○○는 어떤 냄새가 나는가?
미각 – ○○는 어떤 맛이 나는가?
촉각 – ○○를 만지면 어떤 느낌이 나는가?

또 감각 이용하기의 구체적인 예는 〈표 9〉와 같다.

〈표 9〉 구체적인 감각 이용하기 포트폴리오

> 조약돌에 대해
> 어떤 형태인가? (동그란 형태)
> 어떤 소리가 나는가? (딱딱 치는 소리가 난다.)
> 어떤 냄새가 나는가? (풋풋한 흙냄새와, 이끼 냄새가 난다.)
> 어떤 맛이 나는가? (싱거운 맛이 난다.)
> 만지면 어떤 느낌이 나는가? (매끌매끌하다. 단단하다)
>
> 이를 바탕으로 시를 써 보자

〈시각물 이용하기〉

막연하게 발상이 어려울 때, 사진이나 그림 등의 시각물을 이용하면 보다 더 쉽게 발상을 할 수 있다. 목련이 핀 산사의 고요한 봄 풍경이나, 수많은 사람들로 북적대고 햇볕이 쨍쨍 내리쬐는 해수욕장 등의 사진을 주고 발상하는 것이 훨씬 쉬울 수 있다.

〈청각물 이용하기〉

여름이라는 화제로 시를 쓰고자 할 때 물 흐르는 소리, 풀벌레 소리, 가끔씩 나는 소쩍새 소리의 고요한 여름 소리 등이 녹음된 것을 눈을 감도록 하고, 들려 준 후 브레인스토밍이나 시를 쓰게 하면 훨씬 쉬울 수 있다. 전쟁이 벌어질 때의 총 소리, 대포 소리 등도 마찬가지다.

〈시청각물 이용하기〉

시각물과 청각물이 합쳐진 시청각물을 발상에 이용할 수도 있다. 신비한 우주 광경이 나오는 장면(아폴로 13호 영화)이든지, 전쟁의 참혹함과 반대를 위해서는 라이언 일병 구하기의 처음 10분 정도의 장면이면 충분할 것이다. 또 인간의 끝없는 도전 정신을 위해서는 K2와 같은 영화로 충분할 것이다. 이러한 시청각물을 통해 잊어버렸던 기억을 생생하게 하고, 새로운 경험을 함으로써 새로운 관점에서 그려 보고 생각해보며 구체적으로 시를 쓸 수 있을 것이다.

〈구상의 포트폴리오〉

구상(構想)은 발상 단계에서 소재와 관련하여 떠올린 많은 아이디어들에서 하나의 특정 아이디어를 중심으로 다른 아이디어를 조직하는 과정이다. 즉, 주제를 정하고 주제를 표현하기에 알맞은 구조로 아이디어를 배열하는 것이다. 그러므로 이 단계에서는 효과적으로 주제를 표현할 수 있는 아이디어의 배열에 관한 방책이 필요하다.

대다수의 아동들은 쓸 내용을 조직하고 계획할 때 정보 배열을 왜 그렇게 결정하는지에 대해 생각하지 않으며 자신의 계획이 시쓰기 작업에 적합한지에 관해 점검하지도 않는다. 대부분 아동들은 소재에 관한 기억을 나열하는 데 그치기 때문에 글 내용의 흐름이 자연스럽지 못하거나 산만해진다. 그러므로 제재와 관련해서 떠올린 아이디어들을 다시 한 번 생각하여 선별하는 것은 흐름이 자연스러운 시를 쓰는 데 필수적이다. 또 이러한 아이디어의 조직을 통해 주제를 명료화시킬 수 있다. 구상 과정에서 이용할 수 있는 포트폴리오의 방법들로는 ① 마인드 맵 ② 개념 구조도 ③ 새로운 관점에서 연결하기 등이 있다.

〈마인드맵〉

마인드맵은 핵심 단어와 이미지의 연결로 사고를 넓혀 나가는 학습 방법이다. 생각의 핵심이 되는 내용은 항상 중심 이미지에 놓이고, 중심 이미지와 관련된 주요 내용은 사람의 몸에 붙어 있는 팔처럼 연결되어 표현된다. 그리고 이러한 가지들의 연결은 핵심 이미지와 핵심 단어를 통해 뻗어 나간다. 계속 이어지는 부주제들은 나뭇가지의 마디마디가 서로 연결되어 있는 듯한 구조를 취한다(한국 부잔센터, 1994 : 74-77). 이러한 마인드맵은 개인적으로 생성된 아이디어의 기록이 되는 동시에 보다 많은 아이디어의 생성을 돕게 된다. 따라서 발상 단계를 마무리하는 좋은 방법이 된다. 또한 브레인스토밍을 하여 생성한 아이디어를 마인드맵으로 간단하고 체계적으로 기록하면서 계속해서 사고를 확장시켜나갈 수 있다. 그 예는 <표 10>과 같다.

〈표 10〉 마인드맵 포트폴리오

〈시험에 관하여 마인드맵 해 봅시다〉
시험

〈개념 구조도〉

구상 단계에서 활용되는 개념 구조도는 아이디어를 계층적인 순서대로 그려 넣을 수 있는 '위에서-아래로(upside-down)' 향하는 나무 그림이다. 계층 구조에서 '최상위 수준의 아이디어'란 가장 포괄적인 아이디어 즉, 주제를 의미한다. 다른 모든 아이디어들은 보다 큰 체계의 하위 체계와 같은 것으로서 이 최상위 수준의 아이디어를 보조하거나 그 부분을 이루고 있다.

개념 구조도를 작성하여 아이디어의 논리적 연관성에 주목하며 가장 자연스럽고 효과적인 글의 구조로 정리할 수 있다. 개념 구조도의 작성은 한 번의 작업으로 끝날 수 있는 일이 아니다. 그러므로 자기 점검이나 교사 및 동료 협의를 통해 수차례 그 내용을 수정해야만 한다. 그 예는 <표 11>과 같다.

<표 11> 개념구조도 포트폴리오

〈먹이 피라미드에 관한 개념 구조도를 작성해 봅시다〉

〈새로운 관점에서 연결하기〉

개념 구조도와 반대되는 개념을 가진 방법을 생각해 볼 수 있다. 개념 구조도가 비슷한 것끼리 묶었다면, 가장 비슷하지 않은 것과, 가장 그럴 듯하지 않은 것끼리 관계를 지은 후, 새로운 관계를 지어 줌으로써 새로운 관점에서 사물을 바라볼 수 있다. 이 방법은 처음에는 다소 어려울 수 있겠지만, 훈련을 통해 쉬운 방법이 될 수 있다. 그 예는 <표 12>와 같다.

<표 12> 새로운 관점에서 연결하기 포트폴리오

· 브레인스토밍 한 낱말 중 화제와 가장 거리가 먼 단어들에 동그라미 하시오.

· 동그라미 한 낱말을 화제와 관련지어 보시오.

더 구체적인 예는 <표 13>과 같다.

〈표 13〉 새로운 관점에서 연결하기 포트폴리오

· 브레인스토밍 한 낱말 중 "봄"과 거리가 먼 것에 동그라미 치시오.
눈 진달래, 바위, 물, 얼음, 개구리, 논 갈기, 밭 갈기

(눈, 바위, 얼음)

· 동그라미 친 낱말을 봄과 관련 지어 보시오.
눈 – 봄이 되면 겨우내 쌓였던 눈이 녹는다.
바위 – 봄이 되면 겨우내 쌓였던 눈이나, 얼었던 얼음이 녹아 바위틈을 따라 물
이 흐른다.
얼음 – 봄이 되면 얼음이 녹는다.

· 위에서 선정한 낱말들로 시를 써 보시오.

겨우내 쌓였던 눈 녹아
바위 틈새 흐른다.

꽝꽝 얼었던 얼음 녹아
바위 틈새 흐른다.

그렇게 그렇게
봄은 바위 틈새를 타고 흐른다.

이 봄 맞이해
눈처럼, 얼음처럼
우리 마음도 녹아
바위 같은 서로의 마음
어루만지고 토닥였으면…

2) 시쓰기 지도의 포트폴리오

시쓰기는 조직된 아이디어를 바탕으로 직접 글을 써내려 가는 실제 창작 단계이다. 정직한 표현은 시쓰기를 쉽게 하면서도 감동을 줄 수 있으므로 어린이들이 꾸밈없이 정직하게 표현하도록 한다. 따라서 시쓰기 단계에서는 시적 표현의 기교를 부리려 애쓰기보다는 자신의 생각을 자연스럽게 펼칠 수 있는 분위기를 만든다. 특히 시인들의 시적 표현을 표절하여 옮기는 것보다 덜 성숙되었더라도 자신의 생각을 자신의 언어로 표현하는 것의 가치를 알게 하여 자신의 감정을 솔직하게 표현할 수 있게 한다.

시쓰기에서 늘 염두에 두어야 할 사항은 주제에 초점을 맞추어 글을 써 내려가야 한다는 것이다. 글을 쓰는 과정 중에 반복하여 자기 글을 읽으면서 작성된 자신의 글이 주제에서 벗어나지 않는지 살피고 초점을 맞추는 것이 중요하다. 그러나 이는 매우 어렵다. 따라서 시쓰기 단계에서는 대략적으로 하고 다음의 다듬기 단계에서 정교하게 하는 것이 필요하다. 왜냐하면, 너무 주제에 초점을 맞추는 것을 신경쓰다 보면 시를 어렵게 생각하게 되고 그렇게 되면 시를 쓰고 싶은 욕구가 생기지 않아 즐거운 마음으로 시를 쓸 수 없기 때문이다.

또 시쓰기에서 염두에 두어야 할 사항은 압축미와 운율미이다. 그러나 이러한 시에 관한 고정 관념은 시를 겉만 그럴듯하고 내용은 부실한 볼품없는 모습으로 만들기도 한다. 따라서 시쓰기 단계에서는 아동들에게 압축미와 운율미를 지나치게 강조하지 않는 범위 내에서 반복되거나 불필요한 단어들의 생략을 통해 자연스럽게 시의 운율을 만들어 낼 수 있도록 한다. 정교한 압축미와 운율미는 다듬기 단계로 넘긴다.

이러한 시쓰기 단계에서 적용할 수 있는 포트폴리오 방법으로는 ① 빨리 쓰기 ② 즉흥적 표현 이용하기 ③ 모둠 쓰기 ④ 생각 고르기와 버리기 ⑤ 다양한 관점에서 쓰기 ⑥ 일정한 수의 단어 이용하여 쓰기 ⑦ 협동 시 쓰기 등이 있다. 아울러 이러한 방법으로 이용할 수 있는 포트폴리오의 예는 본고에서는 생략하기로 한다.

■ 빨리 쓰기

초고를 작성할 때는 맞춤법이나 띄어쓰기 등의 문법적 요소에 신경을 쓰지 않는 것이 좋다. 문법적 요소에 대한 우려가 자칫 아동들의 시쓰기의 즐거움을 저해하거나 글의 자연스러운 흐름을 방해하기 때문이다. 그러므로 문법적 요소에 대한 점검은 글의 내용이 완성된 후인 출판 단계로 미룬다. 따라서 초고는 빨리 쓰기를 이용한다. 빨리 쓰기 요령은 아래와 같다.

- 언어, 문법 혹은 구두법이 아니라 생각에 집중하라.
- 글쓰기를 멈추지 마라.
- 지우기 위해 혹은 실수를 고치기 위해 멈추지 마라.
- 만약 단어나 구를 알지 못한다면 代替 단어 또는 ○○○ 등을 하고 다음으로 넘어 가라.
- 생각을 다 쓰고 난 후 사전이나 책 등을 참고로 하여 빈 칸이나 대체 단어로 쓴 부분을 완성하라.

■ 즉흥적 표현 이용하기

구상 단계에서 정리된 것들에 대한 즉흥적 표현을 할 수 있다. 이러한 즉흥적 표현들을 적당히 배열함으로써 시를 쓸 수 있다. 즉흥적으로 표현된 문장들을 늘어놓는다. 적절하다고 생각하는 위치로 즉흥 표현을 옮긴다. 그리고 문장을 간단하고 리듬감이 있도록 보완한다.

▪ 모둠 쓰기

이는 마인드맵이나 개념 구조도에서 정리된 생각을 쓰는 것이다. 마인드맵이나 개념 구조도에서 쓸 거리나 생각이 나는 부분을 쓴다. 예를 들면 '봄'이라는 시를 쓸 때, 봄의 계절적 기후와 특징에 대해 쓸 수도 있고 봄에 많이 하는 일에 대해 쓸 수도 있다. 생각나는 것, 그것이 하위 개념이든 상위 개념이든 포괄적이든 구체적이든 쓸 수 있는 부분을 선택해 쓴다. 하나의 모둠이 하나의 시가 될 수도 있고, 여러 개의 모둠이 결합하여 하나의 시가 될 수도 있다.

▪ 생각 고르기와 버리기

즉흥 표현하기 등을 한 후 주제에 맞지 않는 것은 버리고 주제에 맞는 생각들만 골라 연결하여 다듬는다.

▪ 다양한 관점에서 쓰기

구상 단계에서 이루어진 것을 모둠 쓰기를 이용하여 쓸 때, 여러 모둠에서 즉 다양한 관점에서 시 쓰기를 할 수 있다.

▪ 일정한 수의 단어 이용하여 쓰기

"10개의 단어를 이용하여 시 쓰기"와 같이 일정한 수의 단어만을 이용하여 시를 쓰는 것이다. 이는 압축미 훈련에 효과적이다.

▪ 협동 시쓰기

혼자서 시 쓰기가 어려울 때는 함께 쓰는 것이 쉬울 수 있다. 이에 대한 자세한 내용은 제3부 제1장을 참고하기 바란다.

3) 다듬기 지도와 포트폴리오

다듬기는 시쓰기 단계를 통해 써 놓은 시를 점검 수정하는 단계이다. 아동들은 대부분 글은 한번 씀으로써 완성된다고 생각하기 때문에 자신의 초고를 고치려 하지 않는다. 그러나 한 번의 작업으로 좋은 글을 쓰는 일은 경험하기 힘든 행운이다. 따라서 시쓰기 뿐만 아니라 모든 글쓰기 단계에서 다듬기는 매우 중요한 작업이다.

다듬기 단계의 방법으로는 ① 자기 점검 ② 동료 점검 등이 있다.

■ 자기 점검

아동들은 묵독이나 낭독을 통하여 자신의 초고를 다시 읽으면서 체크 리스트 형식으로 제시된 점검표를 작성한다. 자기 평가가 끝난 후에는 평가한 내용을 참고로 초고의 내용을 고치는 '조정하기(feedback)'가 이루어진다.

■ 동료 점검

자기 점검만을 하게 되는 경우, 잘못된 점을 발견하기가 쉽지 않다. 따라서 동료 점검을 할 필요가 있다. 동료 점검을 통해 주제와 문체 등이 보다 명확해 질 수 있다. 동료 점검을 통한 고치기는 개방적인 태도를 필요로 한다. 자신의 글이 가지고 있는 결함을 스스로 솔직히 인정하고 다른 아동들로부터의 비판을 겸허하게 수용해야만 동료 점검이 바르게 이루어질 수 있다. 즉, 자기와 다른 의견을 제시하는 동료의 의도를 파악할 때까지는 그들의 비판에 개방적이어야 자신의 사고가 발전할 수 있고, 자신의 작품이 보다 정교하게 다듬어질 수 있다. 그러므로 이 단계에서 사용할 수 있는 다듬기 항목은 시의 긍정적인 면을 평가하는 것

을 근간으로 하되 발전적인 시쓰기 학습을 위해 고칠 부분에 대한 점검
도 이루어지도록 한다. 그러나 아동들이 자신의 시쓰기에 자신감을 갖고
고치기 단계에도 즐겁게 참여할 수 있도록 긍정적인 점검을 강조할 필
요가 있다. <표 14>는 다듬기 단계의 점검표이다.

〈표 14〉 다듬기 항목2)

평가 / 항목	평가자	자기 점검	독자 점검
내용	재미있거나 감동을 주는 시어는 어떤 것들인가?		
	시의 운율이 느껴지는가?		
	시의 주제가 분명히 드러나는가?		
	글의 흐름이 자연스러운가? 만일 그렇지 않다면 어느 부분을 고치는 것이 좋은가?		
	시를 이해하기 위해 덧붙일 내용이 있는가?		
	시에서 빼도 될 부분이 있는가? 있다면 무엇인가?		
	사용된 시어들 중에서 고칠 시어가 있는가? 있다면 무엇인가?		
형식	행과 연의 구분은 바른가		
	맞춤법이 틀린 부분은 없는가?		
	띄어쓰기가 잘못된 부분은 없는가?		
	구두점은 바르게 사용하였는가?		

2) 이 표는 정지영(1999 : 63)이 작성한 것이다. 정지영은 이 표에서 자기 평가, 독자 평가라는
   용어를 사용했는데, 본장에서는 평가라는 용어 대신에 점검이라는 용어를 사용했다.

4) 출판 지도와 포트폴리오

출판 방법은 음성 언어나 문자 언어 중 출판 상황에 맞추어 융통성 있게 선택하는 것이 바람직하다. 게시판에 게시하거나 인쇄물을 만들거나 음성 언어를 통한 낭송 등을 통해 출판할 수 있다. 교사들은 출판을 위해 비용과 시간을 많이 들여 꼭 문집으로 엮어 낼 필요는 없다. 아동들이 수업 시간 중에 만들어낸 작품을 OHP나 실물 환등기와 프로젝션 TV등을 이용하여 게시하는 것으로도 아동들은 자신의 작품이 여러 사람 앞에 발표되었다는 자부심을 갖게 되고 이로 인해 시쓰기에 대한 긍정적인 태도가 형성된다.

출판 방법은 ① 게시판에 게시하기, ② 개인 시집 만들기, ③ 녹음테이프로 만들기, ④ 시화집 만들기 ⑤ 멀티미디어로 만들기 ⑥ 컴퓨터를 이용한 문집 만들기 ⑦ 개인적 포트폴리오로 인쇄하기(여러 장 인쇄 옵션 이용) 등이 있다.

■ 게시판에 게시하기

가장 전통적 방법으로 게시판에 게시하는 것이다. 그리고 시 밑에 작가에게 묻고 싶은 말과 하고 싶은 말 란과 스티커 붙이기 란을 만들어 작가에게 묻고 싶은 말과 하고 싶은 말을 하게 하고, 어린이들이 자신이 가장 마음에 드는 시에 스티커를 붙인다. 가장 많은 스티커를 받은 어린이에게 오늘의 작가상 (시 부문) 명칭을 준다.

■ 개인 시집 만들기

항상 일정한 크기의 종이를 이용해 작업을 하고 그것은 파일에 정리한다. 맨 앞에 최종적으로 쓴 시를 제시하고 그 뒤로 그 시를 쓰기까지의 과정을 정리한다. 다음 시와의 경계선에는 견출지를 붙이거나 형광펜 등으로 색칠을 해 다음 시를 쉽게 찾아 볼 수 있게 한다.

■ 학급 시화집 만들기

학급 어린이 모두에게 일정한 크기(A4 또는 B5)의 용지를 주고 자신의 시를 꾸미도록 할 수 있다. 그리고 그것을 모두 걷어 겉지를 대고 펀치로 구멍을 내고 줄로 묶으면 훌륭한 시화집이 될 수 있다. 이 시화집을 돌려 읽는다.

■ 녹음테이프로 만들기

기존의 종이에 쓰는 것이 아니라 녹음테이프에 녹음하는 것이다.

■ 멀티미디어로 만들기

컴퓨터를 이용해 그림, 글자, 소리, 동영상 등을 모두 넣어 멀티미디어 시화집을 만들 수도 있다. 이러한 것을 할 수 있는 프로그램은 칵테일 등 다양하다.

■ 컴퓨터를 이용한 학급 문집 만들기

인터넷망이 갖추어진 학교에서는 폴더를 공유하여 작업을 함으로써 한 번에 문집을 만들 수 있다. 어린이들이 작업한 것을 교사가 알려준 공유된 폴더에 저장하고, 이것을 그대로 출력하여 학급문집을 만들 수 있다.

■ 개인적 포트폴리오로 인쇄하기(여러 장 인쇄 옵션 이용)

개인적으로 시의 변화를 한 눈에 보여 주기 위해 컴퓨터로 시쓰기를 하고 시쓰기를 한 것을 한 장에 여러 장을 인쇄하여 봄으로써 시의 발전과 종이의 절약을 도모할 수 있다. 종이 한 장에 여러 장의 내용을 인쇄하기 위해서는 한글의 경우는 인쇄 메뉴 중 모아 찍기를 선택하고, 출력 비율과 편집 용지 및 프린터 공급 용지를 적절히 바꾸어 주면 된다.

3. 포트폴리오를 이용한 시 창작 지도 사례

1) 지도 대상 및 기간

■ 지도 대상

지도 대상은 서울 염리 초등학교 4학년 2반 아동들이다. 대상 학급의 아동들은 시 창작에 대한 단계적인 훈련을 받은 적이 없어 4학년임에도 불구하고 시쓰기를 어려워하였다.

■ 지도 기간

지도는 1999년 3월 2일부터 11월 27일까지 이루어졌는데, 3월 2일부터 10월 30일까지는 아동들이 시와 익숙해질 수 있는 분위기를 형성하는 데 주력하였고, 11월 1일부터 11월 27일까지 4주간 쓰기 시간을 이용하여 시쓰기 지도를 집중적으로 하였다. 제 1주와 제 2주는 발상 및 구상 지도를 하였고, 제 3주는 시쓰기 지도를 주로 하였으며 제 4주는 다듬기 및 출판 지도를 하였다.

2) 실제 지도 절차

교육과정의 시 단원 수업 시수는 한 학기당 6시간이다. 본 연구는 수업 시간에 이루어질 수 있는 시쓰기 지도 방안으로, 현장 교사들이 실질적으로 이용할 수 있는 방안 제시를 목적으로 했기 때문에 3월부터 10월까지는 교과서에 제시된 시와 또래 아동들의 시작품을 감상하는데 역점을 두었고 11월의 4주간에 걸쳐 집중적으로 시쓰기 지도를 하였다.

먼저 시쓰기 활동의 준비 과정으로 이루어진 시 감상 활동에서는 4학년 1학기의 시 단원인 2. 봄나들이 단원에 실린 '나무들이'란 제목의 시를 이용하여 아동 주도적이고 적극적인 시 감상 활동을 유도하였다. 그리고 '엄마의 런닝구' 시집에 수록된 9편의 또래 아동들의 시를 읽고 그 시가 갖고 있는 표현의 진솔함과 생생한 생활 경험을 느끼게 하였다. 특히 표현 기교적인 면에 치우치지 않고 어린이들이 사용하는 일상 용어를 써서 친근하게 표현했음을 알 수 있도록 해 주었다. 그리고 감상 활동의 마무리 부분에서는 다음에 이어질 시쓰기 지도를 위한 기본 개념(브레인스토밍, 개념 구조도 등)의 설명과 간단한 예시를 제공하고 브레인스토밍과 개념 구조도 작성을 간단하게 연습할 수 있도록 하였다.

<표 15>는 본 연구자가 실시한 시 감상 활동의 교수-학습 과정안이고 <표 16>은 시쓰기 활동의 교수-학습 과정안이다.

시 감상과 시쓰기는 소비자에서 생산자로 바뀌는 상당히 다른 활동이므로 시쓰기에 필요한 사전 지도가 반드시 필요하다. 시쓰기는 아동들이 큰 부담 없이 자신의 생각과 느낌을 표현할 수 있는 활동으로 자신이 속한 사회의 문화를 자신의 언어로 작품화 하는 매우 의미 있는 활동이다. 그리고 아동들이 만든 작품은 자신이 속한 사회의 다른 아이들이 향유할 수 있는 새로운 문화를 제공해 주게 되어 문화의 변화를 유도하게 된다. 그러므로 아동들이 적극적으로 자신들의 문화생산에 참여할 수 있도록 시쓰기 지도를 활성화 할 필요가 있다. 본 연구에서는 포트폴리오 방법을 적극적으로 수업에 적용하려고 노력하였으나 모든 과정을 포트폴리오 방법으로 할 수는 없었다. 어떤 과정에서는 기존의 학습 방법을

변형하여 적용하기도 했고 또 경우에 따라서는 포트폴리오 방법을 적용
하기가 어려웠음을 밝혀 둔다.

〈표 15〉 시 감상 활동 교수-학습 과정안

단원	2. 봄 나들이				
제재	나무들이				
학습목표	·좋은 시가 갖추어야 할 요건을 알아 본다. ·적극적으로 시를 이해하려는 태도를 가진다.				
수업단계	주요활동	활동 내용		시간	준비물 유의사항
		교사	아동		
시와의 첫 대면	효과적으로 표현한 부분 찾아 보기	제시된 시에서 마음에 드는 부분을 골라보게 한다. 좋은 시의 요건을 찾아보게 한다.	시를 읽고 나서 마음에 드는 시어나 표현을 찾아 그 이유를 들어 발표한다. 친구들의 발표와 자신의 생각을 종합하여 좋은 시가 지녀야 할 내용을 발표한다.	10분	OHP
시적 상황을 파악하면서 시적 화자가 되어보기	시 텍스트와 친숙해지기 작가의 의도를 파악해보기	교과서에 실린 시 제시하기 또래아동들의 시 제시하기	자연스럽게 자신의 생각을 표현하고 그 이유를 발표한다. 상황에 어울리는 어조와 표정으로 말한다.	20분	녹음기 OHP 가능한 한 또래 아동들의 작품을 많이 읽게 한다.
시쓰기에 필요한 기본 개념 익히기	브레인스토밍하기 가지 그림 그리기	브레인스토밍의 개념과 의의를 설명하고 예를 제시하면서 시범을 보인다.	직접 브레인스토밍하기 가지 그림 그리기	10분	큰 도화지

〈표 16〉 시쓰기 활동 교수-학습 과정안

단원	시쓰기				
제재	일상생활에서 있었던 일을 시로 쓰기				
학습목표	·일상 생활에서 있었던 일 중에서 시의 글감을 찾아본다. ·일기의 내용을 바탕으로 적극적으로 시를 써 본다.				
수업단계	주요활동	활동 내용		시간	준비물 유의사항
글감찾기	일기의 내용 중에서 시를 쓸 글감 찾기	아동들이 자기의 일기 내용 중에서 시로 표현하고 싶은 글감을 찾는다.		10분	일기장
시쓰기	브레인스토밍 하기	<발상 및 구상하기> ·언제였는가? ·어디서 있었던 일인가? ·누구와의 일인가? ·어떻게 일어난 일인가? ·왜 그 일이 생겼는가?		25분	A4용지 도화지 가능한 한 칸이 없는 종이를 제공하여 편안한 마음으로 시를 쓸 수 있도록 도와준다.
	마인드맵, 가지그림 작성하기 시쓰기	마인드맵이나 가지그림 그리기 <시쓰기> ·즐겨 사용하거나 자주 쓰는 말로 쓰기 ·주제에 초점을 맞추어 쓰기 ·맞춤법, 띄어쓰기 등에 신경 쓰지 않고 쓰기 ·빨리 써 내려가기 ·앞부분을 다시 읽어가며 쓰기			
	다듬기	<다듬기> ·묵독이나 낭독으로 글 다시읽기 ·주제는 분명히 드러나는가? ·글의 흐름이 자연스러운가? ·글에서 빼도 될 부분은 없는가? ·덧붙일 내용이 있는가? ·적절한 낱말을 사용했는가? ·글을 읽을 때 운율이 느껴지는가?			
점검하기	점검하기	<점검하기> ·자기가 쓴 시를 다시 읽으며 점검하기 ·친구들과 시를 바꾸어 읽으며 점검하기		5분	

▪ 시쓰기 지도를 위한 환경 조성

시와 친화적인 환경 구성하기

교실의 뒷면 작품난을 아동들의 시작품 전시 공간으로 활용하고, 벽의 양면 빈 곳도 시화를 걸어 교실 전체의 분위기를 시와 친해질 수 있도록 꾸민다. 또 아동들은 매일 시집을 가지고 다니며 늘 읽을 수 있도록 한다. 그리고 매일 학과 공부를 시작하기 전에 자기가 좋아하는 시를 낭송해 보고 특히 마음에 드는 시는 골라 친구들과 함께 낭송을 해본다. 이렇게 함으로써 아동들은 시가 생활의 일부임을 체험 할 수 있게 된다.

적극적인 시 감상 활동

시쓰기 지도에 앞서 아동들이 시에 친숙해질 수 있도록 돕기 위해 교과서에 수록된 시 뿐만 아니라 또래 아동들의 작품을 찾아 즐겨 읽도록 적극적으로 도와줄 필요가 있다. 본 연구자는 교과서에 수록된 시 한편을 아동들이 직접 감상할 수 있도록 하였고, 또래 아동들이 쓴 시 중에서 도움이 될 만한 시 9편을 골라 감상할 수 있도록 하였다. <표 17>에서 <표 26>까지는 감상 활동에 쓰인 시의 예이다.

<표 17> 교과서에 수록된 감상용 시

나무들이

나무들이	맘껏 떠들고 가라고
뚝딱뚝딱 망치질을 한다.	의자를 만든다.
초록빛 바람 쉬어 가라고	순한 빗방울도 앉았다 가고
고개를 까닥이며	부리 고운 새들도
노래를 부르고	머물다 가라고
재재갈 재재갈	나무들이 작은 의자를 만든다.
	참 많이도 만든다.

〈표 18〉 강민주의 시 감상 ①

평가	항목 / 평가자	시 감상
내용	재미있거나 감동을 주는 시어는 어떤 것들인가?	뚝딱뚝딱, 초록빛, 바람, 쉬어가라고, 재재갈, 순한 빗방울도 앉았다 가고, 부리 고운 새들도
	시의 운율이 느껴지는가?	느껴진다.
	시의 주제가 분명히 드러나는가?	드러나 있다.
	글의 흐름이 자연스러운가? 만일 그렇지 않다면 어느 부분을 고치는 것이 좋은가?	안 고쳐도 된다.
	시를 이해하기 위해 덧붙일 내용이 있는가?	없다.
	시에서 빼도 될 부분이 있는가? 있다면 무엇인가?	의자를 만든다.
	사용된 시어들 중에서 고칠 시어가 있는가? 있다면 무엇인가?	없다.
느낌		참새들이 나무위에서 고운 소리로 짹짹 짖는 모습이 생각으로도 머릿속에 그려진다. 초록빛 바람은 고요하게 살랑살랑 불어주고, 나뭇가지에 붙어 대롱대롱 매달린 순한 방울들은 새들의 합창에 맞추어 박자가 되고, 아기가 곤히 잘 수 있도록 노래와 같이 만든 것 같다.

〈표 19〉 김경은의 시 감상 ①

평가	항목 / 평가자	시 감상
내용	재미있거나 감동을 주는 시어는 어떤 것들인가?	뚝딱뚝딱, 초록빛, 까닥, 재재갈 재재갈
	시의 운율이 느껴지는가?	느껴진다.
	시의 주제가 분명히 드러나는가?	분명히 드러난다.
	글의 흐름이 자연스러운가? 만일 그렇지 않다면 어느 부분을 고치는 것이 좋은가?	자연스럽다.
	시를 이해하기 위해 덧붙일 내용이 있는가?	초록빛 바람 쉬어가라고 ⇒ 편히 쉬어가라고
	시에서 빼도 될 부분이 있는가? 있다면 무엇인가?	순한 빗방울도 ⇒ 앉았다가고
	사용된 시어들 중에서 고칠 시어가 있는가? 있다면 무엇인가?	없다.
느낌	봄비가 내리는 조용하고 자연적인 곳을 연상할 수 있으며 귀여운 새와 부드러운 바람, 예쁜 빗방울도 생각이 난다. 그리고 땀방울 같이 맺힌 비를 달고 있는 나무도 생각이 나고 편안한 느낌이 든다.	

다음은 또래 아동들의 시작품을 모은 시집에서 가려 뽑은 9편의 감상용 시이다. 내용은 자연과 동·식물에 대한 시 3편, 가족과 이웃에 대한 시 3편, 일상생활에서 겪은 일을 쓴 시 3편으로 되어있다. 이중에서 '해'란 시를 읽고 감상한 글을 뒷부분에 실어 놓았다.

〈표 20〉 또래가 쓴 감상용 시 ①

해	참새
야, 동수야!	아무도 몰래 보면
해 넘어 간다	참새는
발갛다야!	째잭 째잭
동글동글한 게	감나무 가지 위에서 운다.
퐁	꼬리를 달싹달싹 거리다가
터질 것 같다야	땅에 내려와
바람도	머리를 처박고
살살 불고	콕콕 콕콕콕 콕콕콕
풀잎도	먹이를 쪼아 먹는다.
살래살래	그러다가 뭐가 오는가 싶어
구름도	요리조리 보다가
살금살금 지나간다.	째잭 째잭 째잭
어어 이제	울다가 무슨 소리가 나는가 싶으면
넘어갈 듯 말 듯	꼬리를 까딱까딱 하다가
쪼끔 남았다.	푸다닥
이제 손톱만큼 남았다.	푸다닥
어!	서로 도망을 간다.
꼴딱 넘어갔다.	
아!	
모든 게 멈춰 버리는 이 세상	

〈표 21〉 또래가 쓴 감상용 시 ②

감홍시	아버지
감홍시는 빠알간 얼굴로	아버지는 나무 쟁기를 지고
날 놀긴다.	얼미 밭에 가서 밭을 가는데
돌을 쥐고 탁 던지니까	소도 힘들고 아버지도 힘들어하신다.
던져 보시롱	쟁기 옆으로 흙이 싹싹
던져 보시롱	갈려 넘어가는데
헤헤 안 맞았지롱 이런다.	만져 보면 보릅보릅하다.
요놈의 감홍시	소가 헛군데 가다가 밟으면
두고 보자.	아버지는 또 다시 간다.
계속 계속 돌팔매질을 해도	아버지는 밭 하나를 가는 데
끝까지 안 떨어진다.	그렇게 고생을 하신다.

〈표 22〉 또래가 쓴 감상용 시③

어머니	아기
우리 어머니는 새벽에 일어나서 밥도 안 먹고 장화를 신고 바다에 간다. 옷을 적새 가면서 미역도 따고 자갈도 긁는다. 손이 퉁퉁 뿔어 가면서도 자갈을 긁는다. 바다야, 우리 엄마 옷 젖게 하지 마라	아기가 자고 있다. 팔을 들고 손도 예쁘게 주먹을 쥐고 쪼끄만한 눈을 살며시 감고 있다. 손을 만지니 따뜻하다. 조금있으니 몸부림을 치며 깼다. 운다. 우는 데도 발을 오그리고 떤다. 주먹손은 바르르 떤다. 우유 병을 주니 좋다고 발을 치켜들고가 두 손으로 우유 병을 꼭 잡고 쪽 쪽 빨아먹는다. 아기는 정말 아무거나 다 예쁘다. 아기의 눈은 반짝반짝 다른 것보다 더 예쁘다.

〈표 23〉 또래가 쓴 감상용 시④

첫눈	오줌 마려울 때
창 밖에서 눈이 내렸다. 아이들이 모두 창 밖을 보았다. 아쉽게도 산수 시간이었다. 쉬는 시간이 되니	오줌 마려울 때는 못 참는다. 고추를 움켜쥐고 막 뛴다. 아휴, 마려워 뛰어도 못 참는다. 폴짝폴짝 뛴다.

난 창 밖으로 얼굴을 내밀었다.
하늘을 쳐다보았다.
하늘은 하얗기만 했다.
나무가 너무 추워서 떠는 것처럼 보였다.
오늘은 첫눈이 오는데
기쁘기도 하지만
겨울이 되면
우리 아빠 장사가 잘 되지 않을 텐데…

얼굴을 찌푸리면서 뛴다.
막 뛰는 것을 보면 웃긴다.
오줌을 누면 떨린다.
고추가 몸을 흔들며
웃는다.
다 누면 시원타.

〈표 24〉 또래가 쓴 감상용 시 ⑤

모범 운전사

차를 타고 집에 오는데
어떤 할머니께서
손을 들며
"세워 주소!"
운전사 아저씨는
못 본 체 지나간다.

할머니께서는
할머니라서
차비를 안내서
그냥 지나치나 보다.
옷에는 친절 봉사
모범 운전사
주렁주렁 달려 있다.

다음은 또래가 쓴 시 '해'를 읽고 감상한 글이다.

〈표 25〉 강민주의 시 감상 ②

평가	항목　　　　　평가자	시 감상
내용	재미있거나 감동을 주는 시어는 어떤 것들인가?	동글동글 한게, 퐁, 터질 것 같애, 이제 손톱만큼 남았다., 꼴딱 넘어 갔다. 모든 게 멈춰 버리는 이 세상
	시의 운율이 느껴지는가?	느껴진다.

내용	시의 주제가 분명히 드러나는가?	드러난다.
	글의 흐름이 자연스러운가? 만일 그렇지 않다면 어느 부분을 고치는 것이 좋은가?	자연스럽다.
	시를 이해하기 위해 덧붙일 내용이 있는가?	없다.
	시에서 빼도 될 부분이 있는가? 있다면 무엇인가?	없다.
	사용된 시어들 중에서 고칠 시어가 있는가? 있다면 무엇인가?	없다.
느낌	시뻐얼건 해가 넘어가는 때에 쪼끔 남았을 때 쑥 넘어간 것 다음에 '모든 게 멈춰 버리는 이 세상'이라고 쓴 것이 너무나도 잘 썼다. 또 빨간 해를 알맞은 주제로 골랐다.	

〈표 26〉 김경은의 시 감상 ②

평가	항목　　평가자	시 감상
내용	재미있거나 감동을 주는 시어는 어떤 것들인가?	살금살금, 발갛다 야, 퐁, ~하다야, 살래살래
	시의 운율이 느껴지는가?	느껴진다.
	시의 주제가 분명히 드러나는가?	분명히 드러난다.
	글의 흐름이 자연스러운가? 만일 그렇지 않다면 어느 부분을 고치는 것이 좋은가?	쪼끔 남았다. 이제 손톱만큼 남았다. 꼴딱 넘어갔다. 살금살금 지나간다 ⇒ 끝에 '야!'를 붙이면 좋겠다.
	시를 이해하기 위해 덧붙일 내용이 있는가?	없다.
	시에서 빼도 될 부분이 있는가? 있다면 무엇인가?	쪼끔 ⇒ 조끔

내용	사용된 시어들 중에서 고칠 시어가 있는가? 있다면 무엇인가?	없다.
느낌	일몰하는 해의 아름다운 모습을 시로 나타낸 것이 무척 새롭고 재미있다. 그리고 표현하는 단어들이 너무 재미있다.	

■ **발상 및 구상지도**

아동들이 시쓰기 활동을 할 때 처음으로 부딪히는 어려움은 무엇을 써야 할지에 대한 아이디어가 떠오르지 않는 것이다. 이 때 발상 지도를 효과적으로 한다면 아동들은 아이디어를 훨씬 쉽게 떠올릴 것이다. 따라서 브레인스토밍의 방법을 사용한다면 발상 지도가 쉽게 이루어질 수 있다. 아동들은 떠오른 아이디어를 잘 짜맞추어 한 편의 시를 완성해야 하는데 이때 사용되는 방법은 마인드맵이나 가지그림 등이 있다. 다음에 보여주는 예는 두 어린이의 발상 및 구상과정을 보여주고 있다. 본 연구에서는 어린이들이 완성한 시의 영역을 ① 일상생활에서 겪은 일을 쓴 시 ② 가족과 이웃에 대한 시 ③ 자연과 동·식물에 대한 시로 나누어 보았다. 이때 일상생활에서 겪은 일을 시작품으로 형상화하는 과정에서는 일기를 이용하여 보았다.

일상생활에서 겪은 일을 쓴 시

〈표 27〉 강민주의 생활일기

제목 : 혜영이와의 즐거운 시간

저녁 7시에 내가 아이스크림을 사러 갔다. 그런데 혜영이를 만났다. 혜영이는 롤러브레이드를 신고 있었다. 그래서 나도 롤러브레이드를 신고 나갔다. 아파트 단지를 **뺑** 돌다 학교앞(정문)을 지나 쭉 가다가 강아지와 고양이를 봤다. 고양이와 강아지는 아주 어린 새깨들이었다. 가만히 보니 강아지가 먼저 고양이에게 시비를 걸자 싸움이 났다. 너무나도 고양이가 불쌍해서 그냥 갔다. 아파트 단지를 **뺑** 돌고나니 시간이 8시가 다 되었다. 그래서 나는 혜영이와 헤어져 집으로 갔다. 오늘은 즐거운 하루였다.

〈표 28〉 강민주의 일기를 바탕으로 한 브레인스토밍

〈롤러브레이드 타던 날〉

혜영이, 롤러브레이드, 시간, 곳, 장소, 아파트 단지, 차도, 보도블럭, 친구, 안경, 키, 꾸중, 자매, 학교, 반, 넘어짐, 상처, 아픔, 즐거움, 행복하다, 계속 타고 싶다. 7사, 8시, 엄마, 속도차이, 바람, 윙~잉, 우정, 날씨

〈표 29〉 브레인스토밍 한 것을 이용한 가지 그림

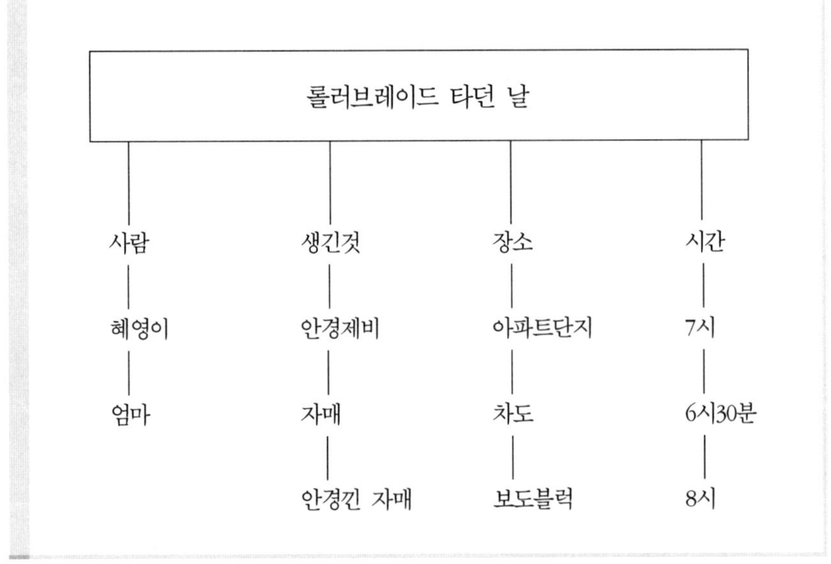

〈표 30〉 김경은의 생활 일기

제목 : 안마

　어머니께 안마를 해드렸다. 아버지께서는 늦게 들어오셔서 못해 드린다. 앞으로는 안마 티켓을 만들어서 드려야겠다. 3의 배수 날만 안마해 드려야지! 안마를 해드리니 무척 좋아하셨다.
　엄마, 아빠, 이모, 고모에게도 안마해 드리고 싶은데....

〈표 31〉 김경은의 일기를 바탕으로 한 브레인스토밍

〈안마〉

　어머니, 아버지, 어른, 손, 발, 주무르기, 때리기, 안마기계, 웃음, 칭찬, 보람, 힘들다, 집, 용돈, 화목, 일기거리, 손가락, 기분, 행복, 시원, 침대, 방석, 쇼파, 밤, 낮, 시간, 저번주, 작년, 계절, 따뜻함, 차가움, 잠옷, 평복, 즐겁다, 숨이 차다.

〈표 32〉 브레인스토밍 한 것을 이용한 마인드맵

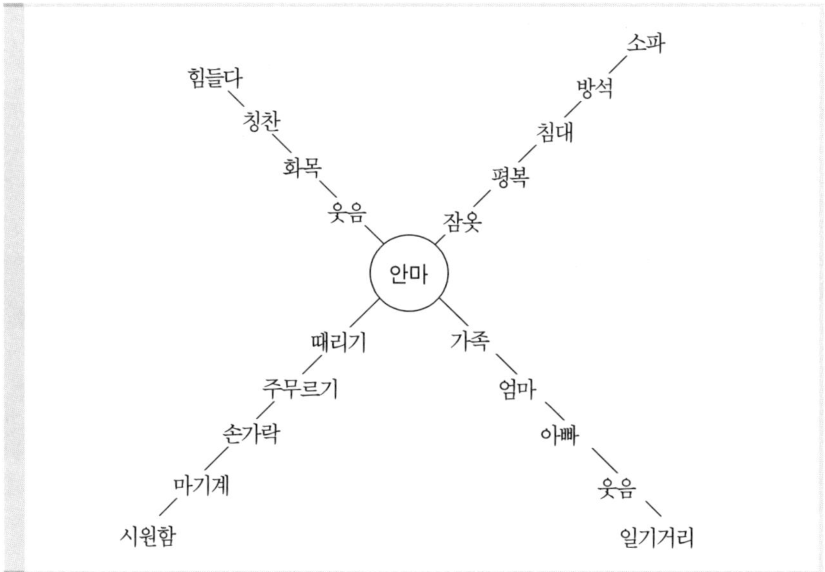

가족과 이웃에 대한 시

〈표 33〉 강민주의 '동생의 친구'에 대한 브레인스토밍

학년, 나이, 학교, 반, 번호, 별명, 생일, 혈액형, 엄마, 아빠, 호, 남자, 여자, 장난꾸러기, 이름, 성격, 행동, 모범생, 공부를 못한다. 공부를 잘 한다. 생김새, 귀엽다.

〈표 34 〉 김경은의 '옆집아이' 에 대한 브레인스토밍

옆집, 같은 아파트, 성격, 나쁘다, 2학년, 시끌시끌, 동생들, 이웃, 싫다, 좋다, 답답하다, 어리다, 작다, 공부를 못한다, 달걀 같은 얼굴, 짜증난다, 아줌마, 아저씨, 이름, 나이, 여자, 학교, 학년, 반, 잘 속는다, 냄새가 난다, 늦게 등교한다, 수준, 옛날 가방, 눈썹이 까맣다, 외모, 특징, 밤늦게 매일 복도에서 논다.

자연과 동·식물에 대한 시

〈표 35〉 강민주의 '지렁이'에 대한 브레인스토밍

비명, 장난, 길이, 남자, 여자, 자연실험, 해부, 마디, 이롭다, 해롭다. 동물, 친척, 눈, 머리, 꼬리, 배, 가슴, 곤충, 더듬이, 다리, 거머리, DNA, 비, 사는곳, 땅, 흙, 그늘, 햇빛, 전화기 줄, 말랑말랑, 징그럽다.

〈표 36〉 김경은 아동의 '강아지'에 대한 브레인스토밍

목걸이, 사료, 집, 옷, 애완견, 사냥견, 인도견, 개, 동물, 친구, 쿠션, 까만 코, 생김새, 귀엽다, 작다, 크다, 마당, 아파트, 훈련, 똥 오줌, 영역 표시, 방범, 짖는다, 문다, 할퀸다, 도둑, 예쁘다, 부드럽다, 얼룩이, 지난주에, 강아지, 가게, 동물병원, 예방검사, 주사, 죽음, 슬프다.

- **■ 시쓰기 지도**

　아이디어에 대한 발상을 바탕으로 마인드맵이나 가지그림을 그린 다음에 그것을 바탕으로 실제로 시를 써보는 과정이다.

일상생활에서 겪은 일을 쓴 시

〈표 37〉 강민주의 시 ①

　　　　롤러브레이드 타던 날

　　　　오늘저녁 혜영이를 만났어요
　　　　안경쓰고 키가 멀대같이 큰 친구예요

　　　　혜영이랑 롤러브레이드를 재밌게 탔어요

　　　　내가 넘어질땐 혜영이가 날
　　　　잡아 줬구요

　　　　혜영이가 넘어질 때 내가
　　　　잡아 줬어요

　　　　아파트 단지를 빼~앵
　　　　돌고나니 시간이 8시였어요.

　　　　너무나도 슬펐지만 다음에 타야지
　　　　뭐, 어쩔 수 있나요?

〈표 38〉 김경은의 시 ①

안 마

안마를 했어요
숨이 차도록
힘들어요.
힘들어요. 땀방울이 송골송골 맺혀요.

마음만이 알고 있지
나의 속마음
겉으로는 웃음짓는 내모습

지난번 밤에
따뜻한 침대에서 해드렸죠

"너무 너무 기분 좋아라"
칭찬듣고
너무 너무 시원해라
보람 느껴요.

가족과 이웃에 대한 시

〈표 39〉 강민주의 시 ②

동생의 친구

우리 옆집 내동생 친구
키도작고, 코도 작고
눈은 또랑또랑

내동생과 옆집애는
시간날 때 마다
재미있게 논다.

'그래, 넌 한참
그럴 때야'

옆집애는 장난꾸러기
내동생도 장난꾸러기

〈표 40〉 김경은의 시 ②

옆집 아이

우리 옆집애는
2학년 조그만 애

동생이지만
냄새도 나고

매일매일
복도에서 시끄럽게
놀아요.

그래서 나는 그 애가
너무 싫어요

너무너무
답답한 아이
싫은 아이

옆집 애
냄새 쿵쿵
싫어요
너무나도 싫어요.

자연과 동·식물 대한 시

〈표 41〉 강민주의 시 ③

지렁이

자연과학 실험에 대상이
지렁이예요

길쭉길쭉 말랑말랑
전화기 줄 같이 늘어나요

남자 아이들이 여자들에게
장난을 치면

여자 아이들은 무서워서
비명을 질러요

보기만 해도 징그러운 지렁이
하지만 줄었다, 늘었다, 꼬였다, 풀렸다.
재미있고 신기한 지렁이예요.

〈 표 42〉 김경은의 시 ③

강아지

세상에서
가장 보드라운 털쟁이
나의 강아지

폭신한
쿠션집에
옷입고 들어가

맛있게 밥 먹어요.

덜그럭 덜그럭
깨작-깨작
와삭 바삭

도록도록 굴리던
새카만 눈이
잊혀지지 않아요

지금은
하늘에 있는
나의 귀염둥이

다듬기 및 출판지도

　다듬기 항목을 기준으로 자기점검을 한 후 초고를 고친다. 이때 자기의 시를 친구와 서로 바꾸어 점검을 하면 자신이 발견 못한 점을 발견할 수 있어 효과적인 다듬기를 할 수 있다. 그리고 편집과정을 거친 후 시낭송을 통해 작품을 발표한다. 출판의 방법은 ① 게시판에 게시하기 ② 개인 시집 만들기 ③ 학급시화집 만들기 ④ 녹음테이프로 만들기 ⑤ 멀티미디어로 만들기 ⑥ 컴퓨터를 이용한 학급문집 만들기 ⑦ 개인적 포트폴리오로 인쇄하기 등의 방법이 있다. 다음은 김경은의 시 '안마'와 강민주의 시 '롤러브레이드 타던 날'에 대한 다듬기를 한 예이다.

〈표 43〉 강민주의 시 '롤러브레이드 타던 날' 에 대한 다듬기의 예

평가	평가자 / 항목	자기 점검
내용	재미있거나 감동을 주는 시어는 어떤 것들인가?	빼~앵, 멀대같이
	시의 운율이 느껴지는가?	느껴진다.
	시의 주제가 분명히 드러나는가?	드러난다.
	글의 흐름이 자연스러운가? 만일 그렇지 않다면 어느 부분을 고치는 것이 좋은가?	자연스럽다.
	시를 이해하기 위해 덧붙일 내용이 있는가?	있다.
	시에서 빼도 될 부분이 있는가? 있다면 무엇인가?	아니오
	사용된 시어들 중에서 고칠 시어가 있는가? 있다면 무엇인가?	없다.
고칠것	내가 넘어질 때 혜영이는 날 잡아줬구요, 그 애가 넘어질 때 내가 잡아줬어요	

〈표 44〉 김경은의 시 '안마'에 대한 다듬기의 예

평가	평가자 / 항목	자기 점검
내용	재미있거나 감동을 주는 시어는 어떤 것들인가?	힘들어요 힘들어요, 지난번 밤에, 너무너무 시원해라, 너무 너무 기분 좋아라.
	시의 운율이 느껴지는가?	숨이 차도록, 힘들어요 힘들어요, 웃음짓는
	시의 주제가 분명히 드러나는가?	드러난다.
	글의 흐름이 자연스러운가? 만일 그렇지 않다면 어느 부분을 고치는 것이 좋은가?	아니오 2연과 3연
	시를 이해하기 위해 덧붙일 내용이 있는가?	1연에 땀방울이 송골송골 맺혀요

내용	시에서 빼도 될 부분이 있는가? 있다면 무엇인가?	네 손으로 했어요 ⇒ 손으로를 뺌
	사용된 시어들 중에서 고칠 시어가 있는가? 있다면 무엇인가?	없다.
고칠것	안마를 했어요, 따뜻한 침대에서 해드렸죠, 마음만이 ~ 겉으로는 웃음짓는 내모습, 너무 너무 기분좋아라, 너무 너무 시원해라.	

마지막으로 다듬기를 마친 강민주와 김경은의 시를 제시한다.

〈표 45〉 강민주 아동과 김경은의 출판된 시의 예

롤러브레이드 타던 날   안 마

     - 강민주   - 김경은

내 친구 혜영이는   안마를 했어요
안경쓰고,   숨이 차도록
장대같이 큰 친구예요.   땀방울이
                           송골송골 맺혔어요.

둘이 함께
롤러브레이드를   얼굴은 웃고 있지만
재미있게 탔어요.   속으로는
                           "아이, 힘들어!"

내가 넘어질 땐
혜영이가 날 잡아주고   "어~ 시원하다!"

그애가 넘어질 땐
내가 잡아주었어요.   그 한마디에
                           힘들었던 마음이
아파트 단지를   싸~악
빼~앵 돌고나니   달아났어요.
시간이 벌써 8시 였어요.

너무나도
아쉽지만
다음에 타야지…

제 4 장

은유적 발상을 활용한 시 창작 교육

1. 시 발상 지도와 은유

1) 시 발상 지도

■ 시 발상의 본질과 의미

발상은 '창의적인 아이디어를 생각해 내는 예술적 표현 활동'으로 '어떤 생각을 나타냄' 또는 '어떤 생각을 해냄'이라는 사전적인 의미를 지니고 있다(이경희, 2000 : 22). 발상은 비단 시 창작 과정 뿐 아니라 미술, 사진, 영화와 같은 예술적 분야는 물론 광고, 경영, 정책 등 현대 사회의 여러 방면에 걸쳐 사용되고 있다.

발상은 대상을 바라보는 새로운 관점과 결부되어 있으며 대표적인 발상법으로는 브레인스토밍, 브레인라이팅, 체크리스트, 마인드맵, 시네틱스 등이 있다. 그런데 인지 심리학에서 다루는 이러한 발상법을 시 창작 지도에 그대로 이용한 연구들이 있다. 그러나 시 창작을 위해 발상을 한다는 것은 단순히 새로운 아이디어를 다량으로 생산해내는 것과는 달리 사물의 참된 의미와 모습을 찾으려는 노력이며 자연이나 세계, 현실에

새로운 의미를 부여하는 과정이다. 따라서 이러한 발상법들을 시 창작 교육 현장에서 그대로 적용하기엔 무리가 있다. 따라서 시 창작이라는 특수한 상황을 고려한 발상의 본질 및 의미를 살펴본다.

시 창작 과정에서 발상 단계는 시의 기본 재료를 만들어가는 과정이다. 시가 될 수 있는 기본 재료는 매우 광범위하다. 그러나 재료만 준비되었다고 해서 이것이 바로 시 창작으로 이어질 수 있는 것은 아니다. 창작자의 세밀한 관찰이나 강한 체험 및 감정 등이 어떤 대상이나 사물에 투과되었을 때야 비로소 한 편의 시가 만들어질 수 있는 토대가 형성되는 것이며 이것이 바로 발상의 과정이라 할 수 있을 것이다.

이 과정에서 같은 사물을 대상으로 하더라도 창작자 개인마다 대상을 보거나 생각하는 방향은 차이가 나고 다양하기에 인식된 내용이나 깊이도 제각각일 수밖에 없다. 따라서 시 창작이 사물에 대한 구체적인 인식에서 출발한다고 할 때 사물을 어떤 시각으로 어떻게 생각하느냐 하는 것은 지극히 중요한 문제이며 시의 발상 차원에서도 큰 의미를 지니게 된다. 이러한 점을 감안하여 일본의 시인인 이도게이치는 한 그루 나무를 소재로 하여 발상의 단계를 8가지로 나누고 있는데 그 단계는 다음과 같다.[1]

(1) 나무를 그대로 나무로서 본다.
(2) 나무의 종류나 모양으로 본다 .
(3) 나무가 어떻게 흔들리고 있는가를 본다.
(4) 나무의 잎사귀가 움직이고 있는 모습을 세밀하게 본다.
(5) 나무 속에 승화하고 있는 생명력을 본다.
(6) 나무의 모습과 생명력의 상관 관계에서 생기는 나무의 사상을 본다.

---

1) 이는 조태일(1999 : 119-123)에서 발췌한 내용이다.

(7) 나무를 흔들고 있는 바람, 그 자체를 본다.

(8) 나무를 매체로 하여 나무의 저쪽에 있는 세계를 본다.

이상의 8단계를 보면 (1)에서 (4) 단계까지는 나무를 눈에 비치는 그대로 보는 시각이다. 이 단계의 발상에서는 감각적이고도 객관적인 포착에 의해 시를 창작할 수 있을 것이다. (5) 단계와 (6) 단계에서는 감각적인 포착에서 나아가 눈에 보이지 않는 것까지 바라보고 있음을 알 수 있다. 이 단계의 발상에서는 외형적인 시의 소재뿐만이 아니라 그 소재가 감추고 있는 사상이나 그 소재와 관계를 맺고 있는 다른 사물과의 상관성에 관한 시를 창작할 수 있을 것이다. 끝으로 (7) 과 (8) 단계에서는 나무 속의 생명력이나 사상뿐만이 아니라 나무 저쪽의 세계, 즉 다른 세계를 창조하거나 새롭게 발견하는 단계이다. 이것을 다시 요약하면 다음과 같은 3단계로 나눌 수 있을 것이다.[2]

(1) 눈에 보이는 것만을 보는 단계

(2) 눈에 보이지 않는 것은 물론 관계 맺고 있는 다른 대상에까지 인식을 확대하는 단계

(3) 다른 세계를 새롭게 발견하거나 창조하는 단계

이상은 시의 발상 차원의 단계를 보이는 것에서 보이지 않는 것, 보이지 않는 것에서 보지 않으면 안 될 것으로 이끌어 가는 세 단계의 과정으로 나누어 살펴보았다.

문학적 완성도가 높은 시 창작물을 생산해 내기 위해서는 보고 느끼

---

[2] 조태일(1999 : 119-123)은 이토 케이치의 8단계를 다시 4단계로 요약, 정리하였으나 본고에서는 그가 제시한 2~3단계가 중복된다고 여겨졌으므로 이를 묶어 3단계로 나누어 정리하였다.

고 생각한 것을 그대로 노출하는 것이 아니라 보다 일상적이고 관습적인 시각에서 벗어나 독특하게 자기 마음의 눈으로 사물을 볼 수 있는 안목이 필요하다. 그러한 안목을 갖출 때 높은 수준의 발상이 이루어질 수 있으며 이 단계에서는 무엇보다 창작자의 시적 상상력이 요구된다.

시적 상상력은 의미를 형성하는 능력으로 기존의 지각을 새롭게 종합하는 구성적인 사유 능력이라기보다 존재하지 않는 것을 구상하는 능력이며 경험적 세계와 상상적 세계를 연결하는 사유의 방식이다(김상욱, 2001 : 233). 창작자는 이 힘을 통해 사물을 보는 새로운 관점을 체득하고 외적 현실로부터 자신의 생각과 감정을 통해 새로운 세계를 형성하는 것이다.

이러한 관점에서 보면 시 창작 교육에서 중요한 것은 창작자가 상상력을 최대한 발휘하여 대상을 의미화 할 수 있는 안목과 관점을 갖추는 것이라 할 수 있을 것이다. 이러한 안목이 제대로 갖춰질 때야 비로소 수준 높은 발상이 이루어질 것이며 궁극적으로는 문학적 완성도가 높은 시창작물이 생산될 수 있을 것이다.

그러나 그간 이루어져 온 시 창작 교육을 살펴보면 대부분 언어 표현력 향상에만 집중하고 있음을 알 수 있다. 하지만 시 창작 행위는 단지 일상의 언어를 시적 언어로 표현하는 것에 그치는 것이 아니라 상상력을 발휘하여 대상을 의미화 하는 창조적 행위이다. 따라서 시 창작 교육은 표현력 함양과 더불어 학습자의 시적 상상력을 최대한 발휘할 수 있는 발상 단계에 많은 역점을 두어야 할 것이다.

■ 시 발상 지도의 현황과 지도 방향

발상 지도란 창작자가 처음 대상과 접촉하여 생긴 그것에 대한 인상을 넘어서서 창작자 자신의 경험, 정서 등을 바탕으로 하여 하나의 구조화된 시상을 형성함으로써 쓸거리를 만들어 내는 사고 활동에 대한 지도이다(김영희, 2003 : 56). 이는 쓸거리를 최초로 만들어 낸다는 점에서 시 창작 교육의 가장 기초적 지도 단계이다. 그러나 그간 이루어져 온 창작 교육이 체계적 발상 지도 없이 막연히 '시를 써 보라'는 활동만을 제시함으로써 아동들의 창의성과 흥미를 제한시켜왔다는 점을 생각해 볼 때 발상 지도는 시 창작에 대한 부담을 줄여주고 창작자의 상상력을 활성화시켜 문학적 완성도가 높은 창작물을 생산해내는데 중요한 역할을 할 것이다. 이에 본 장에서는 시 발상 지도의 현황을 비판적으로 살펴보고 바람직한 시 발상 지도의 방향에 대해 논의하고자 한다.

시 발상 지도의 현황

시 발상 지도의 현황을 살펴보기 위해 우선 제7차 교육과정에 제시된 시 창작 관련 지도 내용을 추출해 보면 <표 1>과 같다.

〈표 1〉 제7차 교육과정 중 학년별 시 창작 관련 지도 내용

학년 학기		교육과정 내용	학습 내용 요소	수 준
1	1	문학(1)작품에 표현된 말에서 재미를 느낀다.	· 언어의 유희성 느끼기 · 표현의 효과 알기	-소리나 모양을 흉내는 말 넣어 문장 완성하기(1개 문장 단위)
	2	〃	· 표현의 효과 알기 · 말의 재미를 느끼며 듣기	-'수수께끼'를 풀면서 초보적인 수준의 문학적 상상력 기르고 말놀이의 즐거움 알기 -'다섯고개'를 하면서 말의 재미를 느끼며 묻고 답하기

2	1	문학(3)재미있는 말이나 반복되는 말을 넣어서 글을 쓴다.	·소리를 듣고 흉내내는 말로 나타내기 ·흉내내는 말을 넣어 짧은글 짓기 ·꾸며주는 말을 넣어 시를 완성하기	-시 속에 있는 흉내내는 말을 다른 흉내내는 말로 바꿀 수 있는 수준 -시의 내용에 어울리게 꾸며 주는 말을 넣을 수 있는 수준
	2	〃	·친구가 쓴 시 읽기 ·친구의 모습을 글(시)로 나타내기	-간단한 수준에서 글(시)쓰기
3	2	쓰기(3)내용을 창의적으로 생성하여 글을 쓴다. 문학(4)작품에 나오는 인물이 되어 본다.	·새로운 관점으로 대상을 대하고 표현하기 ·시에 나오는 인물이 되어보기	-시에 나오는 인물을 생각하며 시읽기 -자신의 경험을 떠올려 시쓰기
4	1	문학(5)작품의 구성 요소를 창조적으로 재구성한다	·작품의 구성 요소 중 일부를 바꾸어 쓰기	-시의 일부를 바꾸어 쓰기
5	1	쓰기(7)비유의 방법으로 글을 쓴다. 문학(5)작품의 일부분을 창조적으로 바꾸어 쓴다.	·비유의 표현을 사용하여 시쓰기 ·시의 내용이나 형식을 바꾸어 쓰는 방법 알기 ·시의 일부분을 창의적으로 바꾸어 쓰기	-비유적 표현을 사용하여 시쓰기 -여러가지 방법을 사용하의 시의 일부분을 바꾸어 쓰기
	2	문학(5)작품의 일부분을 창조적으로 바꾸어 쓴다.	·시에서 인상적인 표현 찾기 ·인상적인 표현을 바꾸어 쓰기	-인상적인 표현을 찾아 바꾸어 쓰기
6	1	문학(6)작품을 다른 갈래로 표현한다.	·시와 이야기의 형식 바꾸기	-시를 이야기로 이야기를 시로 바꾸어 써보기

이를 전반적으로 살펴보면 첫째, 시 창작 활동을 '언어적 표현력 기르

기'로 한정시키고 있다.

저학년의 지도 내용을 살펴보자. 시 쓰기에 대한 언급은 2학년 2학기에 제시되어 있으나 친구의 모습을 보고 시의 형식을 떠나 글로 나타내는 단순한 수준의 글쓰기이다. 이는 시 쓰기 입문 교육으로 주어진 시에 들어있는 꾸며주는 말을 바꾸어 넣어 시를 완성하거나, 꾸며주는 말을 넣어 문장을 완성해 보는 수준이다. 시를 처음으로 대하는 단계에서 '꾸며주는 말' 써보기를 주된 활동으로 삼은 것은 시가 쓰인 전반적인 상황에 대한 이해나 공감력 획득을 중요시 하였다기보다는 시의 언어적 표현에 초점을 둔 지도 내용이라 할 수 있다.

또한 1~2학년에서는 시속 언어에서의 재미 즉 언어의 유희성을 느껴보는 활동이 제시되어 있다. 저학년 수준에 맞는 소리나 모양을 흉내 내는 말이 다양하게 들어있는 시를 제시해 주고 이러한 언어를 창작해보는 것이 주된 활동인데 이 역시 말의 표현 효과를 중요시 여기는 지도 내용이다.

고학년 지도 내용도 마찬가지이다. 5학년 교육 과정 내용에서는 '비유적 표현'을 이용하여 시를 써보는 활동이 제시되었는데 이 단원의 목표는 '비유적 표현을 사용하여 시를 쓸 수 있다'이다. 한 편의 시를 쓰기 위해선 발상 및 구상 단계를 거쳐 표현하기에 이른다. 그런데 표현하기의 전 단계인 발상 및 구상하기의 활동은 전혀 지도하지 않고 비유적 표현에만 초점을 두어 시 창작을 지도하는 상황 하에서는 창의적이고 풍부한 시작품이 나올 수 없을 것이다.

이러한 경향은 시 감상 활동에도 적용된다. <표 1>에는 제시되지 않았으나 6학년 1학년 읽기 교과서에는 '감각적 표현의 특징을 이해하고 이에 주의하며 시읽기' 활동이 제시되어 있다. 이 역시 시를 감상함에 있어 창작자의 의도나 시가 쓰인 상황 전반에 대한 공감 획득보다도 시의 표현법에만 관심을 두고 있음을 알 수 있다.

둘째, 시 창작을 위한 방책이 기존의 작품을 재구성 해보는 획일적이고 소극적인 차원에서 그치고 있다. 4학년 1학기 교과서에 제시된 시창작 관련 활동은 총 4차시인데 그 중 1차시는 시를 듣고 이어질 내용을 상상하여 시를 써보는 활동이며 나머지 3차시는 시의 일부분을 바꾸어 써보는 활동이다. 5학년 교과서 역시 총 6차시 중 5차시가 기존의 시를 재구성 해보는 활동이다. 6학년에서는 비록 다른 장르이긴 하지만 동화와 소설의 일부분을 시로 변형해보는 시 창작 활동이 제시되어 있다. 이 모든 활동은 창작자 자신이 주체가 되어 본인이 쓰고 싶은 주제와 소재를 찾아 자유롭게 써보는 적극적인 의미에서의 창작 활동이라기보다 일정한 틀을 정해주고 그 틀에 맞춰 써보라는 소극적인 의미에서의 창작 활동이다. 이러한 활동은 시적 표현력이나 시적 상상력을 자극시킬 수 있는 방법 중의 하나가 될 수 있기는 하나 세계에 대한 통찰력을 갖고 대상에 대한 의미화를 요구하는 창작력을 기르는 데는 한계가 있다. 또한 주어진 텍스트 틀에 한하여 재구성해보는 활동이므로 학습자의 상상력을 제한시키는 결과를 초래하기도 한다. 실제 필자가 경험해 본 바로도 교과서에 제시된 '우리나라 지도'를 재구성해보는 활동3)에서 학습자 중 한 명은 아예 다른 시를 창작하면 안 되느냐는 질문을 하기도 하였다.

시 창작 능력은 기존의 작품을 감상하고 재구성해보는 활동만으로 향상되는 것이 아니다. 물론 모범적인 텍스트를 많이 접하면서 이를 모방하는 활동을 통해 시의 기본적인 요소를 이해할 수는 있겠지만 세계를 의미화하고 이를 시적 언어로 형상화화해야 하는 궁극적인 시 창작력을 기르는 데는 한계가 있다. 오히려 이러한 방법에만 익숙해진 학생이라면 모방의 대상이 되는 원본 텍스트가 주어져야만 창작을 할 수 있는 문제점이 나타날 것이며 이러한 활동은 주어진 모범 텍스트의 틀 속에서 작

---

3) 이는 5학년 1학기 말·듣·쓰 교과서 p.68-69에 제시된 것으로 김완기의 '우리나라 지도'를 감상한 후 첫 연과 마지막 연을 제외한 가운데 연을 재구성 해보는 활동이다.

품을 창작해야 한다는 고정 관념으로 인해 아동의 무한한 상상력을 제한시키는 결과를 초래할 수도 있다.

셋째, 시창작의 전반적인 교육 내용이 체계적이지 못하고 연계성(連繫性)도 없다. 3학년 2학기에서는 시에 나오는 인물을 생각하며 한편의 시를 읽고 자신의 경험을 떠올려 시를 써보는 활동이 제시되고 있다. 이는 '기억'을 통한 발상하기 단계를 거쳐 한 편의 시를 완성해보는 최초의 시 창작 활동이라 할 수 있다. 교육 과정 내용도 '쓰기-(3)내용을 창의적으로 생성하여 글을 쓴다'로 아동 스스로가 내용을 창의적으로 생산해내는 활동이다. 그런데 그 상위 과정이라 할 수 있는 4, 5학년에서는 한편의 시를 창작해보는 활동이 아닌 작품의 일부를 재구성해보는 활동이 제시되어 아동의 상상력을 제한시키고 있다. 교육 과정 내용도 '문학-(5)작품의 구성 요소를 창조적으로 재구성 한다'로 이는 아동 스스로 내용을 창의적으로 생산해내는 3학년 교육과정 내용보다 퇴보한 수준의 것이다. 만일 교육 과정 내용이 체계적이고 계열성이 있었다면 고학년 수준에서는 좀 더 수준 높은 차원에서의 발상 및 구상 단계를 거쳐 내용을 표현해 보는 활동이 제시되어야 할 것이다. 그러나 저학년에서는 아동 스스로가 내용을 생산해내는 활동을 제시하였음에도 불구하고 고학년에서는 기존의 작품을 재구성해보는 수동적인 활동을 제시하였다는 점은 교육 과정 내용의 체계성과 계열성에 의심을 품게 한다.

지금까지 제7차 교육 과정에 제시된 학년별 시 창작 지도 내용을 비판적으로 살펴보았다. 시창작 능력은 단순한 언어의 문제도 아니며 기존의 작품을 재구성해보는 활동만으로 향상될 수 있는 능력이 아니다. 이는 세계에 대한 사유와 인식의 문제이며 언어 이전에 세상을 보는 관점의 문제이다. 따라서 진정한 시 창작 능력을 향상시키기 위해서는 삶을 보는 통찰력과 상상력을 키워줄 수 있는 내용을 지도해야 할 것이며 이는 시 발상 단계를 지도하는 것에서부터 시작될 수 있을 것이다.

시 발상 지도 방향

앞서 살펴본 제7차 교육 과정에 제시된 학년별 시 창작 지도 내용의 비판점을 고려하여 바람직한 시 발상 지도의 지향점에 대해 살펴보면 다음과 같다.

첫째, 시 발상 지도는 근본적으로 세상을 시적인 방식으로 바라볼 수 있는 안목(眼目)을 심어줄 수 있는 방향으로 진행되어야 한다. 경험했던 일을 기억해보는 활동이나 연상하기 활동 등도 시를 만들 수 있는 소재를 제공해 주는 방법이다. 하지만 이러한 활동만으로는 새로운 방식으로 세상을 바라볼 수 있는 능력을 키우는 데 무리가 있다. 시 발상 지도는 다양한 방책을 통해 학습자들의 시적 상상력을 최대한 자극하여 엉뚱하게 생각하거나 친숙한 사물을 낯설게 바라볼 수 있는 능력을 키우게 함으로써 근본적인 시각의 변화를 불러일으키는 방향으로 진행되어야 할 것이다.

둘째, 시 발상 지도는 학생들의 흥미를 최대한 불러일으키는 방향으로 진행되어야 한다. 시 창작 교육에 임하는 교사들이 아동의 창작 능력 향상에만 몰두한 나머지 창작 과정을 통해 창작자 스스로 느낄 수 있는 즐거움은 고려하지 않는 경우가 있다. 다시 말하자면 최종 결과물인 시의 문학적 완성도만을 중요시할 뿐 그 창작 과정에서 아동들이 어떠한 즐거움을 얼마만큼 느끼고 있는지에 대해서는 그리 중요시 여기지 않는 경우가 있다는 것이다. 시를 창작하는 행위가 결과적으로 흥미와 관심을 불러일으키지 못한다면 아무리 학생들의 창작력이 향상되었다 하더라도 이는 무의미하다. 왜냐하면 시창작의 지루함이나 고통으로 인하여 학생들은 더 이상 시를 창작하려 하지 않을 것이기 때문이다. 따라서 교사는 시창작의 가장 첫 단계인 발상 단계에서부터 학생들의 흥미와 관심을 최대한 불러일으키는 방향으로 지도해야 할 것이다.

셋째, 시 발상 지도는 결과적으로 한 편의 시를 생산해낼 수 있는 방

향으로 진행되어야 한다. 아무리 뛰어난 발상도 이것이 시 생산과 이어
지지 않는다면 무의미할 뿐이다. 시 창작 과정을 전체적으로 살펴보면
발상하기는 창작의 한 일부분이기 때문에 이 과정에 너무나 많은 시간
과 노력을 할애할 경우 표현하기에 소홀히 하게 되어 결과적으로 문학
적 완성도가 떨어진 시가 만들어 질 수도 있다. 따라서 교사는 이러한
가능성을 항시 염두에 두고 결과물도 함께 고려하는 발상 지도를 해야
할 것이다.

창작은 창작자 자신의 개인적인 감흥이나 인상, 혹은 통찰을 통해 이
루어지므로 판에 박힌 공식이나 모방에 의해서가 아닌 자발적이고 주관
적인 활동에 의해 이루어진다. 이에 수준 높은 창작 활동이 이루어지기
위해서는 천편일률적인 공식을 습득시키기보다 아동 스스로가 새롭게
사물과 세계를 인식할 수 있는 발상하기를 지도하는 것이 필요하다.

2) 은유와 시 발상

■ 은유의 특성

이 장에서는 은유의 개념과 특징이 시대별로 어떻게 달라졌는지를 살
펴보고 최근에 등장한 은유관(隱喩觀)이 시 발상 지도에 어떠한 시사점을
주는지에 대한 논의를 하고자 한다.

전통적 은유관

시학의 주요 개념 가운데 하나인 은유는 희랍 시대부터 기원한다. 은
유(metaphor)는 그리스어 동사 metapherein에서 왔으며 어원상 meta(초월)와
phora(옮김)의 합성어로 '의미론적 전이'란 뜻이다(박영순, 2000 : 34).

은유를 언어 예술의 범주 속에서 살펴보기 시작한 것은 아리스토텔레

스『시학』에서이다. 이 책에서 은유란 "류에서 종으로, 종에서 류로, 종에서 종으로, 혹은 유추에 의해 어떤 사물에다 다른 사물에 속하는 이름을 전용(轉用)하는 것이다"라고 정의 내림으로써 은유 이해의 기초가 되는 '전이(轉移)(transference)' 개념을 만들어 내고 있다(천병희, 1996 : 116). 즉 은유의 개념을 '옮겨놓기'로 파악한 것으로 고전적 의미에서 은유는 어떤 특수한 목적에 의하여 낱말을 옮겨놓기 한 것으로 간주되었음을 알 수 있다. 그에 따르면 은유란 한 대상이나 개념을 다른 대상이나 개념으로 바꾸어 놓은 비유법이다. 즉 축어적 표현에 해당하는 것을 비유적 표현으로 치환해 놓은 것이 은유라는 것이다(김욱동, 1999 : 102). 또한 그는 은유의 사용은 남에게 배울 수 없는 것이며 천재의 증표라고 함으로써 은유를 일상적인 언어 사용에서 일탈된 것이며 특별한 정신 행위라는 시각을 드러내고 있다.

이러한 '전이'와 '일탈'의 개념은 그 후 고전주의 시대에 이르러 "단순한 장식적 범주의 일부분을 형성하는 형용사들의 집단의 하나로 축소"된다(엄경희, 2003 : 212). 이로부터 은유는 시와 문학에서만 사용하는 특별한 언술 장치 또는 수사적 장치로 간주되거나, 언어학적인 측면에서 선택 제한을 위반한 일탈로 논의되어 왔다.

이와 같은 관점에서 은유는 어떤 개념에 대해 하나 이상의 낱말이 유사한 개념을 표현하기 위해 관습적 의미를 초월해서 사용되는 새롭고 시적인 언어 표현이다. 교과서에 제시된 시 창작 관련 내용도 '비유적 표현'을 이용한 활동이 대부분인데 이를 통해 현행 교육과정에서도 고전적 관점에 의해 은유를 파악하고 있음을 알 수 있다. 하지만 이와 같은 관점에서는 은유의 작용 범위가 언어라는 좁은 범위로 축소되어 통찰을 불러일으키는 사고 기능이 간과될 수 있다. 그리하여 은유가 언어적 표현력에만 관여하는 제한적 기능을 수행한다.

현대적 은유관

현대에 들어와서 은유는 단지 언어에만 한정된 수사법이 아니라 세상을 이해하는 방식의 하나로 이해되기 시작하였다. 이는 인지 언어학에서 출발한 것이며 레이코프(Lakoff Johnson)의 'Metaphors we live by'와 잇따른 논문들로 생겨난 것으로 개념적 은유관이라고도 한다. 이 설은 전통적 은유관과는 획기적으로 다른 것으로 은유가 낱말 수준의 현상이 아니라 개념적 현상이라는 것을 말해주고 있다. 인지 언어학자인 레이코프는 인간의 사고 과정이 대체로 은유적이고, 인간의 개념 체계가 은유적으로 조직되고 정의되며, 은유가 언어적 표현으로 가능한 것은 인간의 개념 체계 속에서 은유가 존재하기 때문이라고 생각한다(양병호, 2003 : 113). 이들은 은유를 "어떤 사물이나 경험을 다른 것으로 이해하고 경험하는 것이다"라고 정의하며 은유가 어렵고 낯선 사물이나 경험을 쉽고 익숙한 것으로 이해하게 하는 도구이며 장식물이나 문체적 부속물이 아닌 심리적 이해 기제라는 것을 분명히 하고 있다. 또한 이해가 어떤 인지작용에서도 필수적이기 때문에 은유가 언어 수준을 넘어서 개념 세계의 현상이라는 것을 알려주고 있는 것으로 볼 수 있다(김종도, 2004 : 27-28).

이렇듯 새로운 이론적 패러다임으로 자리 잡고 있는 인지언어학에서는 은유를 언어적 차원을 넘어서 인간의 본질적인 사고 과정과 밀접한 관련을 맺고 있다고 본다. 즉 은유의 위치는 언어에 있는 것이 아니라 인간의 한 정신영역(target domain)에서 다른 정신영역(source domain)에 의해 개념화하는 방식에 놓여 있다는 것이다.

즉 은유란 단순한 수사법이 아니라 세계를 인식하는 방식이자 인간의 본질적인 사고 과정이며 은유가 언어적 표현으로 가능한 것은 인간의 개념 체계 속에 은유가 존재하기 때문이라는 것이다.

이러한 현대적 은유관을 시 창작 활동에 적용했을 경우 은유는 표현 단계가 아닌 발상 단계에서 활용할 수 있는 도구가 된다. 왜냐하면 은유와 발상 단계는 세상을 체험화 하는 사고 양식이라는 공통성을 지니기 때문이다. 이로써 시창작 활동에서 은유의 작용이 언어적 표현에만 국한된 현상이 아니라 세계에 대한 의미를 능동적으로 재구성하는 발상 단계에서도 이루어지는 사고 현상으로 확대된다.

■ 시 발상과 은유의 상관성

시 발상과 은유는 상상력이 작용하는 사고 과정이라는 점에서 상관성을 지닌다. 상상력이란 어떠한 관념이 이전과 유사한 체험으로 인하여 재생될 때 나타나는데 이 때 재생된 것을 새롭게 해석하게 하는 원동력이다. 일상적 인식의 세계와 같은 것이기는 하나 단순한 재구성의 능력이라기보다는 한 차원 높은 수준으로 승화된 세계를 창조해 낸다는 특징을 지닌다. 이러한 상상력의 작용은 기존의 사물을 새로운 모습으로 형상화할 수 있기 때문에 특히 시 발상 과정에서 가장 중요한 요소라 할 수 있다.

시 발상 과정에서 시인은 독자의 인습적인 관점에 균형을 깨어 평범한 세계를 부정하고 비일상성을 불러일으키는 생각거리를 찾게 된다. 이는 상식과 논리를 벗어난 생각으로 과학적이고 현실적인 사고 과정과 매우 다른 양상을 보이기는 하나 세계의 진실을 드러내는 데 중요한 역할을 한다. 지금까지와는 다른 각도에서 사물을 새롭게 바라보는 상상력이 작용함으로써 발생되는 사고 과정이다. 다시 말해 시 발상 과정에서 상상력의 작용은 자연이나 현실, 세계에 새로운 의미를 부여하고 자신이 경험했던 것을 새롭고 창조적인 단계로 승화시키는 원동력이 된다.

그렇다면 상상력은 어떠한 상황에서 활성화되는가? 베이컨은 상상력을 '자연이 결합시켜놓은 것을 분리하고, 자연이 분리해 놓은 것을 결합시키는 인간의 힘이다'라고 정의하였다(황송문 재인용, 2001 : 70). 이 정의에 의하면 상상력이란 사물의 본래 의미를 떼어놓거나 서로 이질적인 것으로부터 공통성을 추출할 때 활성화될 수 있음을 알 수 있다. 이러한 상상력의 핵심에는 은유가 자리한다. 은유는 서로 다른 두 대상에서 공통성을 발견하거나 본래 사물이 지니고 있던 속성을 강제적으로 분리시킴으로써 발생하는 기법이다. 은유의 기능이 어떤 개념을 외현상으로 상이한 다른 개념에 투사하여 표현함으로써 새로운 의미를 나타내는 것이라 볼 때 이 과정 속에서 상상력의 작용은 필수적이다(김정혜, 1997 : 5). 즉 은유는 이질적인 것의 결합, 혹은 동일한 것의 분리의 과정을 통해 고정관념과 상식의 틀을 깨고 새로운 인식의 의미를 재창조하는데 이 과정에서 상상력의 활성화는 필수적인 요소가 될 뿐 아니라 사고 과정이 시 발상과 동일한 특성을 보이는 것이다.[4]

이렇듯 상상력의 핵심에 자리하고 있는 은유는 새로운 세계를 보여주고 창조해주는 사고 양식의 하나이므로 시 창작 교육에서는 수사적인 기법이 아닌 '은유적 발상[5]'에 대한 이해를 도모해야 한다. 여기서 언급되고 있는 은유적 발상이란 상상력의 세계를 확대하는 은유의 기능을 활용한 발상법이다. 이를 구체적으로 알아보기 위해 초등학교 교과서에 제시된 한 편의 시를 살펴보자.

---

[4] 우한용(2000 : 10) 역시 상상력의 핵심은 은유에 있다고 하며 은유를 구사할 수 있는 능력은 수사학에 멈추는 것이 아니라 삶을, 사고를, 정서를 은유로 무장하고 그러한 능력을 길러야 한다고 역설하였다.

[5] 조영복(2004 : 16)은 은유의 기능을 통해 상상력을 확대하고 실재 세계를 다른 차원으로 재창조해 내는 발상을 '은유적 발상'이라 하였다.

우리 마을 지붕들처럼
흙먼지 뒤집어쓰고 다니지마는
이다음에 나도
그런 완행버스 같은 사람이
되고만 싶다.

길 가기 힘든 이들 모두 태우고
언덕길 함께
오르고만 싶다.

— '완행버스6)' 중, 임길택.

이 시에서는 '완행버스 = 내가 바라는 인간상'의 도식을 볼 수 있다. 이는 완행버스라는 구체물이 내가 희망하는 인품과 동일시되고 있는 것으로 두 개체의 공통적 특성인 '느림'으로 인해 은유가 성립되고 있다. 일상 세계에서 완행버스는 빠르게 가는 것을 목적으로 하는 직행 버스와는 달리 중간 중간에 정차하면서 승객들을 하나둘씩 태우고 가는 버스이다. 지은이는 시적 상상력을 발휘하여 천천히 가는 완행버스의 특성을 사람에게 투사한다. 즉 완행버스의 느릿한 특성이 주위를 살펴보며 힘든 이를 돌볼 줄 아는 사람의 모습에 투과되어 실제의 완행버스는 색다른 모습으로 탈바꿈하게 되는 것이다. 이 시는 이러한 은유의 구조 속에서 존재하는 것이며 상상력의 작용으로 인해 완행버스는 새로운 의미로 재탄생된다.

이처럼 은유는 시 전체를 통해 전체 맥락과의 관계를 통해 이해되는 것으로 시가 존재하는 근거이기도 하며 은유 바로 그 자체가 시를 생산하는 조건이 된다고도 볼 수 있다.

---

6) 4-1 읽기 교과서 p.151에서 발췌한 동시이다.

■ 시 발상에서 은유의 역할

좋은 시를 창작하기 위해서는 무엇보다 발상 과정에서 사물을 시적 시선으로 바라볼 수 있는 능력이 필요하다. 창작자는 상식적인 안목으로 사물을 바라보는 태도를 벗어나 상상력과 창의력을 최대한 발휘하여 거꾸로 뒤집어 생각해 보기도 하고 삐딱하게 바라보기도 하면서 사물 이면에 숨겨진 모습까지 포착할 수 있어야 할 것이다. 이러한 발상 과정에서 은유는 다음과 같은 역할을 할 수 있을 것이다.

첫째, 은유는 세계를 바라보는 습관적인 방법에서 벗어나 상상력을 활성화함으로써 새로운 시각을 제공하는 역할을 한다. 시가 본 것을 본 그대로, 느낀 것을 느낀 그대로만 쓰면 되는 것이라면 시 발상은 어렵게 고민할 것도 없는 행위일 것이다. 그러나 시 창작이란 본 대로 느낀 대로 쓰는 것이 아니라 이를 감동과 정서의 언어로 승화시켜야 할 뿐 아니라 사물 이면에 감추어진 것, 즉 숨어 있는 의미를 드러내야 한다. 따라서 창작자는 발상 단계에서 고정적인 관점을 넘어서 새롭고 창조적인 관점으로 세계를 바라보아야 하는데 이 때 은유가 세계를 바라보는 습관적인 방법을 깨뜨려 새롭게 보도록 하는 데 도움을 줄 것이다.

은유는 사람의 감정이 사물에 작용하여 그 사물을 현실과는 다르게 변용시킨다. 변용된 그 결과물은 물론 상상적 허구이며 그 허구는 사물의 새로운 모습과 또 그 모습에 걸맞는 새로운 의미를 제시한다(이형기,1993 : 40). 즉 은유는 창작자에게 상식적인 안목에서 벗어나 새로운 관점으로 세계를 해석하게 하는 장치인 것이다.

인간의 감각이 그러하듯 사물을 바라보는 인식 방법도 쉽게 무디어지는 경향이 있다. 그러나 사람들은 미처 생각하지 못한 아주 낯선 은유와 부딪치게 될 때 낡은 시각을 버리고 새로운 시각을 깨닫게 된다. 이렇게 은유는 사람들에게 세상을 보는 새로운 시각을 제시해주는 역할을 할 것이다.

둘째, 은유는 관념을 생생하게 나타내주는 역할을 한다. 언어적 형상화로 이어질 수 없는 시 발상은 무의미하다. 유의미한 시 창작이 이루어지기 위해서는 발상 단계에서 떠오르는 관념이나 감정들이 언어로 형상화 될 수 있어야 할 것인데 이 때 은유는 발상 단계에서 창작자의 머릿속에 떠오른 관념이나 감정들을 생생하게 나타내주는 역할을 한다.

적절히 사용된 은유는 친근한 사물과 생소한 사물을 결합시킴으로써 매력과 특이성을 더해 주고 사물을 명료하게 해 주는 효과를 지닌다(황송문, 2001 : 56). '말 한마디로 천 냥 빚을 갚는다. 라는 속담도 있듯 아무리 추상적이거나 보잘 것 없는 관념이라 하더라도 은유로 표현하면 매우 신선하게 느껴진다. 즉 은유는 인상의 강렬함과 선명성을 드러내는 데 없어서는 안 될 중요한 장치라 할 수 있는데 이는 바로 은유가 이미저리와 깊이 연관되어 있기 때문이다(김욱동, 1999 : 67). 이렇듯 은유는 미각, 후각, 시각, 촉각 등 인간의 온갖 감각에 호소하여 구체성을 노리는 시적 장치로 발상 단계에서 떠오른 시상을 생동감 있게 전해주는 역할을 할 것이다.

3) 은유적 발상을 활용한 시 창작 지도

■ 은유를 활용한 시 발상 지도

앞서 살펴보았듯 은유는 언어에만 한정된 것이 아니라 현실 세계를 새롭게 하는 의미 창조의 행위이다. 이는 세상에 대해 새로운 의미를 부여하는 시 발상 단계와 유사한 사고 과정을 보이기 때문에 시 창작 지도에 유용한 도구로 쓰일 수 있을 것이다. 이에 본 장에서는 은유를 활용한 시 발상 지도의 의의에 대해 살펴보고자 한다.

우선 <표 2>를 살펴보면 첫째, 은유를 활용한 시 발상 지도의 창작 활동이 모범 텍스트를 읽고 이를 모방하거나 표현력의 함양에만 초점을 두는 소극적 활동이 아니라 창작자의 상상력을 최대화하여 시적인 아이디어를 얻고 이를 언어화하는 적극적인 창작 활동이라는 점이다.

바슐라르(Bachelard, Gaston)는 시쓰기란 결국 발상과 표현의 문제라 하였다. 발상은 상상력의 영역이고 표현은 언어의 영역인데 상상력은 문학 작품의 원동력이자 존재를 파악하는 근원적인 힘이라 보았다. 하지만 앞서 살펴보았듯 그간 이루어져온 시 창작 교육은 표현력 함양에만 치우치거나 모범 텍스트를 모방하는 수준의 소극적 활동에만 그치고 있다. 반면 은유를 활용한 시 발상 지도에서는 핵심을 상상력의 최대화에 두고 활동을 하는 적극적인 창작 지도이다.

둘째, 창작자를 문화를 소비하는 자가 아닌 문화 생산 능력 지닌 역동적인 자로 파악한다는 점이다. 은유를 활용한 시 발상 지도에서의 창작은 특별한 재능을 지닌 사람들만 할 수 있는 활동이 아닌 누구에게나 열려 있는 창의적이고 생산적인 활동이다. 그러하기 때문에 창작자는 문화를 소비하는 자가 아닌 생산 능력을 지닌 역동적인 자로 창작 교육은 그들의 창의적 생산력을 최대한 키워주기 위한 방향으로 전개된다. 이는 창작의 첫 관문인 발상 단계를 지도함으로써 한 편의 시를 스스로 창작해내는데 초석이 되는 시적 상상력과 시적 안목을 풍부히 해 줌으로써 가능하다. 상상력과 시적 안목의 형성은 창작의 주요 원동력인 세계에 대한 통찰력을 길러 내는데 도움을 줄 수 있을 뿐 아니라 자신의 생각에 의해 자신의 이야기를 글로 표현해낼 수 있는 능력, 즉 궁극적으로는 문화 생산력을 키워낼 수 있다는 교육적 의의를 지닌다.

셋째, 은유의 기능을 확대화하였다는 점이다. 은유를 활용한 시 발상 지도의 창작 활동에서 은유는 시적 상상력을 자극하고 세계에 대한 새로운 이해를 위한 도구로 쓰인다. 이에 비해 제7차 교육 과정에서는 은유가 오직 표현력을 함양하는데 이용될 뿐이다. 앞서 살펴보았듯 은유는 단지 수사법의 하나가 아닌 세계를 이해하는 중요한 수단이자 상상력 작용의 핵심에 존재하는 사고 양식이다. 이에 은유의 기능을 사고의 영역까지 확대화 할 필요가 있으며 이는 문학적 상상력의 활성화라는 주요 목표를 달성하는데 도움을 줄 것이다.

〈표 2〉 은유를 활용한 시 발상 지도의 창작 활동

	은유를 통한 시 발상 지도의 창작 활동
발상의 방법	·은유 만들기 활동을 통해 아이디어 얻기
은유의 이용	·시적 상상력을 자극하기 위한 도구 ·세계에 대한 새로운 이해를 위한 도구
창작의 수준	·시적 안목을 갖고 이를 언어화하기
창작자를 보는 관점	·문화 생산자
창작을 보는 관점	·생산주의 관점

■ 은유를 활용한 시 발상 지도 방법

은유란 보조관념을 통해 원관념을 드러내는 활동으로 은유적 사고가 활성화되기 위해서는 서로 이질적이면서도 결과적으로는 동질적인 원관념(元觀念)과 보조관념(補助觀念)을 풍부하게 떠올려야 한다. 이에 원관념을 면밀히 살펴볼 수 있는 지도 방법으로 분석하기를, 풍부한 보조관념을 만들어 내기 위한 방법으로 연결하기를 제시하고자 한다.

분석하기

분석(分析)하기란 여러 가지 복합적 성질을 지니고 있는 사물을 그 요소나 특징으로 쪼개어 생각하는 방법을 말한다. 학생들에게 시적 인식을 심어주기 위해서는 평소 대수롭지 않게 생각했던 사물이나 상황에 대해서도 세심하고 유의 깊게 살펴볼 수 있는 관찰력을 심어주는 것이 중요하다. 하지만 이 때의 관찰력은 실용적 국면에서 언급되는 관찰력이 아니라 문학적 직관이 투여된 관찰력을 말한다. 따라서 분석하기 역시 기계적이고 과학적인 관찰에 의한 분석이 아닌 문학적 정서와 감성이 살아 있는 분석이 되어야 한다.

이러한 분석하기는 원관념이 지니는 여러 가지의 특징을 자세히 살펴볼 수 있는 기회를 제공한다. 그리하여 학생들은 평소에는 볼 수 없었던 사물의 속성 등을 재발견하여 사물에 대한 색다른 감성과 정서를 느끼게 될 것이다.

연결하기

연결하기는 원관념보다 보조관념에 초점을 맞춘다는 점에서 분석하기 방법과 다르다고 할 수 있다. 은유를 만들고자 할 때 원관념이 되는 대상의 특징과 성질 등에 대해서 면밀히 파악하고 있다고 하더라도 이를 빗대어 말할 수 있는 보조관념이 떠오르지 않는다면 참신한 은유가 만들어 질 수 없다. 따라서 이 활동에서는 자유롭고 무비판적인 분위기를 형성하여 머릿속에 떠오르는 잠재적 보조관념들을 마음껏 산출함으로써 은유적 사고를 활성화한다.

이 활동은 평소 상관성이 없을 것이라 여겨지던 두 사물과의 연결을 시도하면서 시적 상상력이 가져다주는 흥미와 새로움을 느끼게 하고 세계와 자신과의 교감을 통해 시적 형상화의 체험을 하게 할 것이다.

지금까지 살펴본 은유를 활용한 시 발상 지도의 방법을 도식화하면 <표 2>와 같다.

〈표 3〉 은유를 활용한 시 발상 지도의 방법

활동 내용	초점화	방법
시적 형상화	원관념	분석하기
	보조관념	연결하기

2. 은유적 발상을 활용한 시 창작 지도 방안

은유를 활용한 시 발상 지도 방안에서는 지도 원리를 제시하고 이를
바탕으로 지도 단계를 구안한 후, 발상 단계에 활용할 지도 방책과 활동
을 제시하고자 한다.

1) 지도 원리

▪ 적극적 상상의 원리

은유적 사고의 활성화는 물론 창의적인 시 발상을 위해서는 아동들의
상상력이 적극적으로 발휘될 필요가 있다.

시 창작 교육이 지향해야 하는 바는 스스로 한 편의 시를 창작하는
것이다. 이는 다른 시를 모방함으로써 시를 완성하는 것과는 달리 아동
스스로 상상력의 눈으로 대상을 포착하여 한 편의 시를 완성해야 함을
의미하는 것이다. 특히 시 창작이 언어의 문제가 아니라 관점의 문제,
상상력의 문제로 귀결됨으로 '적극적 상상의 원리'는 중요한 요소일 수
밖에 없으며 시 창작 교육은 상상력을 키워주는 방향으로 전개되어야
할 것이다.

시적 상상력은 한 편의 시 안에서 경험적 세계와 상상적 세계가 맺고

있는 관계 양상으로 정의하며 발견, 관찰, 연상, 투사, 유추, 평가 여섯 가지의 유형으로 분류된다(김상욱, 2001 : 226). 이는 이론적인 분류일 따름이긴 하지만 실제 한 편의 시에서는 이들 다양한 상상력들이 서로 긴밀하게 결합된 채 한 세계를 구성하고 있음을 알 수 있다.

시를 생산하는 능력에는 감각, 감수성, 지성, 이성 등이 있다. 하지만 사물을 보는 그 순간에 한 편의 시가 작품으로 완성되는 것은 아니다. 창작자가 경험한 사물은 상상력에 의하여 언어로 형상화되지 않으면 시가 이루어질 수 없으며 앞서 든 감각, 감수성, 지성 등도 모두 상상력이라고 하는 종합적 통합적 형상력 속에서 그 작용이 가능한 것이다(황송문, 2001 : 20). 따라서 '적극적 상상의 원리'는 창작 교육 현장에 가장 중요한 요소이며 특히 사물 뒤에 숨어 있는 가능성이나 눈에 보이지 않는 부분까지 파악해야 하는 시 발상 과정에서는 더욱더 강조되는 원리이다.

■ 발상과 표현 연계의 원리

아무리 문학적으로 뛰어난 발상이 이루어졌다 하더라도 한 편의 시가 결과물로 생산되지 않는다면 무의미하기 때문에 시 발상 과정을 지도할 때에는 '어떤 결과물이 생산될 것인가'에 대한 생각을 항시 염두에 두어야 한다. 이것이 바로 발상이 표현으로 이어져야 한다는 발상과 표현 연계의 원리이다.

실제 초등학교 5학년 학생들을 대상으로 시 발상을 지도했을 때 일부 학생들은 발상하기에만 초점을 둔 나머지 이를 한 편의 언어로 형상화하는 데는 소홀히 하여 발상이 생각으로만 그쳐버린 경우가 있었다. 심지어는 발상을 하는 궁극적인 목적이 한 편의 시를 창작해 내기 위한 것임을 망각하여 시상과는 전혀 상관성이 없는 결과물을 생산해 낸 학생도 있었다. 이는 시 창작 활동에서 발상과 표현이 서로 연계성을 가지지 못한 전형적인 예이다.

시 발상 지도는 결과보다 과정에 초점을 둔 지도 방법이다. 하지만 문화생산 시 창작 교육이 되기 위해서는 궁극적으로 시 창작물을 생산할 수 있어야 하기 때문에 교사들은 발상하기의 궁극적인 목적이 한 편의 시를 창작해내기 위한 것임을 명백히 인지시켜 참신한 발상이 결과물로 이어질 수 있도록 해야 할 것이다.

■ 효율성의 원리

효율성(效率性)의 원리란 들어간 노력에 대비하여 얻어진 결과의 정도가 커야 한다는 것으로 최소한의 시간과 노력으로 학습자들의 시 창작 능력을 최대화하여야 한다는 것이다. 창작력이라는 것이 하루아침에 향상되는 것이 아니기 때문에 교사는 물론 학생들도 꾸준한 시간을 투자해야 한다. 하지만 실제 학교에서 시 창작을 지도할 수 있는 시간은 매우 한정적이다.

실제 교육과정을 살펴보면 한 학기당 시 창작 관련 학습은 고학년의 경우 3-4차시 정도일 뿐이다. 재량이나 특별 활동 등 교사 재량에 따라 시 창작을 지도하기 위한 시간을 확보할 수도 있지만 다른 여러 가지 교육 활동으로 인하여 이도 쉽지 않은 편이다. 따라서 지도 교사는 한 시간을 활용하더라도 학습자들의 시창작력을 최대한 향상시킬 수 있는 효율성의 원리를 염두에 두어야 할 것이다.

2) 지도 단계

이 글은 시 발상을 지도하기 위해 은유를 활용하였다. 창작자는 여러 가지 활동을 통해 다양한 은유를 만들어 보고 시상을 떠올린 후 한 편의 시를 창작하게 된다. 구체적인 지도 단계는 다음과 같다.

■ 발상하기

발상하기 단계에서 창작자는 특정 사물이나 상황에 대한 탐색을 하고 비유를 만들어 보는 과정에서 시상을 떠올려 본다. 세부적인 순서는 '탐색하기 → 비유하기 → 시상쓰기'다.

탐색하기

이 단계는 원관념이 지닌 여러 가지 특성을 탐색하거나 원관념에 어울릴 만한 다양한 보조 관념을 탐색해 보는 두 종류의 활동이 있다.

전자의 활동에서는 원관념의 속성이나 기능 등을 살펴본다. 처음에는 사실적인 관점에 입각한 탐색이 주를 이루지만 다양한 활동을 체험하다 보면 여러 가지 연상과 상상력의 작용에 의해 문학적인 안목에서의 탐색이 이루어지게 된다.

후자의 활동은 원관념에 어울리는 보조 관념을 탐색해 보는 활동인데 이때 가장 중요한 것은 잠재적으로 보조 관념이 될 만한 다양한 대상을 떠올리는 것이다. 그래야만 많은 비유가 성립되어 풍부한 시상을 떠올릴 수 있기 때문이다.

비유하기

앞서 탐색한 활동을 바탕으로 구체적인 비유를 만들어 보는 활동이다. 창작자의 수준에 따라 한 가지 비유가 만들어질 수도 있고 수많은 비유를 만들어 낼 수도 있는데 가능한 많은 비유를 만들어내는 것이 아이디어 생산 측면에서 바람직하다. 하지만 아무리 많은 비유를 만들어 냈다 하더라도 문학적인 관점으로 보았을 때 타당하지 않는 비유를 만들어 내는 학생들도 있다. 따라서 교사는 이 활동의 목적이 궁극적으로는 한 편의 시를 창작하는데 있음을 인식하게 하여 시적 형상화가 가능한 비유를 만들 수 있도록 유도한다.

시상쓰기

시상쓰기는 비유 만들기를 통해 떠오른 시가 될 만한 생각거리를 쓰는 단계이다. 하지만 경우에 따라서는 시상을 글로 표현하기 어려워하는 경우가 많기 때문에 교사는 예시 활동으로 하나의 시상(詩想)을 한 문장 정도로 표현하는 시범을 보이도록 하며 그래도 시상을 글로 표현하는데 어려움을 느낄 경우에는 이 단계를 생략하고 바로 시 창작을 할 수 있도록 한다.

■ 구상하기

발상하기를 통해 떠올린 시상을 효과적으로 표현하기 위해 어떤 순서로 어떻게 나타낼 것인가를 설계하는 과정이다. 구상을 하지 않을 경우 뛰어난 발상이 이루어졌다 하더라도 이를 언어로 표현함에 있어 시의 내용이 통일되지 않아 완성도 높은 창작물을 기대하기 어렵다. 그러나 이를 무시하고 바로 표현하기에 임하는 학생들이 많기 때문에 교사는 이 단계의 중요성을 숙시시키는 것이 필요하다.

■ 표현하기

앞서 진행된 발상과 구상하기에서 떠올린 생각과 계획들을 언어화하는 단계이다. 산문의 언어가 의미를 전달하는 도구로 사용된다면 시의 언어는 그 자체가 목적이기 때문에 시상을 어떻게 언어로 표현하느냐에 따라 시의 완성도가 결정된다. 따라서 교사는 시어 선택 및 배열, 표현법 등에 대한 지도를 해야 할 것이다.

- **■ 퇴고하기**

퇴고하기는 표현하기가 끝나면 언어화된 작품을 수차례 읽어가며 고치는 과정이다. 쓰고자 하는 것이 만족하게 쓰였는가를 살피며 모자라는 부분, 빠뜨린 부분을 집어 넣어가면서 표현을 상세할 뿐 아니라 불필요하거나 지나친 부분 등을 삭제하면서 표현을 긴장시킨다.

- **■ 조정하기**

조정하기란 시적 형상화는 물론 언어 표현에 이르기까지 모든 과정에 걸쳐 이루어지는 활동으로 한 편의 시를 창작해 해는 것을 목적으로 자신의 생각이나 글에 대해 끊임없는 수정과 보완을 걸치는 과정을 말한다. 퇴고가 글로 완성된 작품에 수정을 가하는 활동인 반면 조정하기는 메타인지(meta-cognition)의 하나로 시 창작에 임하는 자신의 사고 내용과 과정에 대한 생각을 계획하고 수행해 나갈 뿐 아니라 평가하여 수정해 나가는 모든 활동을 뜻한다. 특히 발상 단계에서는 은유를 만들어 내는 궁극적인 목적이 한 편의 시 창작에 있음을 명확히 인식하여 무수히 떠오르는 아이디어를 목적에 맞게 조정해 나가는 것이 반드시 필요하다.

이러한 과정을 단계를 모형화하면 <그림 1>과 같다.

<그림 1> 은유를 활용한 시 발상 지도 단계

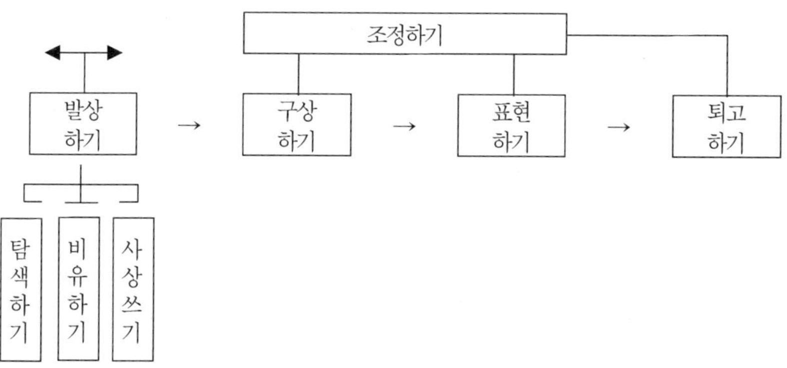

은유를 활용한 시 발상 지도 단계가 기존 창작 과정과 다른 점은 발상 과정에 '탐색하기 → 비유하기 → 시상쓰기'의 세부 단계가 추가된 점이다. 이 하위 활동들은 어떤 사물이나 상황을 면밀히 관찰해봄으로써 평소에는 느끼지 못했던 사물에 대한 새로운 인식과 상상력을 불러일으킨다. 또한 발상 과정에서 생성된 비유는 시상을 언어화하는 과정에 쉽게 접근할 수 있다는 장점을 지닌다.

이러한 지도 단계는 발상 단계를 심층적으로 지도하는 것에 초점이 맞추어져 있지만 모든 단계는 <그림 1>과 같이 순차적으로 진행된다. 즉 발상 단계에서 은유 만들기 활동을 통해 형성된 시상은 언어화 단계를 거쳐 한 편의 시로 창작되며 이 모든 단계들은 유기적으로 상호 작용하면서 존재한다.

3) 지도 방책과 활동

교실 현장에서 이루어지는 시창작 활동을 살펴보면 대부분의 학습자들은 주제에 대한 고민과 창작의 기쁨 없이 가능한 빠르고 쉽게 쓸 수 있는 것이 시 창작이라는 인식을 하고 있는 경향을 살펴볼 수 있다. 이에 본 장에서는 시 창작 활동에 임할 때 주제가 되는 사물에 대한 심층적인 사고가 활성화되어 시적 안목과 상상력을 발휘할 때 느껴지는 창작의 기쁨을 느낄 수 있도록 하는 방책을 제시하고자 한다.

각각의 방책들은 모두 발상 단계에서 이루어지는 활동이며 창작자의 수준에 따라 다양하게 선택되어 사용될 수 있고 교사의 시범이 이루어진 후에 학습자 주도의 활동으로 넘어가게 된다.

■ 분석하기

은유를 만들기 위해서는 무엇보다 원관념의 특성을 면밀히 파악하는 것이 중요하다. 이에 분석하기에서는 원관념의 특징을 여러 가지 방법으로 분석해봄으로써 은유를 만들어 보는 활동이 제시된다.

속성 나열하기

이 활동에서는 학습자 자신이 평소 흥미를 느끼는 대상을 원관념으로 정해놓는 것으로부터 시작된다. 원관념이 정해지면 마인드맵을 통해 그 대상의 특징이나 기능, 속성을 자유롭게 떠올려 나열한다. 하지만 기존의 마인드맵이 그 어떠한 제약 없이 자유롭게 생각을 발산하는 것이라면 속성 나열하기에서는 그 범위를 대상의 속성이나 특징에 관련한 것으로 정한다는 점이 다르다.

이렇게 원관념의 특성을 열거한 후에는 나열된 원관념의 특성과 관련된 경험이나 생각을 탐색하고 이에 어울리는 보조관념을 찾아 은유를 만든다. 이 과정에서 학습자는 미처 생각하지 못했던 대상의 속성을 세밀히 관찰하게 됨으로써 시가 될 만한 참신한 생각거리를 떠올리게 된다.

생명 불어넣기

이 활동은 앞서 설명한 속성 나열하기와 비슷하지만 다른 점은 나열된 속성에 생명을 불어넣어 본다는 점이다. 다시 말하자면 여러 가지 탐색을 통해 주제에 대한 여러 가지 특징이나 기능 등을 열거하고 그 중에서 식물이나 동물, 사람처럼 나타낼 수 있는 특성에 초점을 맞추어 은유 만들기 활동을 해 보는 것이다.

의인법은 넓은 의미에서 은유법의 하나로 원관념의 대상을 사람인 것처럼 생각하고 대상을 탈바꿈하는 것이다. 생명 불어넣기에서도 의인법이 사용되는데 다른 점은 사람 뿐 아니라 생명이 있는 모든 사물의 특성이 사용된다는 점이다.

사물 되어보기

이 활동에서는 창작자 자신이 원관념에 해당하는 사물이 직접 되어 보고 다른 사물과 대화를 나누어 보거나 일기를 써보는 활동이다. 가령 자기 자신이 나무가 되어 구름이나 새, 비와 함께 가상의 대화를 나눈다 거나 연필이 되어 하루 일과를 일기로 써보는 것이다. 가상의 대화가 일 기쓰기가 끝난 후에는 그 사물에 대한 느낀 바를 적고 대상에 어울리는 시적 비유를 만들어 본다. 창작자는 스스로가 원관념의 대상이 되어 보 기 때문에 감정이입이 잘 이루어져 사물에 대한 애정과 관심을 갖게 될 뿐 아니라 사물의 특징이나 속성에 대해 탐색해보는 기회를 갖게 된다.

■ 연결하기

연결하기란 잠재적으로 보조관념이 될 만한 대상을 탐색하여 은유를 만들어 보는 활동이다. 이는 보조관념에 초점을 둔다는 점에서 원관념에 초점을 둔 분석하기와는 다른 특징을 지닌다.

감각화 하기

앞서 살펴보았듯 은유란 인상의 강렬함과 선명성을 드러내는 데 없어 서는 안 될 중요한 요소일 뿐 아니라 인간의 온갖 감각에 호소하여 구 체성을 노리는 시적 장치이기도 하다. 이와 같은 특성으로 인해 은유는 이미지와 깊은 관련을 맺고 있다. 감각화하기 역시 인간의 오감으로 원 관념을 인식하여 다양한 보조관념을 탐색해 보는 활동으로 미각적, 후각 적, 시각적, 촉각적, 청각적 활동으로 나뉜다. 특정 사물을 사람의 어느 한 감각에 집중하여 체험하게 되면 기존의 사물과는 전혀 다른 창의적 사물로의 전환이 이루어지게 되는 경우가 있다. 감각화하기 역시 이러한 의도로 이루어지는 활동으로 학습자는 자신의 오감을 통해 다양하고 개성 있는 보조관념을 찾아내어 범상하게 지나쳤던 사물도 은유에 의해 새롭게 의미화하게 되는 시적 체험을 하게 된다.

별명 짓기

이는 원관념에 어울리는 별명 짓기를 통해 은유를 만들어 보는 활동이다. 별명은 본이름 외에 대상의 외관이나 특징 등을 따서 부르는 이름으로 별명 자체가 은유가 될 수 있다. 평소 학생들은 친구들의 별명을 짓는데 많은 재미를 느끼기 때문에 이 활동은 학습자에게 친숙하게 다가갈 수 있다. 별명을 짓기 위해서는 대상의 두드러지는 특성에 초점을 맞추고 그 특성과 공통성을 띤 다른 이름을 생각해 내야 한다. 이 활동을 통해 학생들은 별명이 은유의 한 종류임을 알게 될 뿐 아니라 원관념에 잘 어울리는 별명이 한 편이 시로 탄생될 수 있음을 깨닫게 될 것이다.

수수께끼 만들기

수수께끼는 어떤 사물에 대해 바로 말하지 않고 빗대어 말하여 그 사물의 뜻이나 이름을 알아 맞추는 활동으로 평소 학생들이 즐기는 놀이이다. 학생들은 그룹을 짓고 원관념이 되는 대상에 대한 충분한 검토를 한 후 이를 간접적으로 나타낼 수 있는 다른 표현, 즉 보조관념을 만든다. 그리고 다른 학생들은 이 보조관념을 듣고 무엇을 설명하는 것인지 맞추는 것인데 일반 수수께끼와 다른 점은 두 가지이다. 첫째는 수수께끼의 문제가 반드시 은유로 표현되어야 한다는 것이고 둘째는 모든 수수께끼가 풀리면 그 대상에 한 편의 시를 창작해 낸다는 점이다. 이는 수수께끼라는 놀이적 특성으로 인해 아동들의 호기심과 흥미를 자극할 것이다.

결합 관계 이용하기

은유의 표현 구조는 시인마다 다양하게 나타나는데 초등학교 동시에 가장 많이 나타나는 구조가 '기본형-계사형(繼絲型)'으로 구상에서 구상으로, 추상에서 구상으로, 구상에서 추상으로, 추상에서 추상으로 전이되는 구조로 나뉜다. 결합 관계 이용하기 활동에서는 이러한 은유의 구성방식을 이용하여 은유를 만들어 보는 활동이다. 우선 학습자는 자신이 알고 있는 구상어와 추상어를 모두 떠올려 구상어 꾸러미와 추상어 꾸러미를 만든다. 그리고 나서 교사는 학습자에게 원관념이 될 구상어와 추상어 한 가지씩 제시한다. 학습자는 자신이 만든 꾸러미들 속에서 교사에 의해 제시된 원관념과 어울릴만한 구상어와 추상어의 연결을 다양하게 시도하여 '구상어-추상어', '추상어-구상어', '구상어-구상어' 등의 은유를 만들어 본다. 그리고 그 중 시적 형상화가 가능한 은유를 이끌어 내어 시상을 떠올린다.

꾸며 써보기

가장 기본적인 은유의 구조는 'A는 B' 이다. 그런데 여기에 여러 가지 수식어가 붙을 경우 기본 은유는 또 다른 새로운 의미를 창출해 내기도 한다. 이 활동은 이러한 수식의 특징을 이용한 것으로 교사는 'A는 B'라는 기본적인 은유를 제시한다. 학습자는 교사에 의해 주어진 B, 즉 보조관념의 앞에 특징을 상세히 해주는 장소나 상태, 색깔, 행위 등을 수식해 봄으로써 새로운 은유를 만들어 본다. 가령 교사에 의해 '나는 새'라는 비유가 제시되면 학습자는 이 은유 앞에 여러 가지 수식어를 붙여봄으로써 '나는 비를 흠뻑 맞은 새', '나는 숲을 가로질러 가는 새', '나는 11월의 새' 등 여러 가지 은유를 만들어 보고 그 중 시적 형상화가 가능한 비유를 골라내어 시상을 찾아내는 활동을 하게 된다. 이는 보조관념의 속성과 이미지를 더욱더 구체화하고 정교화 함으로써 학습자의 시적 상상력을 활성화한다는 장점을 지닌다.

지금까지 은유를 활용한 시 발상의 지도 원리, 지도 단계 및 방책에 대해 살펴보았다. 앞서 소개된 지도 방책들은 원관념이나 보조관념을 탐색하여 비유를 만들고 이 과정에서 시상을 떠올려보는 활동으로 모두 발상하기 단계에서 이루어진다. 보통 교실에서 이루어지는 시 창작 활동을 살펴보면 창작 과제를 두고 무엇을 어떻게 써야할지 막막해하는 학생이 대부분이다. 하지만 은유를 활용한 시 발상 지도는 발상 단계에서 특정 사물이나 상황에 대한 충분한 탐색이 이루어지기 때문에 창작에 대한 부담을 줄여 줄 뿐 아니라 시상이 은유로 표현되어 시적 표현을 만들어 내기가 쉽다는 장점을 지닌다.

3. 은유적 발상을 활용한 시 창작 지도 사례

1) 지도 계획

■ 연구 대상 및 절차

은유적 발상을 활용한 시 창작 지도에 따른 실제는 경기도 안양시 만안초등학교 5학년 문예부(특별활동 중 계발활동 부서) 28명을 대상으로 2005년 8월 25일부터 2005년 10월 27일까지 10주 동안 매주 목요일에 수행되었다.

첫 주에는 실험 집단으로 선정된 학생들의 시와 시 창작에 대한 흥미와 관심 및 태도를 알아보기 위해 설문 조사7)를 하였고 시 창작에 관한 능력을 살펴보기 위해 '가을'이란 주제로 시쓰기를 수행하였다. 2주부터 9주까지는 은유를 활용한 시 발상 지도를 실시하였으며 마지막 10주에는 시창작력의 향상 여부를 파악하기 위해 '가을'에 대한 시를 다시 쓰

---

7) 설문지는 부록1에 제시하였음.

게 하였으며 사후 설문 조사8)를 실시하였다. 구체적인 지도 방안의 절차
는 다음과 같다.

〈표 4〉 은유를 활용한 시 발상 지도 방안의 절차

실시 내용	실시 일자
지도 대상 학생에 대한 사전 설문 및 '가을'에 대한 시쓰기	2005. 8. 25
은유를 통한 시 발상 지도 적용	2005. 9. 1 - 10. 20
지도 대상 학생에 대한 사후 설문 및 '가을'에 대한 시쓰기	2005. 10. 27

2) 지도 내용

▪ 학습 과제

교수-학습 과정은 총 9차시에 걸쳐 구성하였다. 한 차시 분을 40분으
로 구성하였고 구체적인 지도 내용은 다음과 같다.

〈표 5〉 은유를 활용한 시 발상 지도의 학습 과제

주	학습 과제		학습 활동
1	비유에 대해 알아보기		·비유가 무엇인지 탐색하기 ·동시에 나타난 비유 찾아보기 ·내 스스로 비유 만들어 보기
2	분석 하기	속성 나열하기	·대상에 대한 특징, 속성을 자유롭게 나열하기 ·부각 시키고 싶은 특징을 찾아 비유 만들기 ·비유 만들기를 통해 시상 떠올리기 ·시쓰기

---

8) 설문지는 부록1에 제시하였음.

3	분석 하기	생명 불어넣기	・대상에 대한 특징, 속성을 자유롭게 나열하기 ・떠올린 특징 중 생명체로 표현할 만한 속성 찾기 ・비유 만들기를 통해 시상을 떠올리기 ・시쓰기
4		사물 되어보기	・사물이 되어보고 다른 사물과 대화하거나 일기 써보기 ・대화가 끝난 후 사물에 대한 느낀 점을 적고 비유를 만들어 시상 떠올리기 ・시쓰기
5	연결 하기	감각화하기	・대상을 시각화하여 비유 만들기 ・대상을 청각화하여 비유 만들기 ・대상을 후각화하여 비유 만들기 ・대상을 미각화하여 비유 만들기 ・대상을 촉각화하여 비유 만들기 ・맘에 드는 비유를 고르고 이를 통해 시상 떠올려 시쓰기
6		별명짓기	・대상에 대한 특징을 탐색한 후 별명 짓기 ・별명 짓기를 통해 시상 떠올리기 ・시쓰기
7		수수께끼 만들기	・그룹별로 은유적 표현으로 된 수수께끼 문제를 만들고 서로 맞추기 ・수수께끼가 끝나면 가장 맘에 드는 은유를 고르고 이를 통해 시상 떠올리기 ・시쓰기
8		결합관계 이용하기	・결합관계에 대해 알아보기 ・알고 있는 구상어 떠올리기 ・알고 있는 추상어 떠올리기 ・결합관계에 따른 은유 만들고 이를 통해 시쓰기
9		꾸며 써보기	・기본 은유 만들기 ・기본 은유에 앞뒤 덧붙여가며 새로운 은유를 만들고 이를 통해 시상 떠올리기 ・시쓰기

■ **교수-학습의 실제**

　선정한 학습 과제를 실천하기 위해서 교수-학습 지도안을 설계한 다음 수업에 적용하여 보았다. 그리고 수업에 참여한 학생들 모두 학습 과정에서 자신이 창작한 시와 그에 대한 평가 및 창작 과정에서 느낀 점을 쓰게 하였다.

이 글에서는 처음 1차시와 마지막 10차시를 제외한 8차시에 이르는 교수 학습 지도안을 제시하였다. 그리고 그 차시에 산출된 작품 중 시사점이 많은 학생의 작품을 골라 예시 자료로 실었다.

〈표 6〉 속성 나열하기의 교수-학습안

수업주제	속성 나열하기
학습목표	속성 나열하기를 통해 참신한 시상을 떠올려 한 편의 시를 쓸 수 있다.
지도 유의점	속성을 나열하는 것으로 그치는 것이 아니라 살펴본 속성에 어울리는 비유를 지어 이를 통해 시상을 떠올리는 것에 중점을 둔다.
학습단계	교수-학습 활동
도입	・시 '목련꽃' 읽기 ・목련꽃을 무엇에 비유했는지 이야기해보기 ・학습 목표 확인하기 - 속성 나열하기를 통해 참신한 시상을 떠올려 한 편의 시를 써보자.
전개	・탐색하기 - 주어진 대상이 지닌 다양한 속성에 대해 탐색한다. ・기능, 색깔, 촉감, 모양, 사는 곳, 장단점 등에 대해 탐색한다. - 탐색하는 과정에서 느낀 점을 발표한다. ・살펴본 것 중 가장 부각 시키고 싶은 속성을 찾아보고 그 이유를 생각한다. - 비유하기 - 가장 부각시키고 싶은 속성에 어울리는 비유를 만든다. ・시상쓰기 - 비유를 통해 떠오른 시상을 쓴다. ・시쓰기
정리	・완성된 시 발표하기 ・친구가 지은 시를 듣고 자신의 느낌과 생각을 발표하기

속성 나열하기의 도입 활동은 5학년 읽기 교과서에 제시된 시 '목련

꽃'을 읽고 목련꽃의 어떠한 특성이 시적 비유를 만들어 내고 있는지를 분석해 보는 활동이다. 그리고 이 시에 대한 분석을 바탕으로 주위에서 쉽게 볼 수 있는 사물의 기능이나 생김새 등의 특성을 탐색한 후 비유를 만들어 본다. 윤진희 학생은 책상의 나쁜 점을 탐색해 보는 과정에서 '책상은 우리 엄마 잔소리'라는 비유를 이끌어 냈으며 이를 바탕으로 <표 7>과 같이 한 편을 창작했다.

〈표 7〉 속성 나열하기의 학습 결과물

활동 내용	활동 결과
탐색하기	• 책상의 속성 탐색하기 - 하는 일 : 공부를 하게 해 준다.　　　- 색깔 : 갈색 - 촉감 : 미끄럽다.　　　　- 좋은점 : 공부를 하게 해 준다. - 나쁜점 : 공부해라 하는 엄마의 잔소리가 생각난다. - 냄새 : 나무 냄새　　- 사는 곳 : 내 방　　- 모양 : 네모, 동그라미 등 • 맘에 드는 속성 고르기 - 나쁜점 : 공부해라 하는 엄마의 잔소리가 생각난다.
비유하기	- 책상은 (우리 엄마 잔소리)
시상쓰기	- 엄마 잔소리 같은 책상에 대해 시를 써보자.
표현하기	나의 책상 - 윤진희 책상을 보면 '공부해라' 하는 우리 엄마 잔소리가 떠올라 하기 싫은 공부 억지로 해야 하는 곳 나의 책상은 엄마 잔소리 그래도 내 책상은 날 똑똑하게 해 줄 엄마닮은 보물이다

〈표 8〉 생명 불어넣기의 교수·학습안

수업주제	생명 불어넣기
학습목표	주어진 대상에 생명을 불어넣어 보고 참신한 시상을 떠올려 한 편의 시를 쓸 수 있다.
지도 유의점	학습자는 생명체를 동물, 식물, 사람으로 나누워 떠올리게 되는데 이 중 동식물은 잘 떠올리지만 '사람'은 무엇을 떠올려야 할지 잘 모르는 경우가 있다. 이에 교사는 '사람'이라는 항목에서는 선생님이나 친구, 부모님 등이 포함될 수 있다는 예시를 덧붙여 주는 것이 좋다.
학습단계	교수·학습 활동
도입	·시 '바람이 자라나봐' 읽기 ·위의 시에서 바람을 어떤 생명에 비유하였는지 확인해 보기 ·학습 목표 확인하기 - 생명 불어넣기를 통해 시상을 떠올려 보고 한 편의 시를 쓸 수 있다.
전개	·탐색하기 - 주어진 대상이 지닌 다양한 속성에 대해 탐색한다. ·기능, 색깔, 촉감, 모양, 사는 곳, 장단점 등에 대해 탐색한다. - 탐색하는 과정에서 느낀 점을 발표한다. - 살펴본 속성 중 동물이나 동물, 사람으로 표현할 수 있는 특징을 찾는다. ·비유하기 - 생명체로 표현할 수 있는 속성에 비유를 만든다. ·시상쓰기 - 비유를 통해 떠오른 시상을 쓴다. ·시쓰기
정리	·완성된 시 발표하기 ·친구가 지은 시를 듣고 자신의 느낌과 생각을 발표하기

　　도입 활동에서 학습자는 6학년 말·듣·쓰 교과서에 나온 시 '바람이 자라나봐'를 읽고 '바람 = 어린이'라고 비유한 시적 구조를 살펴본 후 학습 활동에 대해 인지한다. 생명 불어넣기는 앞서 소개한 속성 나열하기와 같이 원관념을 탐색하고 그 중 생명체로 비유할 만한 특성을 찾아 시상을 얻는 활동이다. 김선영 학생은 구름의 특성 중 '비, 바람을 몰고

온다'는 속성에 착안하여 구름을 소식 전하는 우체부 아저씨에 비유하여 다음과 같은 시를 창작하였다.

〈표 9〉 생명 불어넣기의 학습 결과물

활동 내용	활동 결과
탐색하기	• 구름 속성 탐색하기 - 하는 일 : 비, 바람을 몰아온다.　　- 색깔 : 흰색 - 촉감 : 폭신폭신하다.　　- 좋은 점 : 비를 준다. - 나쁜점 : 번개를 내린다.　　- 냄새 : 물방울 냄새 - 사는 곳 : 하늘　　- 모양 : 다양하다. • 생명체로 비유할 수 있는 속성 찾기 - 하는 일 : 비, 바람을 몰아온다.
비유하기	- 구름은 우체부 아저씨
시상쓰기	- 여러가지 소식을 전하는 구름에 대한 시를 써보자.
표현하기	구름이라는 우체부 아저씨 - 김선영 오늘도 편지를 들고 천천히 옆으로 옆으로 날아가는 우체부 아저씨 '오늘은 무슨 내용일까?'하고 궁금해 하며 싱글 벙글 날아간다 대나무는 왜 이렇게 안 오는지 궁금해서 목을 쑥- 빼자, 구름은 저기구나! 하고는 바람을 타고 뛰어간다. 하늘색 편지지를 열어본 대나무는 하늘이 무슨 선물을 줬는지 활짝 웃으며 잎사귀에 정성을 담아 구름에게 전해주고는 미안한 표정을 짓는 대나무 그 대나무 마음을 알았는지 구름은 괜찮다는 인사를 남기곤 웃고 있는 하늘에게로 뛰어 간다.

〈표 10〉 사물 되어보기의 교수-학습안

수업주제	사물 되어보기
학습목표	사물이 되어 일기를 쓰거나 다른 사물과의 가상 대화를 나누어 보고 참신한 시상을 떠올려 한 편의 시를 쓸 수 있다.
지도 유의점	사물 되어보기를 할 때 자칫 장난스런 분위기가 되지 않도록 유의하고 이 활동의 목적이 궁극적으로는 한 편의 시를 만들기 위한 생각거리를 찾고자 하는데 있음을 인지시킨다.
학습단계	교수-학습 활동
도입	·다시 태어난 다면 어떤 사물로 태어날지 상상해 보기 ·학습 목표 확인하기 - 사물이 되어 대화하기를 통해 시상을 떠올려 보고 한 편의 시를 쓸 수 있다.
전개	·탐색하기 - 내 주위에 있는 사물 하나를 골라 그 사물이 되어 보기 　하루의 일과를 일기로 써 본다. 　다른 사물과 가상의 대화를 나누어 본다. - 탐색하는 과정에서 느낀 점을 발표한다. ·비유하기 - 내가 되어 본 사물에 어울리는 비유를 만든다. ·시상쓰기 - 비유를 통해 떠오른 시상을 쓴다. ·시쓰기
정리	·완성된 시 발표하기 ·친구가 지은 시를 듣고 자신의 느낌과 생각을 발표하기

　탐색하기에서는 내 주위에 있는 사물 하나를 골라 그 대상이 되어 일기를 써보거나 다른 사물과 대화를 나누어 보고 사물에 대한 감정이입을 충분히 해 본다. 그리고 나서 자신이 되어본 사물에 대한 비유를 만들고 이를 통해 시상을 떠올린다. 김윤미 학생은 민들레가 되어 일기를 쓰고 난 후 '민들레 = 아가'라는 비유를 만들고 이를 통해 시상을 얻어 <표11>과 같이 시를 창작했다.

〈표 11〉 사물 되어보기의 학습 결과물

활동 내용	활동 결과
탐색하기	·사물 되어보기 - 민들레 되어 일기 쓰기 : 나는 오늘 바람의 입김에 불러 또 여행을 떠나게 되었다. 늘 하는 여행이지만 항상 새롭고 들뜬 마음이 든다. 오늘 아침에는 꿀을 나르는 벌을 만나 꿀로 아침 식사를 했다. 낮엔 잠깐 비가 왔었는데 나무가 우산이 되어주고 무지개 다리를 만나 무지개에서 잠시 놀기도 하였다. 밤이 되니 무서워서 걱정이 되었지만 달이 나를 불러주어 푸근한 잠자리를 마련해주었다. 오늘도 이곳 저곳에서 많은 신세를 진 것 같다.
비유하기	- 민들레는 꿈꾸는 아가
시상쓰기	- 자연의 사랑을 받는 민들레에 대한 시를 써보자.
표현하기	꿈꾸는 아가 민들레 　　　- 김윤미 바람의 입김에 날려 어디론가 여행을 떠나는 민들레 아침엔 나비가 엄마되고 비가 오면 나무가 엄마되고 밤 되면 달님이 엄마되는 민들레는 꿈꾸는 아가 오늘도 바람 속에서 환하게 웃는 민들레는 자연의 사랑을 듬뿍 받아 무럭무럭 자라나네

〈표 12〉 감각화하기의 교수-학습안

수업주제	감각화하기
학습목표	감각화하기를 통해 참신한 시상을 떠올려 한 편의 시를 쓸 수 있다.
지도 유의점	주어진 대상을 온몸으로 느낄 수 있도록 자유로운 분위기를 유도한다.
학습단계	교수-학습 활동

도입	·우리 몸의 감각에 대해 말해보기 ·학습 목표 확인하기 - 감각화하기를 통해 시상을 떠올려 한 편의 시를 써보자.
전개	·탐색하기 및 비유하기 - 주어진 대상을 감각화하기 　대상에서 느낄 수 있는 장면 적기　→ 비유 만들기 　대상에서 느낄 수 있는 소리 적기　→ 비유 만들기 　대상에서 느낄 수 있는 냄새 적기　→ 비유 만들기 　대상에서 느낄 수 있는 맛 적기　　→ 비유 만들기 　대상에서 느낄 수 있는 감촉 적기　→ 비유 만들기 ·시상쓰기 - 만들어진 비유 중 맘에 드는 것을 고르고 떠오르는 시상 쓰기 ·시쓰기
정리	·완성된 시 발표하기 ·친구가 지은 시를 듣고 자신의 느낌과 생각을 발표하기

　감각화하기 활동에서는 교사에 의해 제시된 특정 사물이나 상황을 오감을 통해 느껴보고 시를 창작하는 활동이다. 본 차시에서는 '쉬는 시간'이라는 상황을 제시하였는데 이를 눈으로, 냄새로, 맛으로, 감촉으로, 소리로 느껴보고 각 감각에 따른 비유를 만들어 본다. 그리고 나서 시적 형상화로 가능한 비유를 골라 시를 창작하는 활동이 전개된다. 신현주 학생은 쉬는 시간을 '매운 맛'으로 느끼고 '쉬는 시간=매운 고추'란 시를 완성하였다.

〈표 13〉 감각화하기의 학습 결과물

활동 내용	활동 결과
탐색하고 비유하기	·쉬는 시간 탐색하기 ·(눈) 쉬는 시간의 모습은 어떤 모습에 비유할 수 있나? 놀이동산, 달리기, 시장, 운동회 ·(귀) 쉬는 시간에 들리는 소리는 무엇이 비유할 수 있나? 비명소리, 함성소리, 매미 울음소리 ·(코) 쉬는 시간의 냄새는 무엇이 비유할 수 있나? 땀냄새, 바람냄새, 간장 냄새 ·(혀) 쉬는 시간의 맛은 무엇에 비유할 수 있나? 매운 고추, 솜사탕, 몰래 먹는 과자 맛 ·맘에 드는 비유 고르기 - 쉬는 시간은 (매운 고추)
시상쓰기	- 매운 고추맛 같은 쉬운 시간에 대해 시를 써보자.
표현하기	쉬는 시간 - 신현주 쉬는 시간은 혀끝 얼얼한 매운 고추 매워서 계속 말하는 내 친구들 쉬는 시간은 내 친구들을 꼼짝 못하게 만드는 매운 고추

〈표 14〉 별명 짓기의 교수-학습안

수업주제	별명 짓기
학습목표	별명 짓기를 통해 참신한 시상을 떠올려 한 편의 시를 쓸 수 있다.
지도 유의점	장난으로 별명을 짓지 않도록 유의한다.
학습 단계	교-학습 활동
도입	·친구의 별명 이야기하기 ·기발한 별명 뽑기 ·학습 목표 확인하기 - 별명 짓기를 통해 참신한 시상을 떠올려 한 편의 시를 써보자.
전개	·탐색하기 - 별명을 지을 때는 무엇에 초점을 맞추어야 하는지 생각한다. - 주어진 대상들의 특징을 탐색한다. - 주어진 대상들에 어울리는 별명을 짓는다. - 친구와 교환하여 친구가 지은 별명들을 탐색한다. - 친구가 지은 별명 중 가장 잘 지은 별명을 골라준다. - 내가 지은 별명 중 가장 맘에 드는 별명을 고른다. ·비유하기 - 가장 맘에 드는 별명을 통해 비유를 만든다. ·시상쓰기 - 비유를 통해 떠오른 시상을 쓴다. ·시쓰기
정리	·완성된 시 발표하기 ·친구가 지은 시를 듣고 자신의 느낌과 생각을 발표하기

이 활동에서 교사는 여러 가지 사물을 제시하고 학습자는 이에 어울리는 다양한 별명을 짓는 활동을 한다. 별명을 지을 때는 장난으로 활동하지 않도록 유의하고 별명 짓기의 궁극적인 목적이 시 창작에 있음을 숙지시켜 가능한 시적 형상화가 가능한 별명을 짓게 하는 것이 중요하다. <표 15>는 양선영 학생의 활동 내용과 작품이 제시되었는데 이 학생은 '창문은 소식통'이라는 별명을 가장 맘에 들어 했고 이를 통해 한 편의 시를 창작하였다.

〈표 15〉 별명 짓기의 학습 결과물

활동 내용	활동 결과
탐색하고 비유하기	• 여러 사물의 별명 짓기 - 내 동생은 (라디오) 　왜냐하면 (내 말을 따라 하니까) - 운동장은 (날씨) 　왜냐하면 (비가 오면 땅이 젖으니까) - 밤하늘은 (놀이터) 　왜냐하면 (달, 별들이 신나게 놀 수 있으니까) - 청소시간은 (지옥) 　왜냐하면 (청소하기가 너무너무 싫으니까) - 창문은 (소식통) 　왜냐하면 (계절이 오는 걸 보여주니까) - 편지는 (속마음) 　왜냐하면 (말로 하지 못하는 속마음을 말해주니까) • 맘에 드는 별명 고르기 - 창문은 (소식통)
시상쓰기	- 계절이 바뀌는 것을 말해주는 창문에 대해 시를 써보자.
표현하기	창문 - 양선영 계절마다 창문은 색이 바뀐다. 봄에는 노란색 여름에는 푸른색 가을에는 빨간색 겨울에는 흰색 창문을 보고 계절을 알 수 있다 창문은 계절이 말해주는 소식통

〈표 16〉 수수께끼의 교수·학습안

수업주제	수수께끼 만들기
학습목표	수수께끼 만들기를 통해 참신한 시상을 떠올려 한 편의 시를 쓸 수 있다.
지도 유의점	반드시 비유를 이용하여 수수께끼를 만들도록 한다.
학습단계	교수·학습 활동
도입	·재미있는 수수께끼 풀기 ·학습 목표 확인하기 - 수수께끼 만들기 활동을 통해 시상을 떠올려 보고 한 편의 시를 써보자.
전개	·탐색하기 - 각 모둠원끼리 수수께끼의 답이 될 대상을 정한다. - 대상이 지닌 여러 가지 특성을 탐색한다. - 대상에 어울리는 비유 5가지를 협력하여 만든다. - 만든 비유 중 맞추기 쉬운 비유부터 어려운 비유까지 순서를 정하고 이 비유가 수수께끼 문제가 된다. - 수수께기 문제 맞추기 활동을 한다. ·비유하기 - 수수께끼가 다 풀리면 각 모둠에서 만든 수수께끼를 참고로 하여 비유 하나를 만들어 본다. ·시상쓰기 - 비유를 통해 떠오른 시상을 쓴다. ·시쓰기
정리	·완성된 시 발표하기 ·친구가 지은 시를 듣고 자신의 느낌과 생각을 발표하기

　수수께끼 활동은 모둠 활동이자 놀이적 경향이 강해 아동들에게 흥미를 유발한다. 모둠에서는 수수께끼 문제를 만들어 내야 하는데 문제는 반드시 비유를 이용해야 하고 모든 수수께끼 문제가 다 해결되면 각 학습자들은 수수께끼 답이 되는 대상에 대한 비유를 만들고 한 편의 시를 쓰게 된다. 황현하 학생은 안개꽃을 주제로 한 모둠의 수수께끼 문제를 맞추지는 못했지만 이에 아이디어를 얻고 <표 17>와 같이 '우리 고모'란 시를 창작했다.

〈표 17〉 수수께끼의 학습 결과물

활동 내용	활동 결과
탐색하기	·수수께끼 만들기 대상 : 안개꽃 - 하얀 웨딩드레스를 입은 신부이다. - 흰 함박눈이다.　　　　- 소복소복 푹신한 솜이다. - 안개같다.　　　　- 산에 걸린 구름이다. ·문제 순서 정하기 1. 산에 걸린 구름이다. 2. 소복소복 푹신한 솜털이다. 3. 하얀 웨딩 드레스를 입은 신부이다. 4. 흰 함박눈이다. 5. 안개같다. ·수수께끼 풀어보기 - 각 모둠별로 자신들이 만든 수수께끼 문제를 내고 맞추어 본다.
비유하기	- 안개꽃은 (흰 웨딩드레스를 입은 우리 이모)
표현하기	우리 고모 - 황현하 드레스룸에 다소곳이 앉아있던 고모를 생각하면 갓 돋아난 안개꽃이 생각나 하얗고 아기자기한 드레스를 입고 구름 위를 걸어가는 고모를 생각하면 활짝 핀 안개꽃이 생각나 지금은 잘 지내고 있을 고모가 보고 싶으면 꽃가게에 가서 아름다운 안개꽃을 쓰다듬지

〈표 18〉 결합하기의 교수-학습안

수업주제	결합관계 이용하여 연결하기
학습목표	결합관계를 이용하여 두 대상을 연결하고 시상을 떠올려 한 편의 시를 쓸 수 있다.
지도 유의점	두 대상을 연결하는 이유는 참신한 비유를 만들기 위함인데 간혹 이를 잘 이해하지 못하여 그저 비슷한 두 개의 단어를 연결하는 학습자 (가령 나무-책상)가 있다. 따라서 교사는 학습자들에게 이 활동의 목표는 문학적인 비유를 만들어내는데 있다는 것을 인지시킨다.
학습단계	교수-학습 활동
도입	·우리 주위에서 눈으로 볼 수 있는 것과 볼 수 없는 것 찾아보기 ·학습 목표 확인하기 - 결합 관계를 이용하여 두 대상을 연결하고 시상을 떠올려 한 편의 시를 써보자.

전개	·탐색하기
	- 구상어와 추상어에 대해 알아보기
	 ·눈으로 볼 수 있는 것을 구상어라고 한다. 예) 전화기, 눈사람 등
	 ·눈으로 볼 수 없는 것을 추상어라고 한다 예)사랑, 우정, 미움 등
	- 결합관계에 대해 알아보기
	 ·구상-구상의 결합 ·추상-구상의 결합 ·추상-추상의 결합
	- 구상어와 추상어를 떠올려 보기
	- 주어진 대상(꿈, 나무)과 떠올린 구상어, 추상어 연결하기
	  ·꿈-추상어 연결하기 ·나무-구상어 연결하기
	  ·꿈-구상어 연결하기 ·나무-추상어 연결하기
	·비유하기
	- 앞에 결합관계를 이용하여 연결한 대상을 통해 시적인 비유 만들기
	·시상쓰기
	- 비유를 통해 떠오른 시상 쓰기
	·시쓰기

정리	·완성된 시 발표하기 ·친구가 지은 시를 듣고 자신의 느낌과 생각을 발표하기

　　교사는 우선 결합관계에 대해 인지시켜 학습 활동의 지표를 마련한다. 그런 후 학습자들은 결합관계에 의한 은유를 만들기 위해 다양한 구상

어와 추상어를 탐색하는데 이 때 떠올린 구상어와 추상어 꾸러미가 모두 보조관념으로서의 잠재를 지닌 대상이 된다. 구상어, 추상어의 탐색이 끝나면 교사는 원관념으로 사용될 구상어, 추상어 각 한 개씩을 제시하여 이 둘과 학습자 자신이 탐색한 구상어와 추상어를 자유롭게 연결하여 결합관계의 은유를 만들도록 한다. 본 차시에서는 원관념으로 나무(구상어)와 꿈(추상어)을 제시하였으며 김단비 학생은 '추상어-구상어'의 결합관계에 의거하여 '꿈-시계'라는 비유를 만들고 이를 통해 한 편의 시를 창작했다.

〈표 19〉 결합하기의 학습 결과물

활동 내용	활동 결과
탐색하기	• 구상어 탐색하기 - 시계, 책상, 강아지, 시골, 나무, 꽃, 엄마 등 • 추상어 탐색하기 - 우정, 희망, 꿈, 사랑, 미움, 온도, 질투, 행복 등 • '꿈'과 '나무' 어울리는 구상어, 추상어 연결하기 - 꿈~나무, 시계, 엄마 등 - 꿈~희망, 온도, 우정 등 - 나무~친구, 강아지, 시골 등 - 나무~ 꿈, 우정, 희망 등 • 맘에 드는 연결 고르기
비유하기	꿈은 (시계)
시상쓰기	- 시계처럼 돌아가는 꿈에 대한 시를 써보자.

표현하기	꿈의 시계
	- 김단비
	
	나의 꿈은 꿈을 이루려고 노력하는
	지금도 흘러가고 있는 시간은 7시
	시계
	                            꿈을 이루어서 행복할 때의
	                            시간은 12시
	꿈을 생각하지도 못한
	시간은 2시

〈표 20〉 꾸며 써보기의 교수-학습안

수업주제	꾸며 써보기
학습목표	기본 비유 '나는 ○○○'에 수식어를 덧붙여 새로운 비유를 만들어 보고 이를 통해 시가 될 만한 생각을 떠올려 한 편의 시를 쓸 수 있다.
지도 유의점	이 활동은 기본 비유 '나는 ○○○'를 바탕으로 시상을 떠올리는 게 목표인데 일부 학습자 중에서는 이 기본 비유를 이탈하여 전혀 다른 것을 주제로 시를 쓰는 경우가 있다. 이에 교사는 이 기본 비유를 주제로 하여 시상을 떠올려야 하는 활동이 되어야 함을 주지시킬 필요가 있다.
학습단계	교수-학습 활동
도입	·나와 어울리는 비유 대상 찾아보기 ·학습 목표 확인하기 - 꾸며 써보기 활동을 통해 시상을 떠올려 한 편의 시를 쓸 수 있다.
전개	·탐색하기 및 비유하기 - 교사의 시범 활동으로 '나는 나무'란 기본 비유에 덧붙여 생각해 보기 · 장소 덧붙이기 : 나는 (뜨거운 사막 위에 서 있는) 나무 · 색깔 덧붙이기 : 나는 (하얀 눈이 소복이 쌓인 흰) 나무 · 행위나 상태 덧붙이기 : 나는 (비에 흠뻑 젖은) 나무 · 시간 덧붙이기 : 나는 (11월의 마른 가지) 나무 - '나는 바람'이란 기본 은유에 ·장소 덧붙이기 ·색깔 덧붙이기 ·행위나 상태 덧붙이기 ·시간 덧붙이기 - 가장 마음에 드는 비유 고르기 - 마음에 드는 비유는 내가 어떤 상태일 때 어울리는 비유일지 탐색하기 ·시상쓰기 - 비유를 통해 떠오른 시상 쓰기 ·시쓰기
정리	·완성된 시 발표하기 ·친구의 시를 듣고 자신의 느낌과 생각을 발표하기

꾸며 써보기 활동에서는 '나는 바람'이란 기본 은유가 교사에 의해 제시되고 학습자는 이 기본 은유에 장소나 색깔, 상태 등을 표현하는 수식어를 덧붙여 확장된 은유를 만들어 낸다. 이 때 학습자는 자신이 확대한

은유를 통해 시상을 떠올리고 시를 창작하게 된다. 김수미 학생은 '나는 바람'이란 기본 은유에 장소를 나타내는 수식어를 덧붙여 '나는 도시를 떠도는 쓸쓸한 바람'이라는 은유를 만들어 내고 이를 통해 다음과 같은 시를 창작했다.

〈표21〉 꾸며 써보기의 학습 결과물

활동 내용	활동 결과
탐색하고 비유하기	·기본 은유 탐색하기 : 기본 은유-'나는 바람' - 장소 덧붙이기 나는 (도시를 떠도는) 바람 - 색깔 덧붙이기 나는 (푸른 잎에 앉아있는) 바람 - 상태 덧붙이기 나는 (바다에 흠뻑 젖은) 바람 - 시간 덧붙이기 나는 (12월의 찬) 바람 ·맘에 드는 비유 고르기 - 나는 도시를 떠도는 바람 ·비유 탐색하기 - 내가 고른 비유는 나의 어떤 상태에 어울리는 비유일까? - 친구와 싸우고 난 후 우울할 때 어울리는 비유
시상쓰기	- 친구와 싸우고 난 후의 느낌에 대한 시를 써보자.
표현하기	도시를 쓸쓸히 떠도는 바람 -김수미 친구들이랑 한바탕 싸우고 나니 속이 후련하지 않아 내 편은 하나도 없이 쓸쓸히, 쓸쓸히 혼자 거닐때면 눈시울이 뜨거워져 나는 도시를 쓸쓸히 떠도는 바람

3) 지도 결과 분석 및 해석

■ 결과 분석 방법

이 연구는 초등학교 현장에 적용 가능한 시 창작 방법을 구안하고 적용하는 데 그 목적이 있다. 이에 시 발상 지도 방법의 효과를 알아보기 위해 학습자의 변화에 대해 다양한 정보를 줄 수 있는 질적(質的) 방법을 사용하였다.

우선 실험 전과 후에 설문조사를 하여 시쓰기 태도와 시쓰기에 대한 인식에 어떤 변화가 있었는지 알아보았다. 또한 실험 전, 실험 후의 작품을 비교 분석하여 보았으며, 그 밖에 심층 면담을 활용하였는데 가장 시사점이 많은 학습자의 것을 중심으로 살펴보았다.

■ 결과 및 해석

설문지 분석9)

설문조사는 사전 설문과 사후 설문 두 가지로 실시되었다. 사전 설문에서는 시 창작에 대한 태도 및 창작 경험과 방법에 대해 물었으며 사후 설문에서는 은유를 통한 시 발상 지도 후의 창작에 대한 태도, 지도에 이용된 활동에 대한 선호도, 학습자의 태도 변화에 대한 자기 평가 내용을 실었다. 설문지 분석을 통해 알 수 있는 내용은 다음과 같이 정리할 수 있다.

첫째, 시 창작에 대한 학습자의 태도(態度) 변화를 살펴볼 수 있다. <표 22>에서 볼 수 있듯 시 창작을 좋아하는 학생들이 지도 전에는 32%에 머물렀으나 지도 후에는 64%로 증가하게 되었음을 알 수 있다.

---

9) 전체 학생 수는 28명이다.

또한 시 창작을 싫어하는 학생들도 지도 전에는 15%였으나 지도 후에는 11%로 감소된 것도 주목할 만하다.

〈표 22〉 학습자의 시 창작에 대한 태도 변화

반응	사전 설문지		사후 설문지	
	사례수(명)	비율(%)	사례수(명)	비율(%)
좋아 한다	9	32	18	64
그저 그렇다	15	53	7	25
싫어한다.	4	15	3	11

둘째, 가장 도움이 되었던 활동에 대한 설문에서는 '감각화하기' 활동을 꼽았으며 가장 어려웠던 활동에 대해서는 비교적 골고루 분포되었으나 '수수께끼'와 '꾸며 써보기' 활동에 약간 치우쳐 쳤음을 알 수 있다. 감각화하기는 대상을 미각, 후각, 청각 등으로 재구성해보는 활동으로 평소와는 다른 시각으로 사물을 바라볼 수 있었다는 점이 학습자들에게 흥미와 상상력을 불러 일으켰으리라 여겨진다.

반면 수수께끼 활동에서는 수수께끼 문제를 비유(比喩)로 만들어야 하는데 자신들이 평소 즐기는 수수께끼 문제 만들기와는 전혀 다른 방식이였기에 어려움을 느꼈으리라 추정된다. 또한 꾸며 써보기 활동에서는 '나는 ○○○'이라는 기본 은유를 벗어나지 않는 범위 내에서 발상을 해야 한다는 점이 학습자에게 부담을 주었으리라 생각된다.

〈표 23〉 가장 도움이 되었던 활동

활동	결 과		활동	결 과	
	응답수(명)	비율(%)		응답수(명)	비율(%)
수수께끼	2	7	생명 불어넣기	2	7
별명짓기	3	11	결합관계 이용하기	2	7
속성 나열하기	7	25	꾸며 써보기	1	4
감각화하기	9	32	사물 되어보기	2	7

〈표 24〉 가장 어려움을 느꼈던 활동

활동	결 과		활동	결 과	
	응답수(명)	비율(%)		응답수(명)	비율(%)
수수께끼	6	22	생명 불어넣기	2	7
별명짓기	4	14	결합관계 이용하기	4	14
속성 나열하기	3	11	꾸며 써보기	5	18
감각화하기	2	7	사물 되어보기	2	7

셋째, 시 창작에 대한 태도를 분석한 결과 대다수의 학습자들이 지도 전보다 지도 후가 시 창작 활동이 쉽게 느껴졌다고 답하였다. 그 구체적 인 이유로는 '생각나는 걸 바로 시로 쓸 수 있어서', '재미있는 생각이 많이 나서', '아이디어가 풍부해져서'등의 답변이 나왔다. 이 중 '재미있 는 생각이 많이 나서',와 '아이디어가 풍부해져서'와 같은 답변의 공통점 은 쓸거리가 많아졌다는 것을 의미하는데 사전 설문지에서 시 창작이 어려운 이유 중의 하나가 '쓸거리가 없어서(53%)'임을 볼 때 비유를 통한 시 발상하기 지도는 대다수의 학습자들에게 쓸거리를 제공함으로써 시 창작 활동을 수월하게 해준다는 장점을 지닌다. '생각나는 걸 바로 시로 쓸 수 있어서'란 대답에서 알 수 있는 점은 비유가 곧 생각거리가 되기

도 하지만 그 자체가 시적인 표현이 될 수 있기 때문에 별다른 기교 없이 바로 비유를 이용하여 시를 표현할 수 있다는 점을 말한 것으로 여겨진다. 이는 비유를 통한 발상하기가 시적인 생각거리와 동시에 시적인 표현을 생산해 낼 수 있다는 장점을 말해준다.

작품 분석과 심층 면담

교수-학습 결과를 알아보기 위하여 '가을'이라는 주제로 쓴 학습자의 실험 전, 후의 작품을 분석하였다. 실험 전에는 아무런 지도 없이 '가을'이라는 주제에 알맞은 시쓰기 과제를 제시하였으며 실험 후에는 자신의 포트폴리오를 살펴보며 가장 마음에 드는 활동을 응용하여 '가을'이라는 주제에 알맞은 시를 써보라고 하였다. 그리고 이 두 그룹의 작품을 비교 분석하였으며 그 중 시사점이 큰 박○우의 작품에 대하여 살펴보겠다.

박○우는 평소 학습 부진아에 속하는 아동으로 비유에 대하여 잘 이해하지 못하여 지도 초기 비유를 만들어 보는 활동에 상당한 어려움을 느꼈다. 그리하여 비유를 통한 발상하기 활동에 거의 접근하지 못하였으나 차츰 차시를 더해가며 비유 만들기 활동은 물론 시창작력에서도 큰 향상을 보여주었다.

✔ 실험 전	✔ 실험 후
가을 박○우	가을은 크레파스 박○우
가을에는 단풍잎을 가을만 되면 단풍잎이 떨어지면 사람들은 단풍잎을 보면 사람들이 슬픈 생각 이 들으면 울 것 같은 생각이 났다	가을이 되면 크레파스가 와서 나무에 걸린 단풍잎을 색칠을 해주지 단풍잎은 좋아서 폴짝폴짝 뛰지

두 작품을 비교해 보면 실험 전의 작품 '가을'은 '가을은 슬픈 계절'이라는 주제로 쓴 시인데 행이 나누어졌다는 것을 제외하곤 일반적인 줄글과 큰 차이가 없다. '가을', '단풍잎', '사람들'이라는 단어가 중복 사용되고 있는데 이 역시 시적인 기교에 의해 의도적으로 만들어진 것이라기보다 별뜻 없이 생각나는 대로 늘여 놓은 것에 불과한 것이라 여겨진다. 또한 '가을은 슬픈 계절'이라는 문장만을 나열했을 뿐 시적인 상상력이나 함축미(含蓄美), 회화적(繪畫的) 요소 등이 전혀 나타나 있지 않다.

그러나 실험 후의 작품 '가을은 크레파스'를 살펴보면 실험 전 '가을'이라는 시와 전혀 다른 양상을 보여주고 있다. '가을은 크레파스'란 시에서는 '가을=크레파스'란 비유를 통해 시상을 떠올려 쓴 시인데 '가을에는 크레파스가 와 단풍잎을 색칠을 해주고 이에 단풍잎이 기뻐서 뛴다'는 시적 상상력이 돋보인다. 실험 전과 후의 작품이 똑같은 4행으로 이루어진 시임에도 불구하고 후자의 시가 내용면에서 훨씬 더 풍부하고 시각적 요소 역시 분명하게 드러났다는 점은 학습자의 시창작력이 향상되었음을 알려주고 있다. 특히 박○우 학생이 과거에 이해력과 상상력 및 시창작력이 상당히 부족한 학습자였음을 감안할 때 이 정도 수준의 작품이 만들어졌다는 것은 지도 효과가 컸다는 것을 알 수 있다.

이와 같은 결과에 대해 박○우 학생과 심층 면담10)한 것을 살펴보면 다음과 같다.

> 연구자 : ○우야, 우리가 함께 공부했던 시쓰기에 대한 이야기를 하려고 이곳에 오라고 했는데 긴장하지 말고 솔직하게 내 질문에 대해 답변할 수 있겠니?
>
> 박○우 : 네.

---

10) 심층 면담은 2005년 11월 10일에 이루어졌으며 연구자와 박○우의 대화 내용을 채록하였다. 박○우 학생은 자신의 생각을 표현하는데 능숙하지 못한 학생이다.

연구자 : (○우의 포트폴리오를 보여준다) ○우는 이번 클럽 활동 시
　　　　간에 한 활동 중에서 어떤 것이 제일 재미있었고 시를 쓰는
　　　　도움이 되었지?

박○우 : 식물 되는 거요.('생명 불어넣기' 활동을 뜻함)

연구자 : 어떤 점이 어떻게 도움을 주었는지 구체적으로 말해 줄 수
　　　　있겠니?

박○우 : 에?

연구자 : (실험 전, 후에 쓴 작품을 보여준다) 그렇다면 이걸 보자. 여
　　　　기 네가 쓴 두 개의 작품이 있어. 이 두 개의 작품 중 어느
　　　　것이 더 잘 쓴 것 같니?

박○우 : '가을은 크레파스'가 더 잘 쓴 거 같아요.

연구자 : 왜 그렇게 생각하지?

박○우 : 가을이 되면 크레파스가 와서 나무에 걸린 단풍잎 색칠한다
　　　　는 게 좋아요.

연구자 : 그렇다면 똑같이 '가을'이라는 시를 썼는데 왜 '가을은 크레
　　　　파스'가 더 잘된 시가 되었을까?

박○우 : 생각을 잘 했어요.

연구자 : 어떻게 했길래 이렇게 좋은 생각을 해냈을까?

박○우 : 비유하다 보니까 좋은 생각났어요.

연구자 : 그렇구나. 그렇다면 맨 처음 시간에 쓴 '가을'이란 시에서는
　　　　비유 사용없이 시를 썼네?

박○우 : 네.

연구자 : 그렇다면 그때는 비유도 사용하지 않고 어떻게 생각을 해서
　　　　시를 썼지?

박○우 : 그냥 가을되면 혼자 있게 되면 슬픈 생각이 나니까 그렇게
　　　　썼어요

연구자 : 그럼 비유를 생각해서 시를 쓸 때와 그렇지 않을 때 중 어떤
　　　　때가 더 시가 잘 써지는 것 같니?

박○우 : 비유를 생각해서 시를 쓸 때요.

연구자 : 비유의 어떤 점이 시를 쓸 때 많은 도움을 주지?

> 박○우 : 가을이 크레파스처럼 되니까요.
>
> 연구자 : 음. 좋은 이야기다. 그렇다면 ○우야, 이번 클럽활동 시간에 비유에 대해 공부한 뒤 시를 써본 활동이 너에게 도움이 되었니?
>
> 박○우 : 네.
>
> 연구자 : 도움이 되었다니 나도 고마운 생각이 드는구나. 그렇다면 ○우야, 앞으로 클럽 활동 시간 말고 시쓰기 시간 때 이 비유의 방법을 사용해볼 생각이니?
>
> 박○우 : 네.
>
> 연구자 : 시간 내 주어서 고맙구나. ○우의 말들이 선생님에게 많은 도움을 주었단다. 앞으로도 시쓰기든 다른 활동이든 열심히 하는 ○우가 되길 바랄게.

작품 분석과 면담 내용을 통해서 은유를 통한 시 발상 지도에 대한 여러 가지 시사점을 얻을 수 있었다.

첫째, 은유를 통한 시 발상하기가 시 창작의 부담을 덜게 하고 학습자의 창작에 대한 흥미를 자극시킨다는 점이다. 무조건 시를 쓰라고 제시하는 것은 시 창작에 대한 부담을 가중시킬 뿐 아니라, 시 창작을 어렵고 재미없는 것으로 인식하게 할 뿐이다. 그러나 비유를 통한 시 발상하기 활동은 창작의 씨앗이 되는 아이디어를 다양하게 산출할 수 있도록 유도함으로써 시 창작에 대한 접근을 용이하게 한다.

둘째, 은유를 통한 시 발상하기는 평이한 관점이 아닌 다양하고 개성 있는 관점으로 세상과 사물을 바라볼 수 있게 한다는 점이다. 앞서 살펴본 박찬우의 면담에서도 살펴볼 수 있듯 비유는 다르게 생각하는 방법을 제시하여 준다. 이는 시적 상상력이 활성화되었을 때 가능한 것으로 눈에 보이는 것만 보는 것이 아닌 눈에 보이지 않는 것까지도 상상의 눈을 통해 바라볼 수 있는 안목이 형성되었다는 것이다.

셋째, 학습들의 비유에 대한 이해가 확장(擴張)되었다는 점이다. 교과서에 제시된 비유의 학습 과제는 표현법에 국한시킨 것들이 전부였다. 따라서 학습자들이 이해하는 비유란 'A는 B이다'나 '-처럼, 혹은 -같이'와 같은 표현법일 뿐이었다. 그러나 학습자들은 다양한 방책을 통해 비유를 만들고 시 창작까지 해봄으로써 비유를 시적 상상력이나 문학적 사고력을 자극하는 사고 기법의 하나로 확장시켜 이해하게 된다. 이는 창의적으로 국어를 사용하는 능력과 태도로 제7차 교육과정에 제시된 국어과의 성격과 그 맥락을 같이 한다는 의의를 지닌다.

체계적이고 참신한 발상지도는 시창작 능력뿐 아니라 세계에 대한 통찰력과 상상력을 길러주는 데 도움이 된다. 이러한 능력은 문학 창작의 기쁨을 느끼게 해줄뿐 아니라 현재의 삶을 더욱 확장시켜 줄 수 있는 중요한 요소이기 때문에 학교 현장에서는 이에 대한 꾸준한 지도와 노력이 있어야 할 것이다.

참고 문헌

강남주(1999), 『시란 무엇인가』, 태학사.

강문희·이혜상(1997), 『아동문학교육』, 학지사.

강인애(1998), 『왜 구성주의인가?』, 서울, 문음사.

강현재(1991), 「시 교육의 수용론적 방법 연구」, 서울대학교 석사학위논문.

경규진(1993), 「반응중심 문학교육의 방법 연구」, 서울대학교 박사학위 논문.

교육부(1994), 『중학교 국어과 교육과정 해설』.

교육부(1995), 『국어과 교육과정 해설』, 대한교과서 주식회사.

교육부(1998), 『초등학교 교육과정 해설(Ⅲ)』, 대한교과서 주식회사.

교육부(1997), 『제7차 국어과 교육 과정』, 대한교과서 주식회사.

교육부(1997), 『초등학교 교사용 지도서(전 학년)』, 대한교과서 주식회사.

구인환 외(1998), 『문학 교수·학습 방법론』, 삼지원.

구인환 외(1999), 『문학교육론』, 삼지원.

국어교육을 위한 안양지역 교사모임(1999), 『새롭게 여는 초등 문학수업』, 세종인쇄.

권오현(1992), 「문학 소통이론」, 서울대학교 박사학위 논문.

권진아(1997), 「총체적언어교육을 적용한 아동문학 교육방법 연구」, 한국교원대학
　　　교 교육대학원 석사학위 논문.

권혁준(1997a), 「문학비평 이론의 시 교육적 적용에 관한 연구-신비평과 독자반응
　　　이론을 중심으로-」, 한국교원대학교 대학원 박사학위 논문.

권혁준(1997b), 『문학 이론과 시 교육』, 박이정.

金鎭宇(1996), 『言語와 文化』, 中央大學校 出版部.

김경희(1998), 「협동 학습을 통한 시쓰기 지도 방안 연구」, 한국교원대학교 석사
학위 논문.
김광일(2000), 「포트폴리오를 이용한 시 창작 지도방법 연구」, 서울교육대학교 교
육대학원 석사학위 논문.
김기영(1996), 「초등학교 시 교육 연구」, 인하대학교 교육대학원 석사학위 논문.
김기태(1985), 「효과적인 시지도와 감상력 신장에 관한 연구-'청포도'의 모델 연
구-」, 인하대학교 교육대학원 석사학위 논문.
김남희(1997), 「현대시수용에 관한 문화기술적 연구-고등학생 독자를 중심으로-」,
서울대학교 석사학위 논문.
김녹촌(1999), 『어린이 시 쓰기와 시 감상지도는 이렇게』, 온누리.
김대행(1993), 『문학이란 무엇인가』, 문학사상사.
김대행(1995), 『국어교과학의 지평』, 서울대학교 출판부.
김도남(1997), 「문제 해결 중심의 작문 지도 방법 연구」, 한국교원대학교 석사학
위 논문.
김도남(1998), 「배경지식 활성화를 통한 작문 지도 방안」, 『쓰기수업방법』, 박이정.
김동국(1988), 「구조분석을 바탕으로 한 낭송지도로 시향수 능력 기르기」, 현장
연구 논문.
김동국(1992), 「교과서 수록 동시의 자연 수용 양상」, 한국교원대학교 석사학위
논문.
김문환(1997), 『문화경제론』, 서울대학교 출판부.
김문환(1999), 『문화교육론』, 서울대학교 출판부.
김상구(1998), 「상호텍스트성에 의한 시 교육 연구」, 부산대학교 교육대학원 석사
학위 논문.
김상욱(2001), 「활동 중심의 시 창작 교육」, 『창작 교육 어떻게 할 것인가』, 문학
과 문학교육연구회 편. 푸른 사상.
김수업(1998), 『국어교육의 길』.나라말.
김수진(1995), 「시를 좋아하게 하는 지도 방안에 대하여」, 경상대학교 석사학위
논문.
김승태(2001), 「초등학생의 상상력 신장을 위한 시쓰기 지도 방법에 관한 연구」,
부산교육대학교 교육대학원 석사학위 논문.
김용석(1987), 「국어과 교육과정·교과서에 대하여-그 개선방안의 모색-」, 모국어

학회 제5집, 한국모국어학회.

김욱동(1988), 『대화적 상상력』, 문학과지성사.

김은전(1996), 『현대시 교육론』, 시와시학사.

김이상(1994), 『시 교육론』, 육일문화사.

김인환(1797), 『문학교육론』, 평민서당.

김정우(1997), 「상호텍스트적 시 교육에 관한 연구」, 서울대학교 석사학위 논문.

김종상(1993), 『아름다운 사랑의 노래』, 교육문화사.

김종상(1999a), 『엄마도 글짓기 선생님』, (주)교학사.

김종상(1999b), 『글나라로 가는 길』, 현암사.

김주향(1991), 「시 교육 방법 연구 : 상상력 계발을 중심으로」, 서울대학교 대학원
　　　석사학위 논문.

김준오 편(1996), 『한국 현대시와 패러디』, 현대미학사.

김중신(1993), 『문학교육과정론』, 삼지원.

김창숙(1988), 「국민학교에서의 시 교육 실태 및 효율적인 지도 방안」, 이화여자
　　　대학교 석사학위 논문.

김창원(1995), 『시 교육과 텍스트 해석』, 서울대학교출판부.

김창원(1997), 「text, texting, Meta-texting-문학 교육 연구 방법론의 다양화와 정교
　　　화를 위한 단상」, 한국문학교육학회 1997년도 제2차 연구발표회 발표 요
　　　지, '문학 교육 방법론' 한국문학교육학회.

김창원(1998), 「述而不作에 관한 질문 : 창작 개념의 확장과 창작 교육의 방향」, 『문
　　　학 교육학』. 태학사.

김춘수(1999), 『詩의 理解와 作法』, 자유지성사.

노명완 외(1994), 『국어과 교육론』, 갑을 출판사.

노진한(1997), 「창작교육을 위한 소론」, 산청어문 제25호. 서울대학교 사범대국어
　　　교육과.

문민영(2006), 「은유를 활용한 시 발상 지도 방안 연구」, 서울교육대학교 교육대
　　　학원 석사학위 논문.

박갑수 외(2000), 『국어표현·이해 교육』, 집문당.

박경숙(1997), 「小集團 討議 學習이 초등학교 아동의 創意力에 미치는 效果」, 한
　　　국교원대학교 석사학위 논문.

박미희(1994), 「아이디어 생성 훈련이 작문의 질에 미치는 효과」, 이화여자대학교

석사학위 논문.

박민수(1993), 『아동문학의 시학』, 양지원.

박붕배(1992), 「국어과 교육의 사회성과 문화교육」, 봉죽헌 박붕배 선생 정년기념
　　　논문집, 교학사.

박영목・한철우・윤희원(1995), 『국어과 교수 학습 방법 탐구』, 교학사.

박영목・한철우・윤희원 공저(1996), 『국어과 교수 학습 방법 탐구』, 교학사.

박인기 외(1995), 『국어교육학의 이론화 탐색』, 일지사.

박인기(1996), 『문학교육과정의 구조와 이론』, 서울대학교 출판부.

박제천(1997), 『시를 어떻게 고칠 것인가』, 문학아카데미.

박태호(1996), 「사회구성주의 패러다임에 따른 작문 교육 이론 연구」, 한국교원대
　　　학교 석사학위 논문.

박태호(2000), 『장르중심 작문 교수 학습론』, 박이정.

방인태 외(1986), 『문학교육론』, 집문당.

방인태(1998), 「국어교육과 詩의 相互性」, 한국초등국어교육 제14집, 한국 초등국
　　　어교육학회.

방인태(1999), 「문화생산 국어교육」, 국어교육 제100호, 한국국어교육연구회.

方仁泰 외(2000), 『초등 국어과 교육』, 박이정.

방인태(2001a), 「문화생산 문자 교육론」, 초등국어 교육 제11집, 서울교대 초등국
　　　어교육연구소.

방인태(2001), 「문화생산 문학교육론」, 한국초등국어교육 제19집, 한국초등국어교
　　　육학회.

方仁泰(2002), 『국어교육과 국문학』, 역락.

방인태(2006), 『自主的 한국어 교육론-문화생산의 원리와 방법』, 역락.

배정원(1999), 『시인과 함께 배우는 나의 첫 동시 쓰기』, 청솔.

송홍철(1999), 「독자반응 중심의 시 교육 방법 연구」, 인천교육대학교교육대학원
　　　석사학위 논문.

신헌재 외(1996), 『열린 교육을 위한 국어과 교수・학습 방법』, 박이정.

신헌재 편역(1994), 『아동 文學 敎育론』, 범우사.

신헌재・이재승(1994), 『학습자 중심의 국어교육-그 원리와 방법』, 서광학술자료사.

양태식・황정현・신헌재(2000), 활동중심의 초등국어과 교수-학습 방법 모형과 자
　　　료 개발, 한국교원대학교 교과교육공동연구소.

엄해영(1999), 「현대시교육 방법 연구」, 초등국어교육 제9호, 서울교대 초등국어
    교육연구소.
엄해영 외(1998), 『문학의 이해』, 느티나무.
엄 훈(1996), 「전략중심의 쓰기 교수 학습 방법 연구」, 서울대 석사학위 논문.
요시다미즈호(1984), 이오덕 역, 『어린이시』, 온누리 글동네.
우한용 외(1997), 『문학교육과정론』, 삼지원.
우한용(1997), 『문학교육과 문화론』, 서울대학교출판부.
우한용(1999), 「創作 敎育의 理念과 指向」, 문학교육학 제2호, 문학교육학회.
원진숙(2000), 「구성주의와 작문」, 한국초등국어교육 제18집, 한국초등국어교육학회.
원진숙(1994), 「작문교육의 이론적 기초와 방법론 연구」, 고려대학교 박사학위논문.
유영희(1999), 「이미지 형상화를 통한 시 창작 교육 연구」, 서울대학교대학원 박
    사학위 논문.
윤여탁(1991), 「시교육의 이데올로기와 교육」, 국어교육 71,72호, 한국국어교육연
    구회.
윤한탁(1986), 「시짓기 중심의 시학습지도-고등학교 시학습지도에 있어서 '시짓
    기'의 중요성 고찰-」, 고려대학교 석사학위 논문.
이경구(1995), 「초등학교 시 교육에 대한 연구」, 수원대학교 석사학위 논문.
李光奎·金泳燦(1974), 『文化過程과 敎育』, 敎育出版社.
이도영(1996), 「문화 교육으로서의 국어교육」, 봉산 김은전 교수 정년퇴임 기념
    논문집.
이록호(1998), 「상호텍스트성에 의한 시 교육방법론 연구」, 연세대학교 교육대학
    원 석사학위 논문.
이봉신(1986), 「국민학교 시 교육의 방향」, 봉죽헌 박붕배선생 회갑기념 논문집.
이삼형(1995), 「국어교과서의 절대시 풍조와 경시 풍조에 대하여」 국어교육 제89
    호, 한국국어교육연구회.
이삼형 외(2000), 『국어 교육학』, 소명.
이상구(1998), 「학습자 중심 문학교육 방안 연구」, 한국교원대학교 대학원 박사학
    위 논문.
이성영(1995), 『국어 교육의 내용 연구』, 서울대학교출판부.
이성은(1994), 『총체적 언어 교육』, 창지사.
李秀東(1999), 「시 교육의 연극적 방법 적용 연구」, 서울교육대학교 석사학위 논문.

이용욱(1996), 『사이버문학의 도전』, 토마토.

이우영(1997), 「아동 시 교육의 문제점과 개선방안」, 성균관대학교 석사학위 논문.

이인제 외(1997), 제7차 교육과정 개발 연구, 한국교육개발원 교육과정개정연구위원회.

이재승(1998), 「쓰기 과정 연구의 전개 양상과 지향점」, 새국어교육 제56호, 한국국어교육 학회.

이재승(2002), 『글쓰기 교육의 원리와 방법』, 교육과학사.

이지호(1997), 「연암박지원의 글쓰기 방법론 연구」, 서울대학교 박사학위 논문.

이창근(1986), 「시 창작력 신장을 위한 계단식 지도과정 연구」, 경상대학교 석사학위 논문.

이향근(2002), 「장르 중심 시창작 지도 방법 연구」, 서울교육대학교 교육대학원 석사학위 논문.

이형기(1995), 『당신도 시를 쓸 수 있다』, 문학사상사.

임성규(2000), 「구성주의와 국어교육」, 한국초등국어교육 제18집, 한국초등국어교육학회.

林銀珠(1989), 「한국 시 교육의 변천양상」, 건국대학교 석사학위 논문.

장기회(1998), 「학습자중심의 문학교육 방법 고찰」, 신라대 교육대학원 석사학위 논문.

정구향·최미숙(1999), 「제7차 교육과정과 창작 교육」, 국어 교육 제100호. 한국국어교육연구회.

정끝별(1997), 『패러디시학』, 문학 세계사.

정지영(1999), 「협동학습을 활용한 시 쓰기 지도 방법 연구」, 서울교육대학교 교육대학원 석사학위 논문.

정현선(1995), 「모더니즘 시의 문화교육적 연구」, 서울대학교 석사학위 논문.

조문옥(1996), 「국민학교 동시 교재 분석적 연구」, 건국대학교 석사학위 논문.

조성희(1999), 「초등학교 아동의 독서실태 분석 및 지도방안」, 진주교육대학교 대학원 석사학위 논문.

조영환(1997), 「시 교육의 방법론 연구-반응중심이론의 적용을 중심으로」, 연세대 교육대학원 석사학위 논문.

주강식(1997), 「반응중심의 동시 감상 교육」, 어문학교육 제19집, 한국어문교육학회.

주광현(2001), 「시, 텍스트수용과 창작지도를 통한 상상력 신장 방안」, 광주교육대학교 교육대학원 석사학위 논문.

진선희(1994), 「동시를 대상으로 한 교육과정 및 교과서 수록 작품에 관한 연구」, 한국교원대학교 석사학위 논문.

최인자(2001), 「대화주의 이론과 작문교육의 ‘문화 생산’모델」, 서울대 국어교육 연구소.

최종식(1996), 「시 교육의 실태와 개선방안 연구」, 건국대학교 석사학위 논문.

최지현(1998), 「창작과 작문의 통합적 교수-학습을 위한 목표 탐색」, 교육발전, 제 17-2호 서원대학교 교육연구소.

최현섭 외(2001), 『국어교육학개론』, 삼지원.

한국부잔센터(1994), 『반갑다 마인드맵』, 사계절.

한국초등국어교육학회(2000), 『문학수업방법』, 박이정.

한기찬 역(1982), 『시작법』, 청하.

황주호(1990), 「중등학교 시 짓기 지도 방법 연구」, 경상대학교 석사학위 논문.

이케가미 쥰(1996), 강응선 옮김, 『문화경제학 입문』, 매일경제신문사.

Buzan, Tony & Buzan, Barry, *THE MIND MAP BOOK*, 라명화 옮김(1994), 마인 드맵 북, 평범사.

Carter, Ronarld & Long, Michael N.(1991), *Teaching Literature : Longman Handbook for Language Teachers*, Longman Group UK Limited.

Collingwood(1996), *The principle of Art*, 김혜련 옮김, 『상상과 표현』, 고려원.

Flower, Linda(1993), *Prblem-solving strategies for Writing*, 원진숙·황정현 역(1998), 글쓰기의 문제해결 전략, 동문선.

Goodman, Kenneth(1986), *What's Whole in Whole Language?*, Heinemann Portsmouth, New Hampshire.

Graves, Donald H.(1992), *Explore Poetry*, Irwin.

Hall, Linda(1989), *Poetry for Life : A Practical Guide to Teaching Poetry in the Primary School*, Cassel Educational Limited.

Heard, Georgia(1989), *For the Good of the Earth and Sun : Teaching Poetry* . Heinemann Portsmouth, New Hampshire.

Hedge, Tricia(1997), *Writing*, Oxford New York : Oxford university Press.

Jacqueline Sweeney(1993), *Teaching Poetry*, Scholacstic Inc.

James Moffett & Betty Jane Wagner(1992), *Student-centered Language Arts K-12*.

NH : Boynton/Cook Publishers.

Mary jett-simpson. Lauren Leslie(1997), *Authentic Literacy Assessment*. Longman.

Nancy King(1996), *Playing their part*, Heinemann a division of Reed Elsevier Inc. 황정현 역(1998). 창조적인 언어 사용 능력을 위한 교육 연극 방법. 평민사.

Newman, Judith M.(1985), *Whole Language Theory in Use*. Portsmouth, NH : Heinemann Educational Books, INC.

Raymond J. Rodriues/ Dennis Badaczewski(2001), 박인기외 옮김, 『문학작품을 어떻게 가르칠 것인가』, 박이정.

Robert Scholes(1995), 김상욱 옮김, 『문학이론과 문학교육—텍스트의 위력』, 도서출판 하우.

Roland Barthes(1997). 김영희 옮김, 『텍스트의 즐거움』, 동문선.

S.Doubrovsky, T. Todorov편저(1996), 윤희원 옮김, 『문학의 교육』, 도서출판 하우.

Sadler, Glenn Edward(1992), *Teaching Children's Literature : Issues, Pedagogy, Resources*, The Modern Language Association Of America New York.

Swales, J.(1990), 『*Genre analysis*』 : *English in academic and research settings*, *Cambridge*, England and New York : Cambridge University Press.

White, Ron & Arndt, Valerie(1991), *Process writing*, London : Longman Group UK Limited.

A. 학생용 설문지(실험 전)

설 문 지

반 번 이름 :

　지금까지 여러 차례에 걸쳐 시 창작 시간을 가져 보았습니다. 지금까지 자신의 활동 내용을 생각하고 솔직하게 다음 물음에 답해 봅시다.

　1. 시 창작에 대한 여러분의 생각은 어떠합니까?
① 좋아한다.　② 보통이다.　③ 싫어한다.

　2. 시 창작을 좋아하거나 싫어하는 이유는 무엇입니까?

　3. 시를 써 본 적이 있습니까?
① 자주 쓴다　　　　② 가끔 쓴다.
③ 거의 쓰지 않는다.　④ 전혀 쓰지 않는다.

　4. 쓸 때 가장 힘든 점이나 힘이 든다고 생각되는 점은 무엇입니까?

　5. 시창작을 할 때 무엇을 써야할지 그 아이디어는 어떻게 얻습니까? 자신의 시창작 과정을 되돌아 보며 적어 봅시다.

B. 학생용 설문지(실험 후)

설 문 지

반   번   이름 :

　지금까지 여러 차례에 걸쳐 비유를 활용한 시창작 시간을 가져 보았습니다. 지금 까지 자신의 활동 내용을 생각하고 솔직하게 다음 물음에 답해 봅시다.

　1. 시 창작 수업 후 시를 창작하는 활동에 대한 여러분의 생각은 어떻습니까?
　① 좋아한다   ② 보통이다.   ③ 싫어한다.

　2. 시 창작 수업 후 여러분의 시창작 능력에 변화가 생겼습니까?
　① 실력이 향상되지 않았다.   ② 실력이 향상되었다.
　③ 실력이 더 떨어졌다.

　3. 시 창작 수업을 한 후 자신에게 생긴 변화는 무엇입니까?

　4. 사 창작 수업에서 가장 인상에 남거나 도움되던 활동은 무엇입니까? 그리고 그 이유는 무엇입니까?

　5. 시 창작 수업에서 가장 어려웠던 활동은 무엇입니까? 그리고 그 이유는 무엇입니까?

1) 단어를 그림처럼 나타내기

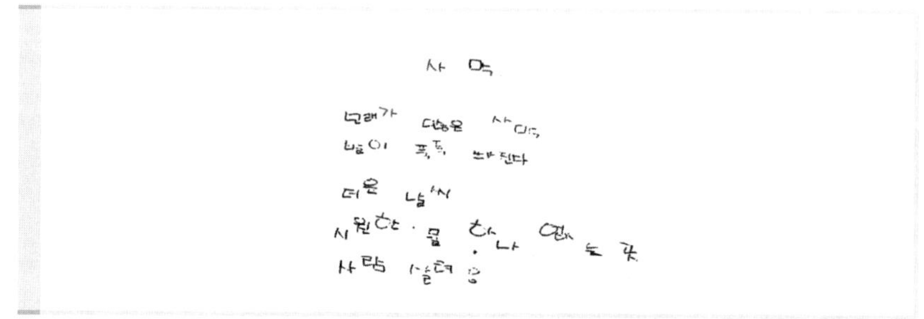

〈단어를 그림처럼 나타내기(박소영)〉

2) 이미지 점검표 만들기

이미지 점검표		
이미지	내가 주목한 것	우정
색깔	무슨 색깔인가? 무엇과 같은 색깔인가?	하늘 같이 푸르고 맑은 색
온도	차가운가? 뜨거운가? 따뜻한가? 무엇과 같이 차가운가? 무엇과 같이 따뜻한가?	영원히 꺼지지 않는 불처럼 뜨겁다.
모양	무슨 모양인가? 무엇과 같은 모양인가?	끝없는 원처럼 둥근 모양
소리	무슨 소리를 내는가? 무엇과 같은 소리를 내는가?	노래처럼 리듬감 있고 정겨운 소리
냄새	무슨 냄새가 나는가? 무엇과 같은 냄새가 나는가?	영원하고 은은한 장미 향기
촉감	매끄러운가? 거칠거칠한가? 울퉁불퉁한가? 무엇과 같이 매끄러운가? 무엇과 같이 거칠거칠한가?	마치 맑은 유리구슬처럼 매끄럽다.
움직임	어떻게 움직이는가? 무엇처럼 움직이는가?	시냇물처럼 조용하고 부드럽게 움직인다.

〈이미지 점검표 (최종욱)〉

우정

영원히 꺼지지 않는 불처럼 뜨거운 향기
마치 유리구슬처럼
매끄럽다.

조용하고 부드럽게 흐르는 시냇물
끝없는 원처럼 이어진
너와 나의 우정

〈이미지 점검표를 이용한 시(최종욱)〉

3) 인쇄물을 이용한 시창작하기

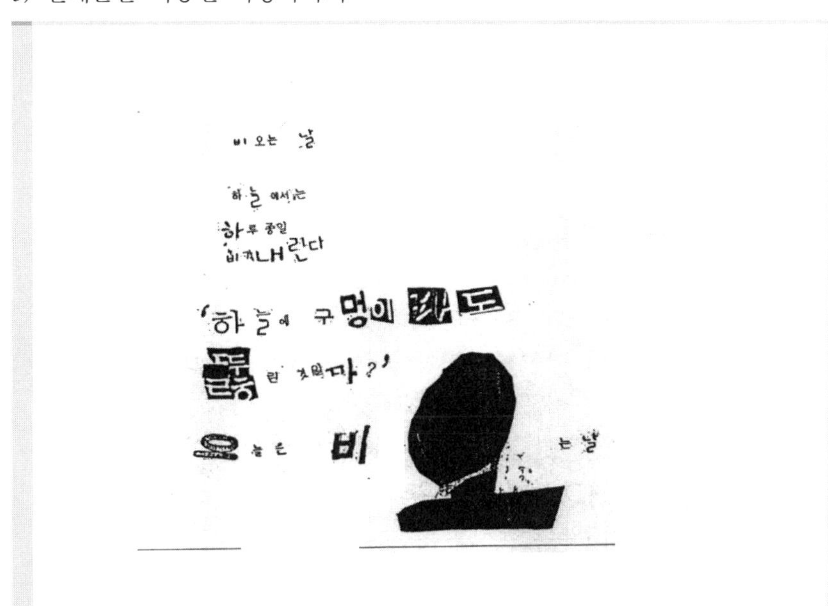

〈인쇄물을 이용한 시창작(최규환)〉

4) 형식 정하여 시창작하기

〈시조〉

수양 버들

냇가에 수양 버들 머리를 길게 풀고
시냇물 비춰 주며 가만히 고이 서서
새들이 쉴 수 있는 곳 수양버들 가지들

〈하이쿠〉

봄소식

박소영

뒷마당에
꽃이 피었다 :
봄이 오고 있다.

〈3행시〉

수학책

최규환

수학 시간이 다가오지만
학만 접고 있다.
책도 피지 않은 채.

〈4행시〉

거북이 등

최종욱

거북이 등을 쳐 보면
북소리가 난다.
이상하게 들린다.
등위에 북을 올려 노놓았나?

5) 텍스트 바꾸어 쓰기를 통한 창작하기

〈교사가 제시한 시〉

가을이 오나 보다

벼꽃이 핀다
수숫목이 나온다

참새들 먼저 보고
조잘거린다

하늘이 파래 진다
고추가 빨개진다
밀잠자리

링, 링, 링...
은방울 목에 걸고
가을이 오나 보다.

봄이 오나보다

최종욱

개나리가 핀다
겨울잠 자던 동물들이 나온다

새싹들 먼저 보고
꿈틀거린다

세상이 초록으로 번진다
산과 들이 알록달록 물이 든다
꽃과 나비가 날아다녀서....

윙, 윙, 윙...
꽃잎을 날개 달고
봄이 오나 보다.

6) 미완성 시 완성하기를 통한 창작하기

〈교사가 제시한 부분〉

한 아이의 발자국

눈 밭에 한 아이
걸어 갔다.

한 아이의 발자국

박소영

눈 밭에 한 아이
걸어 갔다.

가다가 눈으로
커다란 눈사람 만들고

가다가 발자국으로
엄마 얼굴 그리고

어느새
눈밭에 한 아이
길을 냈다.

그 아인 모르겠지?

그 길이 뒷사람에게
커다란 힘이 된단걸

7) 가정하기를 통한 창작 하기

강 아 지

최규환

흰색털을 날리며
대분을 향해 뛰어 나간다

주인님 오시길
하루 종일 기다렸다.

꾸벅꾸벅, 살랑살랑, 흔들흔들
주인님 다리에 털을 비비면

맛있는 먹이 하나
입 속으로 들어온다.

8) 가정하기를 통한 시 창작

자화상

박소영

너의 머리는 들판의 갈대같다.
너의 손은 길가의 코스모스같다.
너의 입은 빠알간 앵두 같다.
너의 눈썹은 나무 위를 짹짹 거리는
새의 부리 같다
네가 화가 나면
톡톡 쏘는 벌 같다.

9) 말하기를 통한 시창작

장갑

박소영

손이 꽁꽁 얼어 붙을때
따뜻하게 감싸주는 장갑

그 작은 장갑하나가 온몸을
따뜻하게는 못해주지만

그 장갑하나만 있어도
얼어붙은 나를 따뜻하게 해준다

옆에서 환하게 웃어 주던 친구처럼...

||| ㄹ

러시아 형식주의자 146

||| ㅁ

||| ㅂ

||| ㅅ